Schwarzer Sand

Das Buch

Als Inspektor Parnell zu einem Tatort am Strand von Piha gerufen wird, findet er eine übel zugerichtete Leiche vor. Die junge unbekannte Frau wurde zuletzt auf der Party der Lifeguards gesehen. Die Rettungsschwimmer von Piha sind berühmt, sie gelten als die tapfersten in Neuseeland. Denn Piha, dieser mythenumwobene Strand, ist der härteste des Landes. Hier brechen die höchsten Wellen, hier wagen sich nur die mutigsten Surfer ins Wasser. Es ist ein schöner, es ist ein gefährlicher Ort. Und ein stiller: die Lifeguards hüllen sich in Schweigen.

Doch eine zweite Spur führt Parnell in das Rotlichtmilieu der neuseeländischen Hauptstadt. Und als der Inspektor nach einem Besuch im Nachtclub Rouge Ami zusammengeschlagen wird, ist er sich sicher, der richtigen Spur zu folgen ...

Der Autor

K. C. Crowe ist das Pseudonym eines erfolgreichen Kriminalschriftstellers. Der Autor lebt in Europa und schreibt neben Kriminalromanen Artikel für renommierte Zeitungen und Magazine. Neuseeland kennt er selbst durch mehrmonatige Reisen. Die faszinierende Landschaft und ihre Bewohner inspirierten ihn zu diesem Krimi.

K.C. CROWE

SCHWARZER SAND

NEUSEELAND-KRIMI

List Taschenbuch

Besuchen Sie uns im Internet:
www.list-taschenbuch.de

FSC
www.fsc.org
MIX
Papier aus verantwortungsvollen Quellen
FSC® C083411

Originalausgabe im List Taschenbuch
List ist ein Verlag der Ullstein Buchverlage GmbH, Berlin.
1. Auflage Mai 2017

Umschlaggestaltung: bürosüd° GmbH, München
Titelabbildung: © Steve Clancy Photography/Getty Images
Satz: LVD GmbH, Berlin
Gesetzt aus der Kepler Ltd
Druck und Bindearbeiten: CPI books GmbH, Leck
ISBN 978-3-548-61366-6

All beauty must die.

NICK CAVE

Der erste Tag

1

Die Leiche des Mädchens lag im schwarzen Sand. Dort, wo Meer und Land im Rhythmus der Brandung um Boden rangen. Die Gischt umspülte die kreideweißen, nackten Beine. Das hellblaue Kleid war zerrissen. Der durchtränkte Stoff klebte an ihrer Haut. Im Rücken klafften tiefe Wunden. Der Kopf der Leiche war zur Seite geneigt. Nasses Haar verdeckte das, was einmal ihr Gesicht gewesen sein musste. In der Nähe waren die Abdrücke von Schuhen im Sand zu erkennen.

Der Inspektor spuckte die Zigarette aus dem Mundwinkel. Sie flog durch die Luft und landete in den Wellen.

»Scheiße«, sagte Parnell. »Damn shit.«

Er bückte sich zu dem toten Mädchen hinab, streifte die Haare beiseite und schreckte zurück. Eins ihrer grünen Augen starrte ihn an, er hob den Kopf leicht an, das zweite Auge fehlte genauso wie eine Wange. Die Backenzähne lugten durch das löchrige Fleisch hervor. Die Stirn war zerkratzt und mit Schnitten versehen. Die Nase war verstümmelt. Die Lippen der Toten waren aufgeplatzt. Der gesamte Körper des Mädchens war mit Sandkörnern übersät. Der Sand hatte sich in die Wunden des Rückens gefressen, er klebte in ihrem Haar und steckte zwischen ihren perlweißen Zähnen.

Parnell kniete sich hin und führte seinen Kopf ganz nah an den der Leiche heran. Am Bauchnabel entdeckte er einen dunklen, herzförmigen Fleck. Er wollte die Haut der Toten nicht erneut berühren, sie war eiskalt. Der beißende Geruch des Meeres drang ihm in die Nase.

Parnell liebte diesen Geruch. Es war der Geruch des Lebens, seines Lebens – eigentlich. Nicht der des Todes. Es war der Geruch seiner Heimat.

Der Inspektor schaute sich um. Er hörte das Tosen der Wellen. Er spürte regelrecht ihren magnetischen Sog. Die Möwen kreischten über dem Lion Rock, der im Profil tatsächlich wie ein Löwenkopf aussah und den Strand von Piha in zwei Hälften teilte. Die Möwen ließen sich von den Winden hinauftragen, um dann, plötzlich, mit ein, zwei Flügelschlägen gegen sie anzukämpfen und in Zickzacklinien wieder auf das Wasser hinabzustürzen.

Parnell ging über die Dünen zum Wachturm der Rettungsschwimmer zurück, der auf einem Hügel am hinteren Ende des Strandes stand. Er drehte sich eine neue Zigarette und winkte einige der Polizisten zu sich heran.

»Kennt jemand das Mädchen?«, fragte er und schaute in blasse Gesichter. Die Männer starrten zu Boden. Auch Haromi, Parnells Kollegin blickte auf den schwarzen Sand.

Alle schüttelten betreten den Kopf.

»Jemand muss sie brutal abgeschlachtet haben. Mit

einem Messer oder einer Machete«, sagte der Polizist, der direkt neben Parnell stand. Sein Atem verströmte einen Hauch von Erbrochenem. Der Inspektor nahm einen tiefen Zug von seiner Zigarette, um den Geruch zu vertreiben.

»Wer hat sie gefunden?«, fragte er dann.

»Einer der Rettungsschwimmer. Der erste, der heute Morgen hier war«, antwortete der Cop. »Im Morgengrauen, noch bevor die ersten Surfer an den Strand kamen, noch bevor die Bewohner von Piha ihre Hündchen Gassi führten.«

»Was machen die Kollegen da drüben?«, fragte Parnell weiter und zeigte auf den Parkplatz, wo zwei Polizisten damit beschäftigt waren, den Zugang zum Strand mit »CRIME SCENE – DO NOT CROSS«-Flatterband abzusperren. Drei weitere Einsatzwagen hatten sich an der Zufahrt zum Parkplatz postiert. Rund zwei Dutzend Cops waren mit dem Inspektor nach Piha gekommen.

Das Blaulicht der Einsatzwagen tanzte über das Grün des Dschungels, der hinter dem Strand die steilen Felswände überwucherte.

»Heute kein Badespaß«, rief einer der Cops den Besuchern entgegen, die sich mit Surfbrett und Luftmatratze vom Parkplatz in Richtung Brandung bewegten.

Der Polizist hob mitleidig die Schultern, doch sein Blick blieb ernst.

»Der Kollege schickt die Badegäste wieder nach Hause«, kommentierte Smith, ein weiterer Kollege, der Parnell gegenüber stand, das Geschehen.

»Niemand wird nach Hause geschickt, verstanden?«,

sagte Parnell und schüttelte den Kopf. »Geh rüber, Smith, und übernimm das! Befragt jeden Einzelnen, der ankommt. Ich will, dass ihr alle Badegäste verhört! Auch die Surfer! Findet die, die auch gestern schon da waren. Vielleicht hat irgendjemand irgendetwas gesehen. Und dann geht von Bungalow zu Bungalow – befragt die Bewohner!«

»Okay«, sagte Smith und entfernte sich in Richtung des Parkplatzes.

Der Inspektor schaute ihm nachdenklich hinterher. Er sah die Menschen hinter dem Absperrband. Sie standen da in Badehosen und Bikini, mit großen Strandtaschen über den Schultern. Ganz vorn trippelte ein Mädchen von einem Fuß auf den anderen. Sie hielt ihr Handy in die Höhe und fotografierte. Erst später, am Abend, dachte sich Parnell, wird sie beim Durchklicken der Fotos realisieren, was sie da festgehalten hatte.

Sie wird erkennen: Das da neben dem Mann mit der Zigarette, der vorn am Strand gekniet hatte, das waren die Überreste einer Frauenleiche. Und der Fernseher des Hostels, in dem sie mit ihren Freunden einquartiert war, wird ähnliche Bilder zeigen. Die Bilder der TV-Journalisten, die sich wenig später am Strand tummeln würden.

Breaking News: Mädchenleiche am Strand von Piha gefunden.

Die Kameras werden vom Parkplatz hinüberschwenken zum Strand, sie werden auf den Mann im Mantel halten, hinunterzoomen auf die Tote, mittlerweile unter einer silberglitzernden Plane versteckt, von den Forensikern zum Abtransport freigegeben. Daneben wird ein Plastiksarg stehen. Die Kameras werden wieder hochfahren, ein paar Panoramaschnitte werden eingefügt werden, kreischende Möwen, der Felsen, der dem Strand seinen Namen gibt. Dann werden O-Töne folgen. Von den Badegästen am Absperrband. Von Parnell werden die Fernsehzuschauer nur eine abwehrende Handbewegung und ein fluchendes Gemurmel hören.

So wie immer.

Der Inspektor fror. Er schaute zum Himmel. Eine nutzlose Angewohnheit. Er fragte sich, woher er sie hatte. Kein Neuseeländer, der sich für das Wetter interessierte, schaute zum Himmel. Dort war zu sehen, was immer zu sehen war. Endloses Hellblau oder tiefschwarze Wolken – oder beides. Neuseeland brauchte keinen Wetterdienst. Wenn es in Neuseeland regnete, dann schien bald wieder die Sonne, und wenn die Sonne schien, regnete es alsbald wieder. Das wusste jedes Kind.

Manchmal schien auch die Sonne, während gleichzeitig Tropfen fielen. Neuseeland, diese beiden Inseln irgendwo im Nirgendwo, südlich von Australien, nördlich der Antarktis. Weit weg von allem. Weit weg, wie der Mond, der manchmal schon nachmittags weiß leuchtete, während die Sonne dem Horizont entgegenwanderte.

Parnell griff nach dem schwarzen Kaffee, den ihm Haromi gereicht hatte. Er stellte den Becher auf das Holzgeländer des Wachturms und zog Tabak und Papers aus der

Tasche, um sich eine Zigarette zu drehen. Er liebte Kaffee, ohne Milch, ohne Zucker, aber niemals ohne Zigarette. Er inhalierte den beißenden Rauch. Der Rauch kratzte am Rachen, an dem noch der Geschmack des Whiskeys vom letzten Abend klebte.

Parnell schaute wieder zum Strand. Dort, wo die Leiche gelegen hatte, wanderten ein paar Kollegen von der Forensik in ihren weißen Schutzanzügen und Metalldetektoren umher. Sie wirkten wie Schatzsucher.

»Wer war über Nacht hier?«, grummelte Parnell vor sich hin.

Er schaute hinüber zur Schlucht hinter dem Parkplatz, wo ein Bachdelta sich mit der Düne des Strandes verband. Piha. Dieses Idyll an der Tasmanischen See, vor den Toren Aucklands, hatte sich verändert über die Jahre. Holzbungalows waren wie Pilze aus dem Dschungel geschossen.

Dem Inspektor fiel das erst jetzt auf. Wer schaute schon auf Holzbaracken im Dschungel, wenn vor einem die phantastischste Brandung von ganz Neuseeland toste?

Immer mehr Surfer kamen morgens und abends an den Strand, um die Wellen zu reiten. Immer mehr Kleinbusse karrten Touristen heran, für Selfies, Sonnenuntergangsmomente, Urlaubsfeeling. Das war Parnell egal. Das Meer war für alle da. Und wenn er aufs Meer starrte, verschwand alles um ihn herum. Da war er eins mit dem Ozean, in einer anderen Welt.

Wenn der Inspektor mit seinem verbeulten Toyota Corolla nach Piha kam, hatte er nichts dabei außer einer

Kanne Filterkaffee, ein paar selbstgemachter Papaya-Sandwiches, einem Taschenbuch mit den gesammelten Songtexten von Nick Cave, von den späten Siebzigerjahren bis heute, einer Badehose, einem weißen Handtuch, einem alten Strohhut und einer zerkratzten Sonnenbrille von Ray Ban.

Er schaute nicht nach hinten. Nicht nach links, nicht nach rechts. Er schaute aufs Meer. Er bewunderte die Surfer, die todesmutig die Wellen bezwangen. Er belächelte die Reisegruppen, die mit großen Fotoapparaten alles fotografierten, was sich fotografieren ließ, und sich kreischend in die Brandung stürzten. Er grinste, wenn sie vom unbarmherzigen Sog hin- und hergeschleudert wurden. Parnell war ein guter Schwimmer, aber hier in Piha wurde auch er sich immer wieder bewusst, dass niemals der Schwimmer das Meer beherrscht, sondern das Meer den Schwimmer. Es lässt ihn schweben, wenn es mag, es verschlingt ihn, wenn ihm danach ist.

Das Meer herrscht über den Menschen, nicht umgekehrt, sinnierte Parnell, während er vor sich hin starrte. Wenn der Mensch dem Wasser gewachsen sein will, soll er im Pool schwimmen. Parnell hasste Pools. Er hasste Chlorwasser. Lieber sprang er in seine Badewanne. Natürlich erst, nachdem er sie mit Kochsalz gefüllt hatte.

Erste Tropfen fielen vom schwarzen Himmel.

»Scheiße«, sagte Parnell.

Die Wolken platzten. Der Inspektor sah und spürte, wie der Regen herunterplatschte und den Fundort der Leiche ertränkte. Parnell verharrte kurz wie zu einer Säule erstarrt. Doch alles um ihn herum arbeitete weiter – so, als ob nichts wäre. Es war auch nichts. Regen, warmer tasmanischer Regen, das war für Neuseeländer kein Grund, Schutz zu suchen. Parnell zog an der Zigarette, aber sie schmeckte nur nach kaltem Tabak, was noch ekliger war als frisches Erbrochenes.

»Frank.«

Haromi war von hinten an ihn herangetreten.

»Ja?«

»Wir haben angefangen, die Bewohner der Bungalows zu befragen. Nichts. Bislang.«

»Und die Touristen?«

»Vier davon sind tatsächlich gestern schon hier gewesen. Wir haben ihnen ein Foto der Leiche gezeigt. Aber ...«

Sie brauchte den Satz nicht zu Ende zu sprechen. Parnell hatte es selbst gesehen. Das Gesicht dieser Toten hatte nichts mehr gemein mit dem Gesicht jenes Mädchens, das sie wohl einmal gewesen war.

»Nichts?«, fragte er trotzdem. Ohne Hoffnung.

»Nun ja«, antwortete Haromi. Ihre Hand fuhr durch ihr dunkelbraunes Haar. »Einer der vier sagte, ihm sei tatsächlich ein blondes Mädchen aufgefallen. Und er könne sich auch an ein ähnliches Kleid erinnern. Er wisse nicht, ob das unsere Tote sei, aber sie habe am späten Nachmittag etwas abseits des Trubels ganz links am Rande der Klippen gelegen. »

»Wo? Wo genau?«, fragte Parnell.

Haromi nickte zu den Felsen hinüber, welche die kleinere Bucht südlich des Lion Rock abgrenzten.

»Dort.«

»Und wo ist der Mann, der sich an das Mädchen erinnert?«

Nun drehte sich Haromi um hundertachtzig Grad und zeigte auf einen blauen Nissan, an dem vier junge Männer standen.

Parnell ging zu ihnen. Er zog sein Portemonnaie aus der Tasche und zeigte seinen Polizeiausweis. Er beobachtete, wie die Gesichter der vier an Farbe verloren. Er kannte das. Die weichende Farbe konnte täuschen. Dies in Verdächtigungen mit einzukalkulieren unterschied einen guten Polizisten von einem schlechten. Farblose Gesichter, Stottern, zuckende Augen, das musste kein Schuldeingeständnis sein, das war meist einfach nur ein Zeichen von Nervosität, Angst manchmal, die unschuldige Seelen befiel, die sich plötzlich einem Inspektor gegenübersahen. Angst, weil man da auf einmal in etwas hineingerissen wurde, mit dem man nichts zu tun haben wollte.

Mord!

Hineingerissen in Mordermittlungen, nur weil man etwas gesehen hatte, das man nicht hatte sehen wollen.

»Mein Name ist Parnell, ich bin von der Mordkommission in Auckland. Wer von Ihnen ist der Mann, der eine blonde junge Frau am Strand beobachtet hat?«

Einer der jungen Männer nickte.

»Na ja, beobachtet habe ich sie nicht. Sie ist mir vielmehr aufgefallen«, sagte er.

Sein Englisch hatte einen europäischen Akzent. Schweden, auf jeden Fall Skandinavien – oder Deutschland, tippte Parnell.

»Warum ist sie Ihnen aufgefallen?«

Der Mann schien kurz zu überlegen.

»Sie, äh, stach heraus. Ihre Haut war so weiß. Viel weißer als die Haut anderer Urlauber. Ich habe noch gesagt …«

Er schaute zu dem Mädchen, das neben ihm stand. Sie war klein, rothaarig, und ihr Gesicht war voller dicker Sommersprossen. Es war das Mädchen, das vorhin die Fotos geschossen hatte.

»… ich habe doch noch gesagt, schau mal, die da drüben! Wenn die nicht bald in den Schatten geht, dann bekommt die einen Sonnenstich.«

»Ja, das hast du gesagt. Und dass sie sich, wenn schon keinen Sonnenstich, doch sicher einen fetten Sonnenbrand holt.«

»Die war weißer als die Japanerinnen, die hier an den Strand kommen. Aber die legen sich ja nicht im Bikini in die Sonne. Die zeigen kaum Haut und fotografieren nur.«

Parnell musste grinsen. Wie wahr.

»Woran können Sie sich erinnern?«

»Dass sie blond war, blond wie die … wie die … Leiche ohne Gesicht … auf dem Foto.«

»Was hatte sie an?«

»Sie trug einen schwarzen Bikini. Ja, schwarz, denke ich.«

»Einen Bikini, sonst nichts?«

»Wenn ich mich recht erinnere, lag ein hellblaues Seidenkleid neben ihr. Es könnte das Kleid auf dem Foto mit der Leiche gewesen sein.«

Haromi kramte in ihrer Aktenmappe, sie zog ein weiteres Foto hervor. Es zeigte den ganzen Körper der Leiche. Auch das zerrissene Kleid.

»Ja, das könnte es gewesen sein«, sagte der junge Mann.

»Ja«, mischte sich das Sommersprossenmädchen ein und hielt sich dann die Hand vor den Mund. »Das ist es ganz bestimmt.«

Sie begann zu weinen.

»Ich bin irgendwann zu ihr hin«, fuhr sie schließlich fort. »Mit Sonnenöl. Ich habe sie angesprochen und ihr das Sonnenöl gereicht.«

»Und?«

»Sie hat nur freundlich genickt.«

»Was genau hat sie gesagt, welche Sprache hat sie gesprochen.«

»Ich habe es zuerst mit Englisch versucht, dann mit Schwedisch. Aber sie hat nicht geantwortet, sie hat sich nur etwas von der Creme genommen und gelächelt. Das war's.«

»Wann haben Sie den Strand verlassen?« Parnells Frage richtete sich an die ganze Gruppe.

Der Junge von vorhin antwortete wieder. »Gegen neun. Wir haben uns noch den Sonnenuntergang angeschaut. Dann, als es schon fast dunkel war, sind wir los.«

»Wo war die junge Frau zu dem Zeitpunkt?«

»Sie war noch da.«

»Am Strand? Allein?«

»Nein, auf dem Weg zum Auto sind wir an der Station der Rettungsschwimmer vorbeigekommen, dem Holzhaus da drüben.«

Er zeigte in Richtung Süden.

»Die Rettungsschwimmer haben dort eine kleine Party gefeiert. Ihre Musik hat uns die ganze Zeit schon genervt. Wir wollten das Versinken des roten Sonnenballs genießen. Ohne Techno-Soundtrack im Hintergrund.«

Das Sommersprossenmädchen legte den Arm um die Hüfte ihres Freundes.

Der fuhr fort: »Die junge Frau ... die Tote ... sie hielt eine Flasche Bier in der Hand und unterhielt sich mit einem der Rettungsschwimmer.«

»Danke«, sagte Parnell, dann zeigte er auf die Kamera, die dem Sommersprossenmädchen um den Hals baumelte.

»Haben Sie damit auch gestern Fotos gemacht?«

Das Mädchen nickte.

»Die brauchen wir. Wir müssen die Fotos auswerten. Sorry. Geben Sie uns Ihre Kontaktdaten. Wir schicken Ihnen die Kamera in ein paar Tagen zu, versprochen!«

2

Parnell stand am Strand. Die schwarzen Sandkörner des Vulkangesteins ließen seine Schuhe einsinken. Die Sonne kämpfte sich hoch und höher in den Himmel. Sie schien hellgelb auf die Nordinsel Neuseelands hinab. Die Wellen rauschten friedlich. Ganz hinten, wo das dunkle Wasser und der helle Himmel sich in einer geraden Linien berührten, würde die gelbe Kugel am Abend verschwinden, aber nicht, ohne ein Farbenspektakel wie bei einer expressionistischen Ölmalerei zu veranstalten.

Fast alle Besucher blieben bis zum Sonnenuntergang am Strand, um sich das Naturschauspiel anzuschauen. Die Surfer nahmen kurz vor dem Einbruch der Dunkelheit die letzten Wellen des Tages, paddelten ein Stück ins offene Meer hinaus und stellten sich auf ihre Bretter. Vom Strand aus wirkte das, als könnten sie übers Wasser gehen.

Parnell kannte diese Abende in Piha. Als Jugendlicher war er mit Freunden von Auckland aus hier rübergefahren. Eine Flasche Gin in der linken Hand, den rechten Arm unbeholfen um die Schultern eines Mädchens gelegt.

Piha war der Strand der Hoffnungen pubertierender Halbstarker von Auckland – und Parnell war, vor zwanzig Jahren, auch einer von ihnen gewesen.

Der Inspektor spürte, wie ein Schweißtropfen von einer Haarspitze auf den Nasenrücken fiel. Mit einem Taschentuch wischte er ihn weg. Er hörte ein Räuspern hinter sich und drehte sich um.

Smith stand da, einen aufgeschlagenen Notizblock in der Hand. Er reichte Parnell einen dünnen Papierausdruck. Darauf war der Gipsabdruck der Fußspuren am Strand zu sehen.

»Das ging aber schnell«, sagte Parnell. Er schaute auf die Uhr.

»Die Forensiker sind schon zurück in Auckland und haben sich sofort an die Arbeit gemacht. Wir haben außerdem die Polizeistationen abtelefoniert«, sagte er. »Nichts. Keine Vermisstenanzeige.«

»Bring mich zu dem Mann, der die Leiche heute Morgen gefunden hat.«

Parnell kämpfte sich über die Dünen, hinter denen sich das Haus der Rettungsschwimmer versteckte. Immer wieder begrub der Sand seine Schuhe. Die Sisyphusarbeit eines Strandläufers. Auf den Gipfeln der Dünen wehte langes Gras im Wind. Je näher er dem Haus kam, desto mehr leere Bierflaschen entdeckte er.

Vor dem Eingang stapfte ein junger Mann umher, er trug knielange buntkarierte Badeshorts und ein ausgebleichtes rotes Rettungsschwimmer-T-Shirt. In der einen Hand hielt er einen neongelben Müllbeutel, mit der anderen griff er nach den herumliegenden Flaschen, leerte letzte Reste in den Sand und warf das Glas in den Beutel.

»Lange Nacht gestern?«, fragte Parnell anstatt einer Begrüßung.

Die geschwollenen Augen, aus denen der junge Lifeguard zum Inspektor aufsah, gaben ausreichend Antwort.

»Wie ist Ihr Name?«

»Paul Meyer. Ich bin Rettungsschwimmer hier.«

»Mein Name ist Frank Parnell. Ich leite die Ermittlungen zum Tod des Mädchens.«

Meyer nickte.

»Sie haben die Tote am Strand gefunden, nicht wahr?«

Der Rettungsschwimmer nickte erneut.

»Ja, das habe ich bereits einem Ihrer Leute erzählt. Ich war heute als Erster hier. Bereits im Morgengrauen. Ich habe sofort gesehen, dass da vorn am Strand etwas lag. Erst dachte ich, es sei ein angespülter Fischkadaver. Ein Delfin. Erst als ich den Feldstecher rausholte, habe ich erkannt, dass es eine Leiche war.«

»Was genau haben Sie dann getan?«

»Ich habe Sie ... also die Cops ... informiert. Und danach habe ich in der Rettungsschwimmerzentrale in Auckland angerufen.«

»Sie sind nicht zur Leiche hin?«

»Nein. Ich bin hoch auf die Düne, aber nicht weiter.«

Parnell schaute skeptisch.

»Diese Schuhe hier, sind das Ihre?«

Der Inspektor zeigte auf ein Paar Sportschuhe, die neben der Tür standen.

Der junge Mann nickte zum dritten Mal.

Parnell ging zu den Schuhen, hob sie hoch, drehte und wendete sie. Schließlich nahm er das dünne Papier aus der Tasche, entfaltete es, kniete sich hin, legte die Schuhe mit der Sohle nach oben in den Sand und hielt das Gipsprofil daneben. Er schaute zu Meyer auf.

Parnell sagte nichts. Er sah, wie die Lippen des Rettungsschwimmers zu zucken begannen. Der junge Mann begann zu schluchzen und konnte sich kaum beruhigen.

»Als ich Sie angerufen habe, rangen bereits zwei Möwen um die Leiche, weitere gesellten sich dazu. Sie pickten auf die Tote ein. Ich bin hin und habe sie verscheucht. Ich habe das Mädchen bewacht, bis ich auf der Straße, die den Dschungel runterführt, die blauen und roten Lichter der Einsatzwagen gesehen habe. Dann bin ich zurück, hier zum Haus.«

Die Stimme klang nun fest, aber Parnell sah, dass die Hände des jungen Mannes noch zitterten. Er holte seinen Tabak aus der Tasche und schaute Meyer fragend an.

»Gerne«, sagte der Rettungsschwimmer.

Parnell drehte und überlegte.

»Wo sind die anderen?«, fragte er schließlich.

»Ich bin alleine hier. Nachdem die Polizei den Strand gesperrt hatte, wurden auch die Rettungsschwimmerschichten für heute gestrichen.«

»Was war das gestern für eine Party?«

Meyer zuckte mit den Schultern und nahm dankend die Zigarette.

»Nichts Besonderes«, sagte er. »Ein paar von uns, ein paar Freunde. Wir haben am Turm ein Feuer gemacht, einige haben ein paar Kisten Bier mitgebracht – und wir hatten Gin.«

»Wie viele Personen waren auf der Party?«

»Zwei Dutzend vielleicht.«

»War die Tote auch da?« Parnell zog das Foto aus der Gerichtsmedizin hervor. Der Rettungsschwimmer nahm es in die Hand und schaute einige Sekunden darauf. Äußerlich zeigte er keine Reaktion.

»Kann sein. Ich weiß es nicht. Es waren ein paar blonde Mädchen dabei, die ich nicht kannte. Ich kann mich jedenfalls nicht an dieses ...«

Nun stockte er.

»Ich kann mich nicht an dieses ... äh ... Gesicht erinnern.«

Parnell steckte das Foto wieder in die Tasche.

»Ich möchte, dass Sie alle Lifeguards, die gestern auf dieser Party waren, zusammentrommeln. Ich möchte, dass alle in zwei Stunden hier sind. Im Haus. Verstanden?«

Meyer nickte. »Verstanden«, sagte er und zog noch mal an der Zigarette.

3

Die Lifeguards von Piha waren nicht irgendwelche Bademeister. Sie waren Stars. Helden. Wer auf der Nordinsel Rettungsschwimmer war, wollte es in Piha sein. An diesem Strand wurde 1934 die erste Rettungsschwimmerstaffel Neuseelands gegründet. Hier wurde in Neuseeland zum ersten Mal gesurft. Das war 1956. Ein paar Jungs aus Kalifornien hatten bei einer Rundreise die wuchtige Brandung des Tasmanischen Meeres entdeckt, sie schnappten ihre Surfbretter, die sie aus der Heimat mitgebracht hatten, und stürzten sich ins Wasser. Wenig später schnitzten die Einheimischen ihre eigenen Bretter. Der Strand galt bald im ganzen Land und darüber hinaus als legendär. Er zog die waghalsigsten Surfer an. Er bot die höchsten Wellen.

Er forderte die meisten Toten.

Die Holzbaracke der Rettungsschwimmer war weiß gestrichen. An der einen Wand stapelten sich Ruderboote. Ein langer Flur führte in ein Besprechungszimmer. An der Decke hing eines der legendären frühen Surfbretter. Schwer, dick und breit. An Haken hingen rote Westen, an den Wänden alte Fotos in Schwarzweiß. Kreuze.

Sommer für Sommer zogen die Lifeguards Möchtegernschwimmer aus den Wellen. Manche zappelnd, manche leblos. Vor einigen Jahren waren die Helden von Piha vom neuseeländischen Privatfernsehen entdeckt worden. Einige Staffeln lang lief die Reality-Serie *Piha Beach* im TV, bei der die wagemutigen Männer und Frauen von einem Kamerateam begleitet wurden. Um kurz vor acht – zur Primetime. Mit wasserfesten Kameras war das Filmteam ganz nah dabei, wenn die Könige des Strandes Leben retteten. Genauso wie bei *Baywatch* – aber das hier war echt.

Die Serie war irgendwann eingestellt worden, die Heldenverehrung war geblieben.

Rund zwanzig Rettungsschwimmer hatten sich gemeinsam mit Paul Meyer im Sitzungssaal versammelt. Die meisten davon junge Männer und ein halbes Dutzend Frauen.

Parnell setzte sich an den Kopf des Tisches, neben ihm nahmen Smith und Haromi Platz. Der Inspektor schwieg. Er hatte vor jeden der Anwesenden zwei Fotos gelegt. Die Reste des Gesichts. Das zerfetzte Kleid. Die Rettungsschwimmer starrten darauf. Stumm.

Nach ein paar Minuten stand Haromi wieder auf und räusperte sich.

»Vielen Dank, dass Sie alle gekommen sind. Mein Name ist Inspektor Haromi, ich arbeite für die Mordkommission des Auckland Police Department. Neben mir sitzen meine Kollegen Chief Inspektor Parnell und Inspektor Smith. Sie haben das Foto der Leiche eines jungen Mädchens vor sich liegen. Sie wurde heute früh von einem Ihrer Kollegen leblos am Strand gefunden.«

Die Köpfe wanderten ruckartig zu Meyer und ebenso ruckartig wieder zurück nach vorn. Zu Haromi. Niemandem war verborgen geblieben, was geschehen war.

»Das Mädchen ist allem Anschein nach brutal misshandelt und ermordet worden. Zu weiteren Details können wir aus ermittlungstechnischen Gründen derzeit keine Angaben machen. Nur so viel: Laut Zeugenaussagen ist die Tote gestern Abend bei Ihrer Strandparty gesichtet worden. Wir wissen derzeit nichts über sie. Wir haben kein Handy, wir haben kein Portemonnaie und keine Papiere. Am Parkplatz steht kein herrenloses Auto, das ihres sein könnte. Wir wissen nicht, wie alt sie ist, ob sie Neuseeländerin ist oder nicht. Wir haben keinen Namen. Wir haben noch nicht einmal ein Gesicht.«

Reflexartig blickten alle Anwesenden erneut auf die Fotos. Die Stimmung im Raum war bedrückend, so als ob die Luft gleich explodieren würde.

»Diese Tote ist eine völlig Unbekannte für uns. Sie müssen uns jetzt weiterhelfen.«

Als Haromi geendet hatte, blieb sie stehen. Sie schaute in die Runde, aber die Runde schaute immer noch auf die Fotos. Die Stille im Raum war unerträglich.

Haromis Gesicht verfinsterte sich. Parnell legte ihr eine Hand auf den Unterarm. Dann sprach er.

»Sie können gehen. Der Strandabschnitt bleibt heute gesperrt. Vielleicht auch morgen. Die Zeitungen werden einige Tage über das tote Mädchen von Piha berichten. Vielleicht einige Wochen lang. Die Fernsehsender werden einige Zeit ihre Übertragungswagen hier stehen haben. Sie werden filmen. Alles, was sie in die Finger kriegen. Sie werden jedem ihre Mikros unter die Nase halten. Der Mord wird vielleicht aufgeklärt werden. Vielleicht nicht. Irgendwann wird ein anderer Mord geschehen. Dann wird dieser hier vergessen sein. Wer aber etwas weiß, der wird dieses Wissen nicht loswerden. Es wird sich einfressen in die Psyche. Das tote Mädchen wird Sie in Ihren Träumen holen. Der Zweifel wird in Ihrem Herzen brennen. Was, wenn ich am Tag nach dem Tod nicht geschwiegen, sondern geredet hätte? Diese Frage werden Sie Ihr ganzes Leben lang nicht mehr loswerden.«

Parnell schaute in die Runde. Alle im Raum schauten zu ihm. Nichts war zu hören. Nur das Brummen des Ventilators an der Decke.

»Sie können gehen. Wir werden bleiben. Hier in diesem Raum. Bis es Nacht wird. Wenn jemand zurückkehren will, wenn uns jemand etwas zu sagen hat: Wir sind hier!«

Noch immer rührte sich niemand. Erst als der Inspektor zur Tür hinausschritt, schoben die versammelten Rettungsschwimmer langsam und quietschend ihre Stühle nach hinten und folgten wortlos.

4

Es war eine halbe Stunde vergangen, als einer der Rettungsschwimmer an die Tür klopfte und wieder in den Besprechungsraum trat. Haromi schob die angebissenen Avocado-Sandwiches beiseite. Parnell machte eine einladende Handbewegung, der Mann setzte sich.

»Ich will niemanden beschuldigen, und ich will auch nicht …«

»Ersparen Sie sich das Geplänkel!«, unterbrach ihn der Inspektor. »Was glauben Sie, wen Sie vor sich haben?«

Das war eine rhetorische Frage, trotzdem machte Parnell eine Pause, so, als ob er auf Antwort wartete. Er nahm einen Schluck vom Papaya-Saft, den Haromi ihm in einer Thermoskanne hingestellt hatte. Dann schnappte er sich den Tabak, der auf dem Tisch lag, und begann, eine Zigarette zu drehen.

»Egal, wen Sie jetzt nennen. Egal, was Sie jetzt sagen. Für uns ist jeder verdächtig, der gestern Abend am Strand war. Jeder – egal ob jemand eine Aussage für oder gegen jemanden macht. Wir drehen und wenden jede Aussage, bis wir wissen, was sie bedeutet. Für uns sind *Sie* genauso verdächtig wie derjenige, den Sie nun nennen. Und jetzt möchte ich Ihren Namen wissen! Und den Namen dessen, den Sie verdächtigen! Reden Sie!«

»Mein Name ist Thomas Peters, und ja, dieses Mädchen war gestern auf unserer Party. Ich kann mich an das Kleid erinnern. Ich kenne … ich kannte sie nicht, ich habe sie nie vorher gesehen. Sie ... sie ... ist ... war ... ein hübsches Mädchen. Ich weiß nicht, mit wem sie da war, und ich weiß nicht, mit wem sie die Party verlassen hat, ich kann mich nur daran erinnern, dass sie sich mit einem der Rettungsschwimmer unterhalten hat und dass die beiden irgendwann in Richtung der Dünen verschwunden sind.«

»In die Dünen? Warum?«

Peters stockte kurz. »Wenn man für sich sein will, dann geht man in die Dünen.«

»Wer? Mit wem ist das Mädchen zu den Dünen?«

»Mit Paul.«

»Meyer?«

»Ja.«

5

»Thomas lügt.«

Parnell und Meyer saßen im Sand. Sie hatten dem Geschehen den Rücken gekehrt und blickten aufs Meer.

Parnell fror, obwohl er eine Jacke trug. Der Rettungsschwimmer saß neben ihm, in kurzen Shorts und T-Shirt.

»Hören Sie, Meyer, wir haben Ihre Fußspuren bei der Leiche gefunden. Sie erzählten uns, dass Sie die Möwen verscheuchen mussten. Das kann man glauben, muss man aber nicht.«

Was Parnell nicht sagte, war, dass sich dieses Bild – ob gelogen oder wahr – unauslöschlich in sein Hirn gebrannt hatte. Die offenen Wunden des toten Mädchens. Die Möwen, die ihre Schnäbel ins Fleisch hakten, die an der Haut zogen, deren weißes Gefieder sich vom Blut des Mädchens rot färbte.

»Ihre Fußspuren waren bei der Leiche, und ein Kollege von Ihnen sagte uns, dass Sie sich mit dem Mädchen auf der Party unterhalten haben und dass Sie sich ... äh ... nähergekommen sind. Was Sie uns verheimlicht haben. Sie können jetzt gerne Ihren Anwalt anrufen und wir führen dieses Gespräch im Police Department in Auckland fort.«

Parnell packte sein Handy aus der Tasche und hielt es dem Rettungsschwimmer hin.

»Aber Sie werden reden, Sie werden uns erzählen, was Sie über dieses Mädchen wissen, warum Sie mit ihr im Dunkel der Dünen verschwunden sind, was Sie mit ihr gemacht haben.«

Eine Weile schwieg Meyer. Er starrte auf die Wellen. Wie viele Stunden mochte er das in seinem Leben bereits gemacht haben. Jahr für Jahr, Sommer für Sommer. Auf die Wellen starren. Auf die Köpfe der Schwimmer, hören, ob jemand schreit, schauen, ob ein Kopf untergeht.

»Mel«, sagte Meyer schließlich. »Sie sagte, sie heiße Mel.«

»Mel«, sagte nun auch Parnell.

»Ja. Ich hatte sie nachmittags am Strand schon gesehen. Sie war eine der Letzten dort. Ich habe sie gefragt, ob sie bei unserer kleinen Party mitfeiern will. Sie sagte ja. Sie sagte, dass sie Mel heißt. Mehr nicht. Sie lachte viel. Sie redete wenig.«

Die beiden schauten sich an.

Mel. Eine Strandbekanntschaft. Es ging ihr wohl um das flüchtige Gefühl von Glück und Freiheit. Ein Schluck Bier, das dunkle Rauschen der Wellen, das Abenteuer einer Nacht mit einem der waghalsigen Männer.

»Sie war keine Neuseeländerin.« Es war mehr eine Feststellung denn eine Frage des Inspektors.

Meyer schüttelte den Kopf. »Sie sprach gutes Englisch. Aber sie war keine Muttersprachlerin. Skandinavien vielleicht. Vielleicht Deutschland. Sie wollte es nicht verraten, keine Ahnung, warum. Sie hatte so etwas Geheimnisvolles an sich. Sie hat nur gesagt, sie sei seit ein paar Wochen mit zwei Freundinnen unterwegs. Sie hätten ein Auto gemietet und würden von Backpackerherberge zu Backpackerherberge ziehen. Die beiden Freundinnen seien gestern in Auckland geblieben – zum Shoppen.«

Meyer schluckte.

»Wir tranken Bier zusammen. Zwei, vielleicht drei. Irgendwann nahm ich ihre Hand. Wir gingen gemeinsam zu den Dünen. Wir ...«

Wieder stockte Meyer.

»Ich hatte etwas Gras dabei. Wir rauchten einen Joint. Ich wollte ... mehr. Sie ... sie nicht.«

Meyer schaute verlegen zu Boden.

»Sie ging zur Party zurück. Sie wollte uns noch zwei Bier holen. Als sie nach einer Viertelstunde noch nicht wiedergekommen war, folgte ich ihr. Ich fragte ein, zwei der anderen nach ihr, aber niemand hatte sie gesehen.«

Da war viel mehr, das Parnell nicht verstand, aber er sprach es nicht aus.

Sie sagte, sie sei seit Wochen mit ihren Freundinnen unterwegs. Und dann die blasse Haut?

Sie sagte, ihre Freundinnen seien in Auckland geblieben, sie sei allein hierher gekommen. Da stand kein Auto am Strandparkplatz. Spätnachts fuhr kein Touristenbus mehr. Wie wollte sie zurückkommen?

»Was, wenn alles anders war?«, fragte Parnell und schaute dem Rettungsschwimmer in die Augen.

»Was, wenn nicht das Mädchen Bier holen wollte, was, wenn Mel schon tot war, als *Sie* zur Party zurückkehrten? Was, wenn Sie mit ihr schlafen wollten, sie aber nicht mit Ihnen, was, wenn Sie sie zwangen, sie sich aber wehrte? Was, wenn Sie ein Messer dabeihatten oder eine Bierflasche an den Steinen zerschlugen? Was, wenn Sie sich die blutigen Hände in der Brandung gewaschen haben und dann zurück zu den anderen sind, um nach ihr zu fragen?«

Meyer war weiß im Gesicht. Weiß wie die Haut des toten Mädchens.

»Nein«, stotterte er. »Nein. So war es nicht.«

Parnell war aufgestanden. Er schaute nun auf den Rettungsschwimmer hinab, der Tränen in den Augen hatte. Vielleicht Tränen der Furcht, vielleicht Tränen der Trauer. Vielleicht aber auch nur wegen des Windes.

Als der Inspektor sich wegdrehte, um den Rettungsschwimmer allein zu lassen, räusperte sich dieser.

»Hier«, sagte Meyer.

Parnell sah, dass der junge Mann etwas zwischen den Fingern geklemmt hielt.

»Ich hatte kein Feuerzeug dabei, heute Nacht, hier in den Dünen. Sie hat mir die gegeben.«

Parnell zog ein Taschentuch aus seiner Jackentasche und fasste damit nach dem Streichholzbriefchen. Sieben der Hölzchen waren abgerissen, drei steckten noch darin. Der Karton war feucht und aufgewölbt. Die goldene Schrift auf verwischtem Purpurrot war kaum zu erkennen.

Rou - - A - -, stand da. Mehr konnte Parnell nicht entziffern.

6

Aus der Zentrale gab es nichts Neues. Immer noch keine Vermisstenmeldung. Wie soll man einen Mord aufklären, wenn man die Tote nicht kennt, fragte sich Parnell. Wenn nur ein paar Augenblicke ihres Daseins bekannt sind? Und selbst die vielleicht erlogen waren.

Der Inspektor stand mit Smith und zwei weiteren Polizisten an einem der Einsatzwagen. Smith hatte mit weiteren Polizisten alle weiteren Bungalows hinten an der Flussmündung abgeklappert, aber niemand dort wollte das Mädchen gesehen haben. Sie hätten den Lärm gestern gehört, von der Party, sich geärgert, aber nein, sonst nichts mitbekommen. »Auch die Surfer, die wir bislang befragt haben, haben nichts mitbekommen«, berichtete Smith.

Haromi war im Haus der Rettungsschwimmer geblieben, um eventuelle weitere Aussagen aufzunehmen. Aber es war niemand mehr aufgetaucht.

Die Forensiker hatten ihre Sachen zusammengepackt und waren wieder auf dem Weg zurück in die Stadt. Auch Parnell spürte, dass es hier vorerst nichts mehr zu tun gab. Es fiel ihm schwer, sich vom Tatort zu lösen, so war es immer. Er hatte Angst aufzubrechen. Angst davor, dass in dem Moment, in dem er dem Ort des Geschehens den Rücken zukehrte, etwas passieren würde. Etwas, das die Geheimnisse des Falls in sich barg.

»Was ist mit Meyer?«, fragte Smith. »Nehmen wir ihn mit? Willst du ihn in Auckland in die Mangel nehmen?«

Parnell antwortete nicht sofort. Er kaute auf einer Tabakfaser herum, die sich aus der Selbstgedrehten gelöst hatte, und spuckte sie schließlich aus. Dann gab er wieder, worüber er mit dem Rettungsschwimmer gesprochen hatte.

»Er scheint immerhin der Letzte gewesen zu sein, der sie gesehen hat«, fasste Smith die Worte des Inspektors zusammen. »Er wollte nach eigener Aussage Sex mit ihr. Sie nicht mit ihm. Er kam aus dem Dunkeln zurück, sie nicht.«

»Nein«, sagte Parnell nun knapp. »Wir werden ihn nicht mitnehmen. Wir werden ihn nicht weiter befragen.«

»Warum nicht?«, bohrte Smith weiter.

»Weil er im Unklaren bleiben soll. Im Unklaren darüber, ob ich ihm glaube. Und weil auch alle anderen, jeder verdammte mögliche Mörder im Unklaren bleiben soll. Im

Unklaren darüber, ob wir eine Spur haben, ob wir *ihm* auf der Spur sind – oder nicht.«

Parnell zog das Taschentuch mit dem Streichholzbriefchen hervor.

»Das hatte sie bei sich. Meyer hat es mir gegeben«, erklärte er. »Ich habe versucht, das zu entziffern.« Parnell hielt das Briefchen den Männern näher hin.

»Rou …«, sagte er.

»Rou …«, wiederholte einer der Männer.

»*Rouge Ami*«, sagte ein anderer. »Die ist aus dem *Rouge Ami.*«

Parnell blickte auf.

»Ich kenne das aus früheren Ermittlungen«, sagte der Mann, als müsse er sich verteidigen. »*Rouge Ami*, das ist ein Bordell. In einer Seitengasse, am nördlichen Ende der K-Road. Keine Straßennutten. Richtig heiße Mädchen. Kleiner Laden, der einen auf französischen Edelpuff macht, auch wenn da scheinbar keiner korrekt französisch spricht.«

Er pfiff in den Wind und erntete dafür einen bösen Blick des Inspektors.

»Eine Nutte«, sagte Parnell. Es war mehr ein Flüstern. »Eine Nutte, ein armes Mädchen, das an den falschen Freier geraten ist.«

7

Die K-Road, wie die Bewohner von Auckland die Karangahape Road nannten, war einst ein Ort der Unterwelt.

Hier wurden die krummen Geschäfte auf offener Straße gemacht, Messerstechereien waren an der Tagesordnung. Blut, das war der Geschmack der *K*, das Knallen der Schüsse war ihr Sound.

Mittlerweile hatte sich die Straße in eine Ausgehmeile verwandelt, Bars, kleine Restaurants mit internationaler Küche. Gemeinsam mit der Queen Street, der Ponsonby Road und dem Hafen bildete die Karangahape Road das pulsierende Herz der Stadt.

Parnell hatte den Rest des Nachmittags und des frühen Abends am Schreibtisch verbracht. Er hatte protokolliert, was in den Stunden zuvor geschehen war. Er hatte neue Anweisungen gegeben: Die Vergangenheit dieses Rettungsschwimmers musste beleuchtet werden. Wo lebte er? Wie lebte er? War er schon einmal mit dem Gesetz in Konflikt geraten? War er schon einmal angezeigt worden? Vielleicht von einem Mädchen? Vielleicht schlug er sie? War da nichts zu finden? Gar nichts? Auch gut. Auch das ist verdächtig.

Möglichst alle Rettungsschwimmer und Freunde, die auf der Party waren, sollten aufgelistet werden. Möglichst alle sollten zu dem Mädchen befragt werden. Vielleicht hatte noch jemand mit der Toten gesprochen? Vielleicht hatte sie doch noch jemand gesehen, nachdem sie aus den Dünen zurückgekommen war. Wenn sie denn zurückgekommen war.

Der Inspektor hatte mit der Presse telefoniert. Es war ihm nichts anderes übriggeblieben. Angriff statt Verteidigung, er wusste, dass dies die einzige Möglichkeit war. Er hatte einem Fernsehsender ein Interview gegeben. Nicht am Strand. In der Zentrale. Im Innenhof. Neutraler Hintergrund. Eine Betonmauer.

Er hatte mit dem Redakteur des *New Zealand Herald* gesprochen. Die Journalisten lechzten nach News. Es passierte nicht viel in Neuseeland, was berichtenswert wäre, schon gar kein Mord. Und dann auch noch in Piha. Im Umkreis der Lifeguards. Der Helden.

Die Fotos der Leiche hatte Parnell nicht rausgegeben. Normalerweise hatte er keine Skrupel, Fotos von Opfern an die Presse weiterzugeben. Fotos, auf denen sie noch lebten. Aber keine Fotos mit zerfetztem Gesicht. Die Presse versuchte es trotzdem. Sein Telefon hatte in den vergangenen Stunden nicht stillgestanden.

Frank, komm schon!

Hey, Frankyboy, wir haben ein Recht darauf.

Herr Inspektor, eine Hand wäscht die andere. Geben Sie uns das Foto, wenn wir was haben, leiten wir es an Sie weiter. Leben und leben lassen.

Nein, er war hart geblieben. Warum? Er vermutete, dass es sein Gewissen war, das sich unter der beruflich bedingten Gefühlskälte versteckte.

Er hatte nur ein Bild des zerrissenen Kleides an die Presse weitergegeben, das in der Zwischenzeit in der Gerichtsmedizin der Leiche abgenommen, untersucht und separat fotografiert worden war.

Vielleicht würde jemand das Kleid wiedererkennen. Einen Namen dazu wissen. Mel. Mel wer? Vielleicht würde es einen Zufallstreffer geben. Das Mädchen war tot – unwiederbringlich. Aber vielleicht würde jemand ihre Vergangenheit zum Leben erwecken können.

Der Inspektor spazierte vom Hafen aus die Queen Street hoch. Er ging gerne zu Fuß. Es war die beste Methode, Gedanken zu ordnen oder sie zu verdrängen. Je nachdem, wonach ihm der Sinn stand. Einheimische und Touristen saßen in den Restaurants, sie aßen Fisch und Muscheln, Black-Angus-Steaks und Burger. Sie tranken Bier aus Wellington oder Chardonnay aus Napier. Eisschleckend spazierten sie an den beleuchteten Läden entlang, runter zum Meer, an den Yachten vorbei. Am Pier saßen die Jungen und Alten in den Pubs. Die Jungen tanzten zur Musik, die Alten starrten auf das Rugbyspiel am Bildschirm, wie immer spielten die All Blacks ihre Gegner in Grund und Boden.

Am unteren Bildschirmrand wanderten die Breaking News von links nach rechts:

+++ TOTES MÄDCHEN IN PIHA BEACH +++ SONDERSENDUNG +++ LIFEGUARDS UNTER VERDACHT? +++

Aus den Küchen der Food Courts drangen exotische Gerüche und vermengten sich zu einem unbestimmbaren Ganzen. Die Luft war warm und mild, die buttergelben Straßenlaternen wehrten sich gegen die Dämmerung. Straßenkatzen schlichen um die Ecken und stritten sich um weggeworfene Portionen Fish and Chips. Die Spatzen waren dreister, sie hopsten von Tischecke zu Tischecke und ließen sich von wedelnden Armen nur kurz verscheuchen, um dann im Sturzflug zurückzukehren und manche Köstlichkeit direkt vom Teller zu klauen.

Der Inspektor gelangte an das oberste Ende der *K.* Er bog links in eine Seitenstraße ab, wo die Laternen dunkler schimmerten. Dort waren ein paar wenige Etablissements bestehen geblieben, in die kein Student, kein Tourist seinen Fuß zu setzen wagte.

Dieser Fleck, diese Seitenstraßen am oberen Ende der K-Road war einer der wenigen Orte im Paradies des Südens, wo mehr Asphalt war als Natur, mehr Gestank als Blütenduft, wo sich nichts verändert hatte, wo nach wie vor mehr Kriminalität als Lebensfreude herrschte.

Parnell lief die dunkle Straße entlang. Graffitis zierten die bröckelnden Häuserwände, er schlug den Mantelkragen hoch, es schien ihm, also ob es hier oben nicht nur dunkler, sondern auch kälter wäre.

Das dunkelrot flackernde Licht über der schweren Metalltür war schon von weitem zu sehen. Die Tür hatte keine Klinke, auf Augenhöhe war ein dunkler Schlitz, durch den man nicht hineinsehen konnte, aber wohl hinaus. Neben der Tür war eine weiße Klingel. Darunter zwei geschwungene Buchstaben:

R. A.

Parnell klingelte und wartete. Es nervte ihn. Er wusste, dass er beobachtet wurde, aber er wusste auch, dass es zum Spiel der Nacht gehörte, ihn zappeln zu lassen. Hier warteten Männer auf Einlass, die nach schönen Frauen lechzten, die sich mit Geld holten, was sie haben wollten. Sex. Oder sich mit großen Scheinen das zu kaufen erhofften, was es mit großen Scheinen nicht zu kaufen gab. Liebe.

Die Tür öffnete sich einen Spaltbreit, erst sah Parnell nur das Weiß zweier misstrauischer Augen, dann erschien ein Kopf.

Langes, dickes, schwarzes Haar. Das Gesicht des Maori war tätowiert, in der Nase steckte ein goldener Ring und an den Fingern schwerer Silberschmuck mit Totenköpfen drauf.

Der Mann sagte kein Wort. Er hielt den dicken, roten Vorhang beiseite, so dass der Inspektor ins Innere treten konnte. Warme Luft strömte ihm entgegen. Aus den Boxen erklang *Slave to Love* von *Bryan Ferry*. Schwere Vorhänge, schwere Polstermöbel, schwere Bäuche der glotzenden Männer. Schweres Thekenholz, schwere Aschenbecher darauf.

An den Stangen auf der Bühne tanzten Mädchen. Eine Blondine und eine Dunkelhaarige. Die glotzenden Männer saßen an den umliegenden Tischen. Sie tranken große Biere und rauchten Zigarren.

Parnell hasste diese Szene, in die er sich als Polizist wohl oder übel immer wieder begeben musste. Er hasste die Türsteher, die Kunden, er hasste die Falschheit der Nutten. Der Bass hämmerte, die Musik umschlang ihn, und er dürstete nach einem Drink an der Bar.

Er setzte sich auf einen der Hocker, bestellte einen Heaven Hill auf Eis und zog seinen Tabak aus der Manteltasche. Es war nichts Ungewöhnliches in diesem Etablissement, den Mantel anzubehalten. Nur Anfänger oder Idioten gaben im Bordell irgendetwas an der Garderobe ab. Ein abgegebener Mantel machte einen nackt. Nackt und verletzlich. Wo das Messer oder die Pistole verstecken? Wie abhauen, wenn es abzuhauen galt, wenn der Garderobier erst noch nach dem ihm überlassenen Stück suchen musste?

Der Barmann wirkte wie ein Troll aus Tolkiens Werken – in feinen Zwirn gesteckt. Die Hosenträger dehnten sich über seinen Katzenbuckel. Er trug Fliege und einen millimeterdünnen Oberlippenbart. Der Mann beugte sich nach vorn und hielt Parnell sein Silberfeuerzeug hin. Der Inspektor zog und sog und blies den beißenden Rauch an die dunkle Decke. Er hatte die Streichholzbriefchen bereits entdeckt. Sie lagen aufgehäuft in einer schwarzen Schale neben dem Aschenbecher.

Parnell war froh, dass ein alter Barmann hinter dem Tresen stand. Bardamen waren die schwierigeren Gesprächspartner. Sie misstrauten jedem Wort. Bei Bardamen brauchte man es überhaupt nicht zu versuchen. Weder das Reden noch sonst irgendwas. Wenn eine Frau hinter der Theke stand, blieb einem nichts anderes übrig, als erst einmal mit einem Mädchen aufs Zimmer zu gehen, ihr die Hand auf die Schulter zu legen und zu sagen:

»Stopp, hör mir zu, ich bin nicht deswegen hier.«

Barmänner waren anders. Sie sprachen. Nicht viel. Mann musste warten, durfte sie nicht überrumpeln, dann klappte es meistens.

Parnell nahm das Whiskeyglas in die Hand und schlürfte langsam. Er suchte Augenkontakt und nickte dem Barmann zu.

Er hatte keinen Plan. Man darf keinen Plan haben. Er wusste, irgendwann nach dem zweiten oder dritten Heaven Hill musste er dieses verdammte Foto aus der Tasche ziehen, auf die Theke legen und dem Barmann in die Augen schauen. Er wollte diese Situation so lange wie möglich hinauszögern, am liebsten vermeiden.

Er nahm noch einen Schluck, eines der Mädchen schmiegte sich an ihn, und das Spiel begann.

Sie lächelte verführerisch. Er lächelte verlegen. Er schaute zum Troll und deutete in ihre Richtung. Der Barmann stellte ihr ein Glas Champagner hin.

Parnell nickte ihr zu und trank noch einen Schluck. Aus den Boxen lief nun *Avalon*, einer der Männer vorn an der Bühne hatte seinen fetten Bauch hochgestemmt, er wäre vornübergekippt, wenn der Bühnenrand ihn nicht gehalten hätte. Der Mann grunzte und steckte den tanzenden Mädchen Fünfdollarscheine in die Slips. Neben dem Dicken saß ein kleinerer Mann. Er trug eine Glatze und ein Hawaiihemd mit Kolibris darauf. Der Zwerg schenkte Champagner nach.

Die Männer störten. Das Mädchen neben dem Inspektor, das ihn verführerisch anschaute, störte nicht. Sie schaffte es, eine Aura um sich und ihn zu legen, die alles außerhalb dumpf erscheinen ließ, das Gläserpolieren des Barmanns, das Grunzen des Mannes an der Bühne, Bryan Ferrys Stimme.

»Sorry, ich … ich suche … sie hat gesagt, sie heiße Mel. Sie … sie war blond. Ich suche Mel. Kennst du sie?«

Das Mädchen schaute enttäuscht, gespielt enttäuscht.

»Falsche Frage«, sagte sie und schnalzte mit der Zunge.

Parnell wusste, dass jetzt der Augenblick gekommen war. Er zog das Foto mit dem Kopf der Toten aus der Jackentasche und legte es auf den Tresen. Daneben legte er das Bild des Kleides. Der Barmann und das Mädchen warfen einen Blick darauf.

Der Inspektor brauchte keine Frage zu stellen. Mit dem Bild war alles gesagt.

Das Mädchen schreckte zurück. Nicht gespielt.

Der Barmann schüttelte den Kopf, einmal kurz nach links, einmal nach rechts, dann schnappte er sich wieder eins der Gläser.

Das Mädchen hatte sich schnell wieder gefangen. Sie schnalzte erneut mit der Zunge und hob die Schultern.

»Falscher Ort«, sagte der Barmann und grinste.

Parnell merkte, wie sich die Stimmung innerhalb eines Sekundenbruchteils wandelte. Die wohlige Wolke war verpufft. Die Wärme weg. Ein Schauder übermannte ihn, und er sah in seinen Augenwinkeln das Nicken des Barmanns in Richtung Tür, von wo aus der tätowierte Maori bereits auf den Tresen zusteuerte.

»Schnüffler?«, fragte der Türsteher.

Der Barmann nickte.

»Was wollen Sie?«, fragte der Maori Parnell.

Der Inspektor stand auf. Er spürte den Atem des Tätowierten im Nacken.

»Ich möchte wissen, wer dieses Mädchen ist?«

Der Türsteher nahm das Bild in die Hand und schaute darauf.

»Warum kommen Sie damit zu uns?«

Parnell schnappte sich ein Streichholzbriefchen und zündete sich eine Selbstgedrehte an.

»Weil die Tote eines dieser Briefchen bei sich hatte, als sie starb.«

Der Tätowierte schaute ihm lange in die Augen. Parnell konterte den tiefen Blick. Dann winkte der Mann zur Bühne, die beiden Mädchen unterbrachen sofort ihren Tanz und hopsten in Richtung der Bar. Der Dicke protestierte kurz, dann ließ er sich wieder in seinen Sessel fallen und griff nach dem Champagner.

»Kennt die jemand?«, fragte der Türsteher, als die Tänzerinnen bei ihm angekommen waren.

Jetzt aus der Nähe wirkten sie jünger und dünner, unsicherer und zerbrechlicher als vorhin auf der Bühne, wo sie eine strenge Weiblichkeit ausstrahlten. Aus der Ferne machte das Make-up sie zu Frauen, aus der Nähe zu maskierten Püppchen.

Der durchdringende Blick des Türstehers fixierte nun abwechselnd die Gesichter der beiden Mädchen. Parnell spürte die Anspannung. Und die Angst. Beide Tänzerinnen wandten schließlich ihre Blicke vom Foto ab und verneinten.

»Gut«, sagte der Türsteher.

»Gut?«, sagte er noch einmal, fragend, in Richtung des Inspektors.

Der Barmann nahm Parnells Whiskeyglas, schüttete den letzten Schluck in die Spüle und stellte es weg.

»Gut«, sagte Parnell.

»Und jetzt verschwinden Sie!«, sagte der Tätowierte und trat einen Schritt zurück, damit Parnell freien Weg zum Ausgang hatte.

Zwei neue Mädchen tanzten an den Stangen. Sie warfen ihre langen Haare in den Nacken. Parnell schaute noch einmal in die Runde. Der Barmann grinste ihn nun überheblich an, das Mädchen von vorhin war von der Bar verschwunden. Auch der Tätowierte war nicht mehr zu sehen. Langsam ging der Inspektor an den Tischen und Sesseln vorbei zum Ausgang. Nur noch ein paar Schritte waren es bis nach draußen, wo die Nacht von Auckland wartete, da trat eine der ersten beiden Tänzerinnen an ihn heran. Es war die Dunkelhaarige.

»Das haben Sie vergessen, Mister«, sagte sie. Es war mehr ein Hauchen, und sie verschwand schwebend wieder im Dunkeln.

Parnell ließ die Fotos von Leiche und Kleid wieder in seiner Jackentasche verschwinden. Er brauchte sie nicht. Er wusste, dass ab morgen früh sein gesamtes Büro mit Fotos dieses toten, unbekannten Mädchens tapeziert sein würde. Er hatte die Fotos absichtlich auf der Theke liegen lassen. Sie hätten dort liegen sollen, die ganze Nacht, sie hätten weiter draufschauen müssen. Der Barmann. Die

Mädchen. Sie sollten den geschundenen Kopf sehen. Das zerrissene Kleid. Sie sollten, wenn sie das Kleid kannten und nur ein Fünkchen Mut und Menschlichkeit in ihnen flammte, wenn sie sich nächtelang schlaflos wälzten, den Entschluss fassen, auszupacken.

Vielleicht war aber auch alles nicht so, wie es schien. Vielleicht kannten sie die Tote tatsächlich nicht. Vielleicht waren diese Streichhölzer eine Spur ins Nichts. Ein dummer Zufall. Oder ein hilfloses Ablenkungsmanöver des Rettungsschwimmers.

8

Der erste Schlag traf die Milz. Parnell spürte den Schmerz. Er wusste, dass er ihn aushalten musste, tief in ihm spürte er auch Genugtuung. Jeder Schlag, der nun auf ihn eindonnerte, war ein Geständnis.

Ja, Schnüffler, wir kennen die Tote! Ja, sie gehörte zum *Rouge Ami*, und du gehörst nicht hierher. Lass dich hier nie wieder blicken, Bulle! Scheißcop!

Sie wären ihm nicht gefolgt, nur weil er ein Cop war. Sie waren ihm gefolgt, weil sie das Mädchen kannten. Sie waren ihm gefolgt, weil sie ihn zum Schweigen bringen wollten. Allen Mut aus ihm rausprügeln. Ihm zeigen, wo die Grenzen waren.

Sie hatten ihn drei Blocks weiter in die dunkle Seitenstraße gezerrt, sie hatten ihm erst in den Bauch geschlagen, nichts schmerzt so sehr wie ein Hieb gegen die Leber.

Sie hatten gestöhnt und geschwitzt unter ihren über die Gesichter gezogenen Mützen. Zwei hielten ihn fest, der Dritte schlug zu. Er hatte sich einen Eisenring um die Faust gelegt. Parnells Wangenhaut platzte auf. Er spürte, wie das Blut in seinen Kragen floss. Er fiel gegen die Mülltonnen, in den Dreck. Er hielt sich die Arme über den Kopf, sie traten ihm mit ihren Stiefeln in den Rücken. Er schrie vor Schmerz, er hörte die Knochen krachen. Er verlor das Bewusstsein.

Als er wieder zu sich kam, wusste er nicht, wie lange er da gelegen hatte. Eine Straßenkatze schmiegte sich an sein Gesicht. Ihr flauschiger Schwanz kitzelte seine Nasenspitze. Ihr Fell brannte an seiner offenen Wange. Das Herz pochte wie verrückt.

Stöhnend raffte der Inspektor sich auf, die Katze miaute, er humpelte hinaus auf die *K*, runter zur Queen Street, hinunter in Richtung Pier, zu den Lichtern, zu den Menschen, zu den gefüllten Bars, zum Lachen, zum Leben.

9

Der Dampf vernebelte das Badezimmer. Parnell blies den Zigarettenrauch in das Wolkenmeer und beobachtete, wie sich das Grau im weißen Schleier auflöste. Er schaute auf seine blauen Flecken an der Brust und auf die dunkelroten am Bauch.

Der Inspektor zog die Pflaster von Stirn und Wange und

griff nach der Whiskeyflasche. Die Wunden rissen auf, das Blut rann ihm übers Gesicht.

Das heiße Wasser färbte sich dunkel. Die Badewanne stand am Fenster, von wo aus die Hobson Bay zu sehen war. Sie mochte vielleicht nicht den schönsten Strand von Neuseeland aufweisen, wahrscheinlich war es sogar der hässlichste, bei Ebbe dunkler Schlamm, bei Flut dunkles Wasser, aber das war Parnell egal. Er hatte verdammt noch mal eine Badewanne mit Blick auf das Meer, und das war mehr, als er jemals vom Leben verlangt hatte.

Er nahm noch einen tiefen Schluck und genoss das Brennen des Whiskeys im Rachen. Er schloss die Augen, sank tiefer in die Wanne und konzentrierte sich auf Nick Caves brummende Stimme:

We know who you are. We know where you live ...

Und Parnell flüsterte mit:

»... and we know there's no need to forgive.«

Wenige Minuten später schleppte er sich nass über die Fliesen, er merkte, dass er betrunkener war als gewollt. Er wusste, dass er es tun würde. Mit zitternden Händen tippte er die Nummer auf dem Display seines Handys ein, wartete, überlegte kurz, ob er auflegen sollte, doch dann hörte er schon die dunkle Männerstimme:

»Ja.«

»Ich bin's.«

»Frank?«

»Ich bin … ich …«

»Sie liegt im Sterben, Frank.«

»Es gab einen Mord.«

»Ich weiß, ich habe es in den Nachrichten gesehen. Geht es dir gut, du klingst so …«

»Es ist alles in Ordnung.«

»Wenn du sie noch einmal sehen willst, Frank, dann …«

»Ja, ich weiß.«

»Wir hören uns morgen wieder. Ich bin hier. Bei ihr. Ich ruf dich morgen Abend wieder an.«

Parnell legte auf. Er spürte, wie die Tränen das verkrustete Blut in seinem Gesicht aufweichten. Er spürte das salzige Gemisch auf seinen Lippen. Er rutschte an der Wand des Flurs hinab und in sich zusammen und blieb eine Weile am Boden hocken. Neben ihm lag sein Mantel. Er stülpte die Taschen nach außen. Er suchte nach einem Taschentuch. Aus der Tasche fielen die Fotos auf den Boden.

Auf der Rückseite des einen war mit rotem Lippenstift etwas hingekritzelt.

RUSSELL ROAD
AM KLEINEN PARK
10 AM

Parnell kannte die Straße. Er kannte die Gegend. Sie befand sich in South Auckland. Manurewa District. Es war einer der schlimmsten Orte der Stadt.

10

Augen und Ohren vernahmen Normalität. Vertrautheit. Die eigenen vier Wände. Wege, Schritte, die sich blind gehen ließen. Flur, die Bilder an der Wand. Strandbilder. Das Knarzen der Dielen.

Wohnzimmer, die Couch, der Fernseher, das Bücherregal. Das gedämpfte Brummen des Feierabendverkehrs.

Küche. Die ungewaschenen Töpfe und Teller in der Spühlsenke, das leise Rattern des Kühlschranks.

Schlafzimmer ... sie erstarrte.

Die Augen sahen das Bett, wie es hinterlassen worden war. Die Ohren vernahmen nichts.

Die Nase warnte.

Sie stand da wie versteinert. Konnte sich nicht rühren.

Sie sah kurz schwarz, Ohren betäubt.

Nur langsam kehrten die Sinne zurück.

Sie roch das Parfum. Sein Parfum.

Es war ihr, als müsste sie sich übergeben.

Sie rannte ins Badezimmer, beugte sich über die Toilette, würgte.

Eine Minute verstrich.

Eine zweite.

Das Gefühl der Übelkeit verschwand allmählich. Sie setzte sich auf den Toilettendeckel. Wischte sich den Angstschweiß aus dem Gesicht. Sie spürte, wie das Pochen ihres Herzens langsamer wurde, schwächer.

Poch ... poch ... poch ...

Sie schaute auf.

Der Pulsschlag nahm ruckartig wieder Fahrt auf. Pochpochpochpoch.

Versteinerung der Sinne, der Gliedmaßen.

Keine Chance, sich zu bewegen. Ton weg, Geruchssinn weg, das von den Augen eingefangene Bild starr.

Sie starrte auf den Spiegel. Formte mit trägen Lippen flüsternd die Worte, die dort mit rotem Lippenstift hingeschmiert worden waren.

Stirb, Hure.

Ich kriege dich.

Und töte dich.

Und ihn.

Und alle.

Der zweite Tag

11

Wenn ein sterbender Mensch seine letzten Atemzüge tut, dann verlieren die Gedärme und Organe die Orientierung, dann scheint die Nase spucken zu wollen, alles röchelt, die Haut bebt, die Augen recken sich aus ihren Höhlen, die Arme zucken, die Zehen spreizen sich, dann, plötzlich, erstarrt der Körper, und für den Bruchteil einer Sekunde scheint die ganze Welt stillzustehen.

Nichts an diesen letzten Atemzügen klang noch menschlich. Das Röcheln tönte mechanisch, blechern, so als ob der Motor einer Harley-Davidson den letzten Tropfen Sprit saugte.

Langsam, ganz langsam, begann das Leben um die Leiche herum wieder seinen Lauf zu nehmen, das Rauschen draußen vor dem Tor setzte wieder ein, der Windhauch brachte die Baumwipfel wieder in Bewegung.

Er hatte das Quietschen der Tür nicht wahrgenommen, das Erzittern der Fenster. Den Hauch des Atems in seinem Nacken. Der Schlag gegen die Schläfe kam aus dem Nichts. Der Schlag des Steins betäubte ihn. Ein kurzes Stöhnen, dann nichts. Eine Fliege flog durch den Raum, sie setzte sich auf das Kinn des bewusstlosen Mannes, der starr erschien, starr wie die Vase auf dem Kaminsims, wie das Bild an der Wand.

Das Bild zeigte ein Fischerboot, weit draußen am Horizont, die Sonne stand tief, sie färbte den Himmel rot, auch das Meer. Neben dem Bild lehnte ein ockerfarbenes Surfbrett an der Wand.

Die Fliege wanderte über den Nasenrücken, sie wanderte zur Wange, die rot glühte, bald würde sie weiß sein, weiß und kalt. Die Fliege hob ab, sie surrte im Raum umher, dann wurde das Surren leiser, schließlich war es nicht mehr zu hören.

Die Fliege hatte den Fluchtweg gefunden.

Zwei Hände zerrten an den Beinen des Bewusstlosen. Erst rührte sich nichts, dann, nach einem ersten Ruck, ließ sich die menschliche Masse ohne Anstrengung über den Plastikboden ziehen.

Tiefes Einatmen. Tiefes Ausatmen. Schweiß. Die Suche nach den Pillen in der Hosentasche. Runterschlucken.

Zwei Arme umfassten die Hüften, sie hievten den Bewusstlosen hoch, sie schulterten sie. Zwei Augen zuckten hin und her. Sie spähen hinter dem Vorhang auf den Garten hinaus. Nichts rührt sich. Mütze auf, übers Gesicht gezogen. Der Kies knirschte unter den Sohlen. Zehn Schritte, verschwinden im Dunkeln. Den Hammer auf die Werkbank legen, der Blick zum Regal. Das Atmen des Mannes am Boden, das leise Röcheln.

»W … was? Wo?«

Der Strick in der einen Hand, eine der Schachteln aus dem Regal in der anderen. Die Schachtel schütteln. Rascheln. Metall.

12

Haromi fluchte, dann scherte sie aus, überholte das stehende Auto und fuhr über die rote Ampel. Parnell krallte sich am Sitz fest und hoffte, dass sie es nicht bemerke.

Normalerweise ließ er sich nicht herumkutschieren, er war keiner jener Cops, die, sobald sie den Dienstgrad des Chief Inspektors erreicht hatten, so taten, als wären sie nicht von ganz unten gekommen. Als wäre es selbstverständlich, dass man plötzlich, von einem Tag auf den anderen, ein anderer Mensch war. Zu fein, um sich selbst hinters Steuer zu setzen.

Parnell wusste, er war nicht Chief Inspektor geworden, weil er gut war. Er war gut, das musste er niemandem beweisen, aber Chief Inspektor war er, weil er es lange genug bei der Polizei ausgehalten hatte. Ausgeharrt. Wer es lange genug aushielt, der wurde irgendwann zum Polizeipräsidenten gerufen. Man setzte sich dann vor dessen großen Schreibtisch, ließ sich mustern, hörte sich Polizeipräsidentengerede an und wurde irgendwann gefragt, was man sich denn vorstellen könne, jetzt, da man schon so lange dabei sei.

Parnell hatte sich immer nur vorstellen können, Inspektor zu werden. Bei der Mordkommission. Homicide. Es wurde nicht viel gemordet in Neuseeland. Es wurde verdammt wenig gemordet. Parnell hätte auch in die Wirtschaftskriminalität gehen können, in die Umweltschutzbehörde, zum Diebstahl, er hätte verdammter Leiter des

Archivs werden können. Als er vor dem Schreibtisch des ehemaligen Polizeipräsidenten saß und der ihn nach seinen Plänen für die Zukunft fragte, war zwei Wochen zuvor der ehemalige Leiter des Archivs verstorben. Peter. Fünfunddreißig Dienstjahre. Zwanzig davon im staubigen, dunklen, dreckigen, verfluchten Aktenkeller. Dann Krebs, Chemotherapie, Operationen, noch eine Chemo, keine Chance mehr, kein Kampf, eine letzte Zigarette, scheiß doch drauf, drei Monate Schmerzen – die Erlösung.

Parnell zog an der Selbstgedrehten, dann schnippte er sie zum offenen Fenster hinaus. Er erntete einen bösen Blick von Haromi.

Nein. Er wollte nie ein Lackaffe werden wie so mancher, der aus dem Straßenstaub des Streifenpolizisten herausbefördert worden war.

»Ich will zur Mordkommission«, hatte Parnell damals im Büro des Präsidenten geantwortet.

Der Präsident hatte geschmunzelt.

»Mord. Soso. Sie wollen sich wohl vor der Arbeit drücken, Parnell, was?«

Parnell hatte den Kopf geschüttelt, sich an der Stirn gekratzt.

Der Präsident hatte nicht mehr hochgeschaut, er hatte sich schon wieder in die Akten vertieft.

Parnell wusste, dass er gehen konnte, dass er in die Mordkommission gesteckt würde. Als Inspektor. Er wusste, dass es da nicht viel zu tun gäbe, ein paar alte, sehr alte nie aufgeklärte Fälle, von denen niemand verlangte, dass er sie aufklärte, weil sie bereits vergessen waren, von der Polizei, vom *Herald*, von den Fernsehfuzzis, ja, vielleicht selbst von den Hinterbliebenen. Vielleicht gar vom Mörder.

Parnell war das egal. Er war ein pflichtbewusster Mensch. Jeden Mordfall würde er zu lösen versuchen. Und wenn kein Mord passierte? Umso besser.

Nur eines, da war er sich sicher, nur eines wollte er nicht: so werden wie dieser beschissene Polizeipräsident, Lane, Arnold Lane, der damals sein Vorgesetzter war, der wegen eines Korruptionsskandals gehen musste, aber nie angeklagt wurde. Der nun in die Politik wollte. Als Innensenator.

Der genau wusste, dass Parnell sich nicht vor der Arbeit drücken wollte. Er wollte ein guter Polizist sein. Wie sein Vater. Der sein Leben für seinen Job gegeben hatte. Für Lane. Für Auckland. Der dafür keinen Dank erhalten hatte, keine Anerkennung, nichts. Dem Lane Vorwürfe gemacht hatte. Als er schon tot war, sich nicht mehr wehren konnte. Weil Lane nicht schuld sein wollte am Tod eines Polizisten. Nichts hinterfragen. Keine Suche nach Fehlern. Toter Polizist? Selber schuld.

Normalerweise ließ sich Parnell nicht herumkutschieren. Normalerweise fuhr er selbst. Er liebte es, Auto zu fahren. Parnell brauchte keinen Chauffeur. Keine Anerkennung. Aber Haromi hatte sich im Innenhof der Zentrale wie selbstverständlich in Richtung ihres schwarzen Lexus bewegt und nicht zu Parnells Toyota.

Sie fuhren in das Viertel, in dem sie aufgewachsen war, ein Viertel, das er, außer im Streifendienst, niemals betreten hatte.

Sie hatte nichts gesagt, als sie seine aufgeplatzte Wange gesehen hatte. Sie hatte auch nichts gesagt, als er am Schreibtisch die dunkle Sonnenbrille nicht abgenommen hatte. Parnell mochte Haromi. Er mochte sie, weil sie wusste, wann man schwieg.

Der Inspektor schnappte sich den *Herald*, der auf dem Armaturenbrett lag. Er schlug die Zeitung auf, murmelte die Schlagzeilen.

MORD: TOTES MÄDCHEN IN PIHA

LIFEGUARD UNTER VERDACHT

Er überflog das Foto. Der Fotograf musste ein, zwei Serpentinen über dem Parkplatz gehalten haben, um das Panoramabild des Schreckens festzuhalten. Der Lion Rock, die Wellen, der Strand. Leer. Männer, die um eine helle Plane stehen, die im Schwarzweißbild besonders hervorstach.

Seine Kollegen hatten ein weiteres Dutzend Touristen, die am Strand gewesen waren, ausfindig machen können, doch niemand von ihnen wusste etwas über die Tote zu sagen. Selbst die Auswertung ihrer Kameraschnappschüsse brachte keine Ergebnisse, auf keinem der verdammten Fotos war die Tote zu sehen. Nur Selfies. Selfies mit Brandung. Selfies mit Felsen, Selfies mit Sonnenuntergang. Ein Selfie mit Möwe.

Parnell hatte Smith beauftragt, alles über das *Rouge Ami* herauszufinden. Jede Anzeige, jede Razzia, jeden Zeitungsartikel.

Keine Anzeigen. Zwei Razzien in den vergangenen drei Jahren. Ergebnislos. Keine Presse.

Das Radio berichtete ununterbrochen vom Mord. Eine Tote am Heldenstrand. Das bot Stoff für Wochen.

Parnell und Haromi hatten das Postkarten-Auckland hinter sich gelassen. Jenes Auckland, wo die Stadt zum Meer abfiel, wo sich die Touristen tummelten, wo der salzige Wind die waschmittelweißen Segel der teuren Yachten zum Flattern brachte, wo glückliche Südseemöwen kreischten. Sie hatten Mount Wellington und den Flughafen passiert. Sie fuhren nun durch den Manurewa District.

Haromi umkurvte ein halbmetertiefes Schlagloch, die Fahrbahnmarkierung war zerbröckelt, wie ausgetrocknetes Make-up auf der Haut einer alten Dame. Am Straßenrand rangen Sand, trockenes Gras und zerfallener Asphalt um jeden Zentimeter, der Gestank von fauligem Müll, der an Strommasten gestapelt in der Sonne moderte, drang ins Auto. Parnell zündete sich noch eine an, obwohl er Rauchen bei so einer Hitze eigentlich hasste. Verdammter Automatismus. Verdammte Sucht.

Haromi fuhr im Schritttempo über die wellige Straße, morsche Fensterläden klapperten, ein abgemagerter Hund kämpfte sich auf die Hinterbeine und schaute dem Lexus hinterher.

»Da«, sagte Haromi und nickte zu einem der Häuser, welche die Straße säumten. Sie sahen alle gleich aus. Veranda, morsches Holz, abbröckelnde Farben, rot, gelb oder grün, spitz zulaufende Dächer, teilweise billige Ziegelsteinimitate, oft Blech.

»Da, *was*?«, fragte Parnell uninteressiert. Er wusste nicht, was Haromi meinte. Sie waren noch nicht einmal in der Nähe der Russell Road.

»Das war mein Elternhaus«, präzisierte Haromi. Sie starrte weiter geradeaus auf die Straße und kaute ihren Kaugummi.

»Hm«, sagte Parnell und schaute zu ihr rüber. »Willst du ... ich meine ... wir können gerne ...«

Sie schüttelte den Kopf.

»Nein, kein Bedarf. Meine Familie lebt dort nicht mehr. Meine Mutter ist tot, der Mann, der mich gezeugt hat, sitzt im Gefängnis, mein Bruder ist weg, weit weg. Er ist in Europa. London. Ihm geht es gut.«

Parnell wusste nicht, was er sagen sollte. Er wusste nur, das hier war nicht seine Welt. Er wusste, er musste es Haromi gleichtun, nicht nachfragen, schweigen, sie würde das verstehen, sie würde es ihm nicht als Feigheit auslegen. Sie würde es zu schätzen wissen. Da war etwas, das sie beide verband, da war Schmerz, reden würde dieses Band des Schmerzes zerstören.

Ja, lieber schweigen, sagte er sich und nahm noch einen Zug.

Parnell wurde sich dessen gewahr, was für ein behütetes, kleinbürgerliches Leben er führte. Da konnte er noch so viel Nick Cave hören. Kippen, Ray Ban, Fünftagebart, Cowboystiefel, in einer Seitenstraße der oberen K-Street gegen Mülleimer geworfen werden, verprügelt werden, aufgeplatzte Wange, blutunterlaufenes Auge – alles nichts. Nichts gegen das hier. Nichts gegen Haromis Kindheit in dieser Scheißgegend. Noch nicht mal was im Vergleich zu dem verfluchten Krebs, der den ehemaligen Archivleiter weggerafft hatte. Aber immer noch besser, ehrlicher, aufrechter als das Leben eines Arnold Lane.

»Scheiße«, sagte Parnell.

13

Das Mädchen saß auf einer Parkbank. Die Holzlatten waren mit Graffiti beschmiert. Die Wiese des kleinen Parks war plattgetreten, braun. Eine verwaiste Halfpipe. Eine Schaukel im Wind. Ein Sandkasten. Hundescheiße darin. Die Bäume trugen kaum Blätter, so als hätte ihnen das Grau um sie herum das Leben ausgesaugt. Das war der erbärmlichste, traurigste Park, den Parnell jemals in seinem Leben gesehen hatte. Kein Mensch weit und breit. Nur sie.

Sie war auf den ersten Blick kaum wiederzuerkennen. Eine Barbiehausmädchen-Version der Tänzerin, die Parnell vor wenigen Stunden gegenübergestanden hatte, die ihm die Fotos der Toten in die Hand gedrückt, die ihm, kurz, ganz kurz, tief in die Augen geschaut, die mit ihrer kindlichen Hand, kurz, ganz kurz, die seine berührt hatte, kurz ihre zarten, knochigen Finger auf seine gedrückt, ein Drücken, das so viel bedeuten konnte. Angst. Flehen. Vertrauen.

Mut?

Parnell schwitzte, er spürte, wie ihm Schweißperlen den Rücken hinunterrannen, seine Sinne spielten einen Moment verrückt. Er sah die aufreizende Tänzerin von gestern Nacht, gleichzeitig sah er dieses Mädchen, hier, in diesem heruntergekommenen Park, hier in diesem Viertel.

Sie saß unter einem Baum, im Schatten, sie trug ein purpurrotes Kleid.

Die beiden Ermittler kamen näher. Wieder tanzten Parnells Sinne. Er sah das Gesicht des buckeligen Barmanns vor sich, das des tätowierten Türstehers, das des fetten Gastes im *Rouge Ami*, der die Mädchen schwitzend mit seinen verdammten Fünfdollarscheinen fütterte. Das des Zwergs neben ihm, der Champagner einschenkte.

Der Inspektor kniff mehrere Male die Lider zusammen, langsam löste sich das verschwommene Bild aus Farbtupfern auf, langsam kehrte das Hier und Jetzt zurück.

»Wir haben nicht viel Zeit. Das Beste wäre, wenn euch niemand sieht«, sagte das Mädchen.

»Wir kommen in Zivil«, antwortete Parnell.

Das Mädchen grinste. Aus dem Augenwinkel sah der Inspektor, dass auch Haromi schmunzelte. Wieder spürte er, dass nicht *er* es war, der hier die Initiative ergreifen sollte. Er spürte, dass *er* hier der Outsider war.

»Die Straße wird unruhig, wenn irgendwo ein fremdes Auto steht, hm?«, sagte Haromi.

Das Mädchen nickte.

»Zwei Bullen in Zivil, was wollen die hier, das fragen sich alle, die sich hinter den Gardinen verstecken. Selbst die

Hunde verziehen sich, sie bringen sich im Schatten der Veranden in Deckung.«

Parnell war gefesselt von der Kraft, die diese junge Frau ausstrahlte. Sie steckte im Körper eines Mädchens, aber sie sprach wie eine weise Erwachsene.

»Wo wohnst du?«, fragte Haromi.

Sie nannte eine Adresse, ein paar Blocks weiter.

»Deine Eltern …«

»Meine Mom ist in Downtown, sie putzt leerstehende Büros im Wynyard Quarter.«

Haromi schaute sie auffordernd an.

»Mein Vater sitzt im *Dawson's*, vorn an der Dawson Road. Er … er macht seine Geschäfte.«

»Wissen deine Eltern … dein Vater … deine Mutter …«

»Lassen Sie meine Mutter aus dem Spiel. Sie ist eine gute Mutter.«

Parnell wurde unruhig, aber er wusste, er musste seine Ungeduld zähmen.

»Du kennst das Mädchen, dessen Foto mein Kollege dir gestern gezeigt hat, ja?«

Nun schaute das Mädchen zum ersten Mal zu Parnell, der seine Augen hinter der Sonnenbrille versteckt hielt.

»Ihr seid nie hier gewesen. Ich habe nie mit euch geredet. Ihr werdet meinen Namen nie erfahren. Wenn ihr vor Gericht eine Zeugin braucht, euer Problem. Ich stehe nicht zur Verfügung. Wenn ihr mich vorladet, schweige ich. Ich unterzeichne nichts. Ich streite alles ab. Ich tue das nicht für euch, ich tue das für sie. Ich mochte sie.«

Haromi nickte.

Parnell nahm die Sonnenbrille ab. Das Augenlied war dick wie englische Blutwurst, die Iris schwarz, die Haut um das Auge hatte sich dunkelgrün eingefärbt.

»Ich kenne das Kleid. Es ist ihres. Sie nannte sich Mel.«

»Das wissen wir bereits. Mel, das war nicht ihr richtiger Name«, sagte Haromi.

Der Ton ließ erkennen, dass dies keine Frage war. Sondern eine Feststellung, die Bestätigung suchte.

»Im *Rouge Ami* gibt es keine richtigen Namen. Nicht die der Mädchen, nicht die der Freier. Nichts dort ist echt. Weder das Gold noch der Glanz, noch die Liebe. Ich nenne mich Amy. Wenn ich raustrete aus dem erloschenen Loch, im Morgengrauen, dann streife ich diesen Namen ab und den Schmutz und die Erinnerungen an das, was in der Nacht passiert ist.«

Ihre Stimme zitterte nicht. Parnell wusste, dass sie ihnen ihren richtigen Namen nicht nennen würde. Nie. Sie würden ihn herausbekommen, irgendwie, auch wenn sie wahrscheinlich nicht gemeldet war. Aber er brauchte den Namen nicht. Amy. Warum nicht. Er schätzte sie auf neunzehn. Zwanzig vielleicht.

»Ich habe Mel vor vier Monaten kennengelernt. In einem Pub unten am Hafen. Am Pier. Sie kommt aus Deutschland. Sie sagte mir, sie sei eine Aussteigerin, wir haben ein paar Pints zusammen getrunken, wir haben getanzt, die Männer ein wenig verrückt gemacht. »

Parnell malte sich die Szene aus. Auch er saß oft in den Pubs am Pier, wo sich Touristen und Einheimische trafen. Die Männer starrten auf die Fernseher in den Ecken, aus den Boxen lief Popmusik. Nichts für ihn. An den Theken schenkten leichtbekleidete Frauen und muskelbepackte Männer Bier und neonfarbene Shots in die Gläser.

Die Mädchen tranken und kreischten. Die Jungs hatten glasige Augen und blutrote Lippen von den vielen Schnäpsen, sie schauten gierig nach den Mädchen. Die ließen es geschehen.

Neuseeland, Mann, das Leben genießen, auskosten. Ein paar Wochen Freiheit. Anything goes!

»Sie hatte gesagt, sie würde schon seit vierzehn Tagen durch das Land reisen. Südinsel. Golden Bay. Die Gletscher. Queenstown. Milford Sound. Christchurch. Mit ihrem letzten Geld sei sie zurück nach Auckland geflogen. Sie sagte, dass sie für immer bleiben wollte. Goodbye Germany, das sagte sie immer wieder. Wir hatten die Jungs im Pub zurückgelassen. Wir standen vorn am Pier. Im Dunkeln. Sie schrie es in die Nacht hinaus. Goodbye Germany! Ich höre es noch immer. Das Rauschen und Klatschen der schwarzen Wellen. Und ihren Freudenschrei.«

Dem Mädchen lief eine Träne über die Wange. Eine einzige.

»Sie hatte mich gefragt, ob ich einen Job für sie wüsste.«

Haromi hob eine Augenbraue.

»Sie würde alles machen, hat sie gesagt. Ihr sei alles egal.«

Parnell versteckte seine Augen wieder hinter dem Schwarz der Ray Ban.

»Immer und immer wieder hat sie mich gefragt, was sie machen könnte? Was ich denn machte? Woher ich mein

Geld hätte? Zwei Tage später habe ich ihr gesagt, ich sei Tänzerin. Und dass das Tanzen nicht das Einzige sei, was ich machte. Erst dachte ich, vielleicht steht sie jetzt auf, lässt mich sitzen. Geht einfach. Kratzt etwas Geld zusammen, kauft sich ein Ticket zurück in die Welt – da oben. Doch sie fragte mich, ob sie mitkommen könnte. Sie müsste ja nicht all das machen, was ich machte. Sie könnte ja an der Bar arbeiten, meinte sie. Ich schüttelte den Kopf. Ich versicherte ihr, dass ich sie niemals mit ins *Ami* nehmen würde. Eines Abends stand sie da. Hinter der Theke. Sie musste mir gefolgt sein. Dumme, kleine, naive Mel.«

Amys Stimme klang nun fast zornig. War sie wütend über sich selbst? Wütend über die tote Freundin?

Die Spur der Träne klebte auf ihrer Haut.

»George hat sie akzeptiert. George gehören die Mädchen, auch ich gehöre ihm. Er hat auch im Drogenmarkt die Finger im Spiel. Wenn wir Mädchen unter uns sind, wenn wir sicher sind, dass uns niemand hört, auch nicht die Wände im *Ami*, die Ohren haben, dann nennen wir ihn *The Beast*. Wenn George ein Mädchen akzeptiert, dann ist sie erst einmal mit ihm zusammen. Ob sie will oder nicht.«

Haromi schaute angewidert.

»Er trägt sie auf Händen. Er kauft ihr teure Kleider. Er geht mit ihr essen. Er fliegt mit ihr rüber nach Australien. Er verbringt mit ihr ein schönes Wochenende in Sydney. Brisbane. Sunshine Coast. Dann fährt er mit ihr in die Wüste. In ein Kaff ohne Namen«

»Woher …«

Parnell stellte die Frage nicht zu Ende. Sein Mundwerk

war schneller als seine Gedanken. Er biss die Zähne zusammen.

»Auch ich war einmal die Neue. Auch ich war einmal seine Freundin. Auch mir kaufte er teure Kleider. Etwas Schmuck. Auch ich war mit ihm in Sydney. Am letzten Abend schlug er mich zum ersten Mal. Am nächsten Morgen hielt er mir ein Messer an die Kehle, er zwang mich in die gemietete Stretchlimousine. Da saßen zwei tätowierte Männer. Ich werde ihre Gesichter nie vergessen. Der eine trug einen Joker auf der einen Wange und das Gesicht von Marilyn Monroe auf der anderen. Sie verbanden mir die Augen, dann fuhren wir los.«

Parnell atmete tief ein, er spürte, wie ihn die Hitze wieder erfasste, bei jedem Atemzug war ihm, als würde er Feuer inhalieren.

»Als Mel aus Australien zurückkam, war ihr Leuchten erloschen. Ich glaube, es ist das Kindsein, das in der Wüste Australiens in uns erlischt. Wir anderen Mädchen kümmerten uns um sie. Sie schlief zwei Tage. In einem der Zimmer des *Rouge Ami*. Vor der Tür wachte Abc, der Türsteher. Ihr Gesicht war wie das eines Engels. Ihr mit Blutergüssen übersäter Körper versteckte sich unter einem weißen Laken. Als die sichtbaren Wunden verheilt waren, musste sie mit der Arbeit beginnen. Sie wohnte weiter bei George. Wie so manches neue Mädchen in den ersten Monaten. Von da an war sie eine von uns.«

Parnell schluckte. Der trockene Gaumen schmerzte.

»Hat niemals ein Mädchen versucht abzuhauen?«

»Wie?«, fragte sie zurück. »Vor George kann man sich nicht verstecken. Du darfst dich frei bewegen. Ein kleines bisschen Leben abseits des *Ami.* Aber du kannst nicht weglaufen. Er hat Hintermänner, mächtige Leute, die wir nicht kennen. Niemand kennt sie. Sie finden dich. Er findet dich. Er hat unsere Pässe. Ein einziges Mal hat es ein Mädchen gewagt ...«

Amy presste ihre bleichen Zähne aufeinander.

»Sie hatte gewagt, zur Polizei zu gehen. Es gab einen Polizisten, der sich ihre Geschichte anhörte. Das war vor einigen Jahren. Ältere Mädchen haben es erzählt.«

»Und?«, fragte Parnell.

»Der Polizist hatte gesagt, er würde sich um alles kümmern. Sie solle sich keine Sorgen machen. Alles würde besser werden.«

Einige Sekunden verstrichen, dann fuhr Amy fort.

»Sie tanzte noch zwei Wochen. Dann kam sie nicht mehr. Sie wurde nie wieder gesehen. Auf der Bartheke lag am nächsten Morgen ein Büschel ihrer Haare. Es heißt, George habe ihr den Kopf abgetrennt. Mit einer Axt.«

Parnell spürte wieder seinen trockenen Gaumen.

»Könnte Mel versucht haben, abzuhauen?«

»Vielleicht hat sie den gleichen Fehler gemacht. Vielleicht hat sie Hilfe gesucht. Ja, ich denke, so war's. Ich denke, deshalb ist sie tot.«

»Gab es irgendein Anzeichen dafür, dass sie abhauen wollte? Hat sie etwas gesagt, sich auffällig verhalten?«, fragte Haromi.

»Nein«, sagte das Mädchen. »Doch. Aber ...«

Sie schaute zu Boden.

»Ja?«, insistierte der Inspektor.

»Mel sagte vor wenigen Tagen etwas, das ich bis heute nicht verstehe.«

»Ja?« Parnell sah sie auffordernd an.

»Wir mussten an dem Abend nicht ins *Ami*. Wir spazierten vom Hafen hoch zur Domain. Wir holten uns eine Portion Fish and Chips, wir setzten uns auf die Stufen des Auckland War Memorial Museums. Wir warteten darauf, dass die Spatzen uns umzingelten. Wir machten uns immer ein Spiel daraus, jede suchte sich ihren Lieblingsspatz heraus, dem warfen wir eine halbe Pommes zu. Wir hofften, sie würden sich in Prinzen verwandeln. Wir waren glücklich, für diese kurze Zeit, für diesen Abend. Irgendwann nahm sie mich in den Arm. Sie küsste mich auf die Wange. Sie sagte, weißt du, Amylee, nur sie nannte mich so. Sie sagte, unser Leben ist nicht schön, aber es gibt Menschen, auch Menschen, die einem nahestehen, denen geht es noch beschissener. Sie sagte, diese Welt hier ist schrecklich, aber es gibt immer eine, die noch schrecklicher ist. Viele Menschen halten nur ihre Fassade aufrecht, dahinter ist es dunkel. Sie sagte, sie will keine Fassade. Sie will frei sein, selbst wenn die Freiheit dunkel ist. Denn die schöne Fassade hält einen gefangen, die dunkle Freiheit dagegen birgt immer noch eine klitzekleine Chance auf eine bessere Zukunft, und so lange gäbe sie nicht auf. Das hat sie gesagt. Die Spatzen stritten sich um die zwei halben Pommes. Zu Prinzen wurden sie nicht.«

Amy lachte ein verschmitztes Mädchenlachen.

Parnell war nicht nach Lachen.

»Hatte Mel ein Auto?«, fragte er weiter.

Amy verneinte.

»Warum Piha?«

Das Mädchen zuckte mit den Schultern. »Wir waren manchmal dort. Sie liebte den Ort. Wir liebten den Strand. Wir kletterten hoch auf die Felsen. Dort konnten wir vergessen. Sie ist oft auch alleine da hin. Mit dem Bus. Sie hat mir einmal erzählt, sie habe sich dort mit einem Fischer angefreundet. Martin. So hieß er, sagte sie. Nichts Sexuelles, sagte sie. Er sei schon etwas älter. Er erinnere sie an ihren Vater. George wird nach ihr gesucht haben. Er hat sie wohl in Piha gefunden. Vielleicht bei diesem Martin.«

Parnell wusste, dass in Piha viele Fischer ihr Glück versuchten. Sie standen auf den glitschigen Felsen, und zogen ihren Fang aus der Brandung und brachten ihn auf den Fischmarkt am Hafen. Parnell liebte den Fischmarkt. Er liebte den Geruch von frischem Fisch, er ging oft die Fischstände entlang, wo die schleimigen Fischkörper übereinander gestapelt lagen, Thunfische, Schwertfische, in Stücke gehackt, zartes Rosa, dunkles Fischblut, tote Fischaugen, ein Berg Makrelen, Tonnen Eiswürfel. Sie klapperten, wenn die Fischer sie aus den Säcken über den Fang streuten, sie schmolzen gegen Mittag, wenn der Fang weniger wurde und die ersten Händler ihre Stände wieder abbauten, sie tropften von den Ständen, bildeten Rinnsale auf dem kalten Steinboden, flossen in den Abfluss, ins Dunkel.

»Warum jetzt?«, fragte er. »Wenn alles so ist, wie du es uns erzählst, warum sind wir dann heute hier? Warum erzählst du uns das alles? Hast du keine Angst?«, fragte Haromi.

Das Mädchen nickte. »Ich hatte noch nie solche Angst. Aber ich habe keine andere Wahl. Es ist meine einzige, kleine Chance.«

Sie stand auf. Sie schaute den beiden in die Augen, dann fuhr sie mit der Hand sanft über ihren Bauch.

»Alles oder nichts«, flüsterte sie. »Ich weiß es seit zwei Wochen.«

Noch einmal fuhr sie über den Bauch.

»Ich habe mich dafür entschieden. Ich weiß nicht, von wem es ist. Von meinem Vater, dem Schwein, oder von einem der Schweine im *Ami*. Es ist mir egal. Ich will es haben. Es soll mein Alles sein. Alles oder nichts.«

Dann senkte sie die Lider, stand auf, lief durch den Park und verschwand hinter den Häusern an der Ecke.

14

Dort, wo die Tote gelegen hatte, war alles wieder so, als ob nie etwas geschehen wäre. Die Wellen brachen mit Getöse, das Wasser flutete den Sand, machte ihn platt, die Gischt krabbelte Zentimeter um Zentimeter voran, ließ sich vom Ozean wieder zurückziehen.

Der Wind streifte durch das Dickicht auf dem Rücken

des Löwenfelsens, am Strand tummelten sich die Badegäste, manche sonnten sich, manche warfen sich Beachvolleybälle zu, manche wagten sich in die Brandung. Draußen, dicht am Lion Rock, wo die Wellen am steilsten brachen, warteten die Surfer auf den richtigen Augenblick.

Es war früher Nachmittag, der Strand war belebt wie immer.

Würde ich an einen Strand fahren, an dem tags zuvor eine Tote gefunden worden war? Parnell wälzte diesen Gedanken für einige Augenblicke.

Er fand keine Antwort. Wahrscheinlich sind kaum Einheimische hier, schätzte er, wahrscheinlich sind es nur Touristen. Die lesen den *Herald* nicht. Sie verfolgen die Breaking News in den Abendnachrichten nicht. Und wenn doch, so lassen sie sich ihren zusammengesparten Urlaub nicht von einer Toten vermiesen. Wenn Piha Beach auf dem Programm steht, dann ist Piha Beach angesagt.

Der Inspektor bückte sich und drückte ein letztes Stück qualmendes Papier und Tabak in den Schlamm.

Gut, dass der Mensch verdrängt, dachte er. Würde er nicht verdrängen, packte ihn der Wahnsinn.

Auf der Düne standen zwei Lifeguards, ihre Blicke scannten die Brandung. Die Möwen umkreisten die Felsen links des Strandes. Schwarze Punkte bewegten sich darauf. Parnell hatte seine Schuhe im Auto gelassen, nun stampfte er durch den Sand, über die Düne, die Punkte wurden größer, sie bekamen Farbe, Kontur, es formten sich Köpfe, Arme, Beine, die Figuren trugen grüne Mäntel, beige

Hüte, sie warfen die Angelruten in die Gischt der blubbernden Brandung, das salzige Wasser umspülte ihre Hosenbeine.

Tag für Tag holten sich die Fischer von Piha die Bewohner des Meeres, manchmal, alle paar Sommer, holte sich das Meer einen der Fischer. Weil er sich zu weit ins Felsengewirr gewagt hatte, weil er über noch einen Stein klettern wollte, weil er sich auf der nassen Kante noch einen Schritt vorwagte, weil die Welle, die erst nur ganz klein, weit draußen eine winzige Wölbung zeigte, größer und größer wurde, höher und höher anstieg, weil sie wie eine Betonwand auf den Fischer fiel, ihn umwarf und hineinzog in das dunkle, ewige Blau, ihn rauszog ins offene Wasser, ihn runterzerrte ins Schwarz.

Parnell hievte sich auf einen Stein, überlegte nicht lange, stellte sich neben den ersten der Fischer und beschloss, erst mal eine Weile zu schweigen. Fischer waren große Schweiger.

Das Meer tobte. Die Möwen kreisten über den Plastikkübeln, welche die Männer neben sich stehen hatten, manche Möwe wagte einen Sturzflug.

Zsch, zsch, machten dann die Fischer und verscheuchten sie mit der Hand.

Mit Sicherheitsabstand kreisten die Möwen weiter. Sie warteten. Sie waren geduldig.

Zwei Kahawais lagen im Kübel des Fischers, neben den sich der Inspektor gestellt hatte.

Der Mann starrte aufs Meer hinaus. Parnell holte seinen

Tabak aus der Tasche, streute ihn ins Papier, rollte es und hielt dem Mann die Zigarette hin.

»Danke«, sagte dieser und ließ sich Feuer geben.

Parnell drehte eine zweite Zigarette und steckte sie sich an.

»Ich suche einen Martin. Kennst du ihn? Er soll einer von euch Fischern sein.«

Der Mann schaute wieder aufs Meer, die Zigarette schien an seiner Unterlippe zu kleben, er sog daran, ohne sie aus dem Mund zu nehmen.

»Marty ist keiner von uns.«

»Du kennst ihn also.«

Nun deutete der Fischer mit dem Kopf nach links.

»Marty. Martin Winter. Der, der da ganz alleine steht. Er meidet die Leute, und wir meiden ihn. Wir kommen morgens, und abends sind wir wieder weg. Er lebt in einer Hütte im Dschungel, gleich hier hinten, in der Schlucht. Er treibt sich im Dickicht herum. Oder hier auf den Felsen. Der ist immer hier. Er hat zwar einen alten Pick-up, irgendwo am Straßenrand geparkt. Doch den benutzt er nie. Der rostet vor sich hin.«

Der Fischer zeigte in das Grün hinter den Felsen.

»Lebt er allein?«, fragte Parnell.

Nun schaute ihm der Mann zum ersten Mal ins Gesicht.

»Ja, mittlerweile. Früher wohnte er da gemeinsam mit seiner Frau.«

»Was ist ...«

»Was mit ihr passiert ist?«

»Ja.«

Eine Welle klatschte gegen die Steine, Parnell fühlte, wie sich das Wasser in die Fasern seiner Jeans sog.

»Sie ist verschwunden, vor einem Jahr. Von einem auf den anderen Tag hat sie niemand mehr gesehen. Die Leute haben angefangen zu reden. Sie haben Marty nach seiner Frau gefragt, aber Marty hat nicht geantwortet. Er hat einfach so weitergelebt, als sei nichts geschehen. Also kamen die Gerüchte auf. Es gab jene, die sagten, dass sie ihn wohl verlassen habe. Sie sei in die Stadt gezogen oder auf die Südinsel.«

»Und was sagten die anderen?«

»Die sagen, sie sei tot.«

Wieder zog der Mann an der Zigarette, die Glut leuchtete auf.

»Sie sagen, er hat sie umgebracht. Erstochen. Sie sagen, er hat sie ins Meer geworfen oder im Dschungel vergraben.«

»Und was glauben Sie?«

»Ich glaube das auch.«

»Warum?«

»Gehen Sie zu ihm. Gehen Sie zu seiner Hütte, Sie werden sehen.«

15

»Mein Name ist Parnell, ich bin Inspektor des Auckland Police Departments. Homicide. Gestern Früh wurde hier am Strand die Leiche einer jungen Frau aufgefunden. Darüber möchte ich mich mit Ihnen unterhalten.«

»Stellen Sie Ihre Fragen!«

»Nicht hier. Ich möchte mich mit Ihnen in Ihrer Hütte unterhalten. »

»Wie Sie wollen.«

Martin Winter strich mit der Hand über den grauschwarzen Bart, er zog die Angel ein, schnappte sich den halbvollen Kübel und ging voran. Er kletterte über einige Steine in Richtung des Dschungels.

Parnell tat sich schwer, Schritt zu halten. Einmal drehte der Fischer sich um, reichte ihm die Hand, Parnell wäre auch alleine das steile Stück den Felsen hochgekommen, kriechend, er wollte sich der angebotenen Hilfe jedoch nicht widersetzen. Die beiden Männer drückten die Hände ineinander. Winter zog ihn hoch, für einen Moment war der Inspektor ihm ausgesetzt. Hätte der Fischer losgelassen, wäre der Polizist über den Stein rückwärts hinuntergefallen, hätte sich vielleicht nur den Rücken geprellt, vielleicht manchen Wirbel gebrochen, vielleicht das Genick.

Winter aber wäre weg gewesen, im Dschungel verschwunden.

Hat dieser Mann wirklich die eigene Frau ermordet? Auch das Mädchen? Oder war das dummes Anglergeschwätz? Wo nichts passiert, da wird viel geschwätzt, da werden Geschichten zu Realität, ausgeschmückt, da wird Grau zu Dunkelschwarz, Harmloses zu Ungeheuerlichem, in diesem Land der langen weißen Wolken, ganz unten, fast vergessen von der Welt, wo der *Herald* auch schon mal

sammelte sich der Staub, auf dem Tisch lagen verstreute Doppelseiten des *Herald* herum, auf einem Teller lag das Grätenskelett eines Snappers.

»Glauben Sie nicht, was die Menschen sagen.«

Parnell drehte sich von den Messern in Richtung Küche um, Winter kam schnellen Schrittes auf ihn zu, eine weitere Klinge in der Hand.

Kurz zuckte Parnell zusammen. Was, wenn? Inspektor im Dschungel bei Piha vermisst, Opfer eines Massenmörders, der die eigene Frau und ein Strandmädchen auf dem Gewissen hat, erstochen, verscharrt, irgendwo zwischen den Wurzeln unzähliger Bäume.

Dann erst sah Parnell in der anderen Hand des Fischers einen der Fänge des Vormittags. Winter schlitzte mit einer blitzschnellen Bewegung den Bauch des Fisches auf, dessen Gedärme auf den Boden platschten. Der Inspektor spürte die Spritzer auf seinen nackten Füßen.

Parnell hatte die Sonnenbrille abgenommen.

Winter schaute ihm mit regloser Miene ins Gesicht. Das malträtierte Auge des Inspektors schien ihn nicht zu interessieren.

Der Inspektor hatte dem Fischer bislang keine seiner Fragen gestellt. Sie waren schweigend durch den Busch gegangen, sie hatten schweigend das Haus erreicht, sie waren schweigend eingetreten. Parnell war sich sicher, der Fischer wusste genau, warum er hier war. Er lag richtig.

»Glauben Sie nichts«, sagte Winter. »Die Menschen kennen einen kaum, und je weniger sie einen kennen, desto mehr fürchten sie sich, und je mehr sie einen fürchten, desto düstere Geschichten erzählen sie.«

Parnell nickte.

Der Fischer ging zum Tisch und wickelte den Fang in eine der Zeitungsseiten. Dann ging er zum Kühlschrank, öffnete die Tür und warf das Paket hinein, ohne hinzusehen.

»Ich habe meine Frau geliebt, über alles.«

»Was ist mit ihr geschehen?«

»Ich weiß es nicht. Ich habe sie nicht umgebracht. Wir haben hier unseren Traum gelebt. Abseits von allem. Ich bin Brite. Geboren und aufgewachsen in Liverpool. Als junger Mann bin ich um die Welt gereist. Containerschiff. Hartes Leben, aber frei. Hier in Neuseeland wollte ich bleiben. Nirgendwo konnte ich weiter weg sein, von all dem, das ich hinter mir lassen wollte. Die Städte, die Masse. Die Menschen kommen nach Neuseeland, weil sie irgendetwas finden wollen, sie suchen Erleuchtung, sich selbst ...«

Der Mann grinste schelmisch und angewidert.

»Aber sie verstehen noch nicht einmal, wo sie suchen müssen. Sie laufen am Pier in Auckland entlang, schauen sich zu Touristenclowns dressierte Maori-Tänzer an, sie feiern in Christchurch und lassen sich von Bergführern an den Rand der Gletscher schleppen. Oben am Cape Reinga, wo die Ozeane aneinanderknallen, da praktizieren sie ein bisschen Yoga und machen sich gleichzeitig vor, irgendein tolles Gefühl in sich gespürt zu haben. Eine Wärme! Dabei ist es nur der Magen, der die überteuerten Muscheln vom Tag zuvor schlecht verdaut.«

Parnell drehte sich um und schaute zum Fenster raus. Das Stück Plastikband, das die beiden Holzstückchen am Beet zu einem Kreuz verband, flatterte im Wind. Er wusste noch nicht so recht, ob die Überheblichkeit dieses Mannes ihn nervte. Oder ob das Leben des Mannes ihn faszinierte. Weg von allem. In Freiheit. Echter Freiheit. Oder Gefangener seiner selbst?

»Die Menschen wollen einfach nur ein bisschen abschalten, Abstand nehmen von der Realität. Vom Wahnsinn. Deshalb kommen sie.«

Nun nickte der Fischer.

»Wir wollten immer mehr als nur das, meine Frau und ich. Ich habe sie bei einem Streifzug durch die Wälder kennengelernt. Sie war gerne in der Natur. Tagsüber arbeitete sie in Auckland. Nine to five. Bürokram. Sie hasste es. Wir vermählten uns. Wir haben uns hier unten diese Hütte gebaut, wir waren noch jung, wir lebten vom Fisch, den ich angelte, wir waren glücklich.«

»Und dann ...«

»Und dann war sie eines Morgens verschwunden.«

Parnell schaute den Fischer ungläubig an.

»Vielleicht ist sie zurück in die Stadt, ich weiß es nicht. Ich bete jeden Tag, dass sie wieder zurückkommt, dass sie nicht ins Meer gegangen ist.«

Winter trat an Parnell heran, noch immer hielt er das Messer in der Hand, er polierte es mit einem Wischtuch, dann hängte er es zu den anderen.

Er zeigte auf die Wand.

»Mein Laster. Meine Sammlung. Insgesamt sind es über

fünfhundert Stück. Aus aller Welt. Polynesien, Hawaii, Japan, Russland. Ich habe sie gesammelt, als ich noch zur See fuhr.«

Parnell zog das Foto des toten Mädchens vom Strand aus der Tasche und hielt es Winter hin.

»Sie kennen sie.« Es war keine Frage.

Winter schaute nicht auf das Bild.

»Mel. Kleine Mel«, sagte er.

»Wir fanden sie gestern am Strand«, sagte Parnell.

»Ich weiß«, sagte der Fischer.

Kurz herrschte Stille.

Parnell spürte den Atem des Mannes, kalt, fest, pfeifend blies er gegen den Hals des Inspektors.

»Sie kam über die Felsen geklettert, sie setzte sich manchmal zu mir. Wir haben uns angefreundet. Sie hat mich ... ja, sie hat mich an Shelly erinnert. Die blauen Augen. Ich habe mir vorgestellt, sie wäre unsere Tochter. Sie hat mich ein bisschen an glücklichere Zeiten erinnert.«

»War sie auch hier, im Haus?«

Der Mann zögerte kurz.

»Ja«, sagte er dann. Mit unsicherer Stimme.

Wieder das Zögern.

»Sie hat manchmal hier übernachtet. Sie hatte Angst, ich weiß nicht, wovor. Ich habe nicht danach gefragt. Ich habe versucht, ihr das Gefühl zu geben, dass ich für sie da bin, wenn sie das will.«

Winter musste Parnells eindringlichen Blick gespürt haben.

»Nein, sie hat es mir nicht gesagt. Wir haben nie viel

geredet. Sie sagte, sie komme aus Deutschland, Köln. Ich war dort noch nie. Ich war einmal in Hamburg. Schöne Stadt. Aber Köln? Ist Köln eine Hafenstadt?«

Parnell zuckte mit den Schultern. Auch er war noch nie in Köln gewesen. Auch nicht in Hamburg. Noch nie in Deutschland. Er war einmal in Australien gewesen, das hatte ihm gereicht.

»Was erzählte sie über ihr Leben in Deutschland?«, fragte er weiter.

»Sie sagte, sie habe eine glückliche Kindheit gehabt, aber dass sie da jetzt nicht mehr hinwolle. Dass sie jetzt hier leben wolle, hier in Neuseeland. Sie sagte, dass sie in Auckland kellnern würde. In einem Pub am Hafen. Aber dass sie da bald kündigen werde, sobald sie genug Geld zusammenhätte. Dann wollte sie weiterziehen, auf die Südinsel.«

»Wer kann sie getötet haben?«

»Ich weiß es nicht, Inspektor.«

»Die anderen Fischer ... sie haben Angst vor Ihnen, sie glauben ...«

»Ich weiß.«

»Wer seine eigene Frau tötet, der tötet auch ein junges Mädchen.«

»Wer sich als Sündenbock eignet, der muss immer wieder seinen Kopf hinhalten.«

Winter hielt dem Inspektor die Tür auf. Die beiden traten hinaus, die frische Meeresluft drang ihnen entgegen, Parnell atmete sie gierig ein.

»Ich versuche in Frieden mein einsames Leben zu leben«, sagte der Fischer. »Aber es gelingt mir nicht, weil die

Welt, die ich hinter mir gelassen habe, immer wieder ihre Klauen ausfährt und an meinem kleinen, friedlichen Universum hier im Dschungel und unten an den Klippen kratzt.«

Der Mann drehte sich um und ging wortlos zur Hütte zurück. Die Holztür knarrte, als sie zufiel, und die Fenster klapperten.

Parnell schaute in Richtung des Dschungels, er versuchte sich zu erinnern, wo der kleine Trampelpfad die Lichtung erreichte. Dann ging er zu dem ausgetrockneten Gemüsebeet und stellte sich ans Kreuz. Er schaute rüber zur Hütte, durch die verstaubten Fenster konnte er nicht hineinsehen, aber er war sicher, Winter würde ihn von dort aus beobachten.

»Winter«, rief Parnell. »Winter, wessen Grab haben Sie hier ausgehoben?«

Er fixierte die Fenster.

Er kniff die Augen zusammen, doch er sah nichts. Da war nichts. Nichts bewegte sich.

»Es ist das Grab meines Hundes.«

Parnell zuckte zusammen, er taumelte zwei Schritte nach rechts, fast wäre er hingefallen.

»Gott, damn, was ... was ... machen Sie das nie wieder, verstanden?«

Er stieß den Fischer mit der Hand gegen die Brust. Er hatte nicht bemerkt, dass der Mann von der Seite an ihn herangeschlichen war. Ein Schauder lief ihm über jeden einzelnen Zentimeter seines Körpers. Jedes Härchen stand stramm.

»Jesus«, sagte Parnell noch einmal.

Dann erst bemerkte er, dass Winter eine Schaufel in der Hand hielt.

Er hielt sie ihm hin.

Parnell atmete dreimal tief ein und aus.

Dann schüttelte er den Kopf und ging in Richtung des dunklen Dschungels davon.

Erst weitab der Lichtung begann er, schneller zu gehen, schließlich lief er. Das Geäst unter den nackten Füßen nahm er nicht wahr. Erst als er über die großen Felsen hinuntergeklettert und an den Fischern vorbeigelaufen war, zurück an den Strand, hatte er das Gefühl, nicht mehr beobachtet zu werden.

16

»Was gibt es Neues?«

Parnell zündete sich eine Zigarette an. Er stand mit Haromi und Smith sowie zwei Streifenpolizisten auf dem Parkplatz von Piha. Er hatte ihnen von seiner Begegnung mit Winter berichtet. Einige Kinder in Badehosen hatten sich um die Ermittler geschart. Sie beobachteten jede ihrer Bewegungen, sie starrten auf die Pistolen der Cops, sie starrten auf die ruhenden Blaulichter, Hoffnung lag in ihren Blicken, sie hofften, einer der Polizisten würde sich zu ihnen hinabbeugen, einem von ihnen seine Mütze aufsetzen, sie einmal ins Auto hieven, einmal, wenn auch nur ganz kurz, das Blaulicht einschalten, und die Sirene.

»Haben wir die Identität des Mädchens?«, fragte Parnell weiter, als er auf seine erste Frage nur Stille erntete.

Smith schüttelte bedrückt den Kopf und schaute zu Boden.

»Nichts«, flüsterte er. »Leider. Wir versuchen mit der Polizei aus Deutschland zu kooperieren, aber das ist schwierig. Dort fühlt sich niemand zuständig, solange wir die Angaben nicht präzisieren können. Ein Name, ein erfundener wahrscheinlich, und das Foto einer entstellten Mädchenleiche, damit können sie, verständlicherweise, wenig anfangen. Ich ...«

»Ruft in Köln an!«, unterbrach ihn Parnell.

»Köln. Deutschland«, präzisierte er. »Setzt euch mit der dortigen Kriminalpolizei in Verbindung. Sie sollen sagen, ob dort eine junge Frau vermisst wird. Schickt ihnen auch das Foto.«

»Okay«, sagte Haromi und nickte.

Sie schaute auf die Uhr, sie rechnete sich wohl aus, wie spät es in Mitteleuropa sein würde.

»Findet alles über den Fischer und seine verschwundene Frau heraus. Und schickt eine Anfrage ans Präsidium, ich will das Okay für eine Beschlagnahmung seiner Messersammlung. Ich will, dass diese Messer untersucht werden.«

Wieder nickte Haromi.

Smith räusperte sich.

»Die Gerichtsmedizin hat ihren ersten Report fertig. Er liegt auf deinem Schreibtisch, Frank.«

»Und?« Parnell zog an der Zigarette und blies den Rauch in den Wind.

»Die Wunden am Körper kommen nur teilweise von einem Messer.«

Der Inspektor blickte auf.

»Sie wurde in Brust und Rücken gestochen, mehrere Male, fünf Stiche mindestens. Ein Großteil der Wunden aber sind Bisse.«

Kurz musste Parnell an Winters toten Hund denken. Ob es ihn wirklich gegeben hatte?

»Woher stammen die Bisse? Von einem Hund?«

»Es sind Haifischbisse, Frank. Sie muss ins Meer geworfen worden sein. Von den Felsen oder von einem Boot aus. Ihre Lunge war voll mit Salzwasser und Sand. Die Ergebnisse der Blutuntersuchung stehen aus, das dauert noch. Spermaspuren konnten keine sichergestellt werden.«

»Von den Felsen aus«, murmelte Parnell.

Dann sprach er laut in die Runde.

»Dieses Mädchen hatte etwas zu verbergen. Aber was? Sie log jedem etwas vor. Diesem Fischer erzählte sie, sie sei Kellnerin und wolle auf die Südinsel ziehen. Dem Rettungsschwimmer, mit dem sie in der Mordnacht in den Dünen war, sagte sie, sie sei Backpackerin und mit Freundinnen unterwegs.«

Ohne die wahre Identität des Mädchens würde es ihnen fast unmöglich sein, dem Mörder auf die Spur zu kommen, davon war Parnell überzeugt. Da konnten sie noch so viele

Verdächtige befragen, den schwarzen Sand von Piha umgraben, den toten Körper sezieren. Der Mörder musste sie umkreisen: hier am Strand, in Auckland, im *Ami.* Und irgendwo im Dunkeln umkreiste sie die wahre Geschichte des Mädchens. Dieses Dunkel galt es auszuleuchten, denn kam die wahre Identität des Mädchens erst mal ans Licht, würde auch der Schatten weichen, in dem sich der Mörder verkrochen hatte.

Parnell schaute zum Himmel, südwestlich bahnten sich schwarze Wolken ihren Weg. Das sah nach mehr aus als nach einem viertelstündigen Sommerregen, der mit warmen Tropfen die heiße Haut einweichte.

Der Inspektor biss in ein Avocado-Sandwich, das Haromi ihm gereicht hatte. Er sehnte sich nach einem Schluck Whiskey. Er spülte den Avocado-Geschmack mit Hagebuttentee runter. Auch den hatte Haromi ihm hingestellt.

Es gab Momente, da verfluchte Parnell sein verdammtes Leben.

17

Der Schmerz war ein Feigling. Er kam stets unerwartet, er stellte sich nicht mit offenem Visier. Von hinten schlich er sich heran, wie vorhin der Fischer, wie jetzt die Gewitterwolken, mit rasender Geschwindigkeit von Südwest, mit voller Wucht prallte der Schmerz gegen Parnells Schädeldecke, raste die Schläfen entlang nach vorn zur Stirn und stach zwischen die Augen.

Der Inspektor drückte die Lider zu. Er spürte, wie sein pulsierendes Gehirn gegen die Schädeldecke stieß – bumm, bumm – immer wieder. Er wusste, er war dem Schmerz nun ausgeliefert. Er würde andauern, Parnell würde irgendwann die Angst verspüren, der Schmerz würde nie wieder weggehen, er würde kurz an Selbstmord denken. Erst lange nachdem der Schmerz wieder verschwunden war, würde er das Verschwinden bemerken.

Die Pein im Leben macht sich sofort bemerkbar. Das Glück im Leben, die Pein wieder los zu sein, realisiert der Mensch erst gar nicht.

Parnell wagte nicht zu hoffen, dass der Schmerz irgendwann nicht wieder zurückkommen würde. Er kam immer und immer wieder.

Der Inspektor schaute auf die Brandung. Die dunklen Wolken hatten fast das Ufer erreicht, wie eine Heeresformation schienen sie vor der Bucht darauf zu warten, dass der Befehlshaber zum Angriff blies.

Die Ermittlungen liefen zwar, aber sie kamen nicht voran, doch was sollte er tun? Er ging, immer noch barfuß, den Strand nördlich des Löwen entlang. Er war schon so oft in Piha gewesen, doch hier noch nie. Das südliche Strandstück, eingepfercht zwischen dem Lion Rock und den Fischerfelsen, das war der Ort, der ihn und die Massen immer wieder wie magisch anzog, hier im Norden nun wurde der Strand zunehmend breiter, das Meer zunehmend friedlicher, der Sand grauer, der Dschungel am Ende des Strandes flacher, lichter, weniger Furcht einflößend.

Er war noch nie so weit spaziert. Warum auch? Von Schritt zu Schritt wurde der Strand unspektakulärer. Ein Strand wie Tausende andere in Neuseeland. Wie Millionen andere in der Welt.

Parnell versuchte, den Feind im Kopf zu überlisten. Weg mit den Gedanken. Über nichts nachgrübeln. Volle Konzentration der Sinne. Schauen. Hören. Riechen. Gehirn ausschalten. Meer. Himmel. Schwarz frisst Blau. Möwenkreischen, brausender Wind, unterdrücktes Kindergeschrei, Meeressalz, feuchtes Holz.

Ein Stich in die Schläfe, der Feind gab nicht auf.

Der Inspektor war nun schon einige hundert Meter nach Norden gelaufen, sein Fußabdruck senkte sich tief in den nassen, schlammigen Sand, ein dünnes Rinnsal aus Wasser verformte die Abdrücke und glättete den Boden wieder – wie von Menschenhand.

Weiße Bungalows säumten den Strand, weiter vorn, tiefer im Grün, entdeckte Parnell einige Hütten, die bunt angemalt waren. Er lief darauf zu. Der große Felsen war nur noch als schwarzer Punkt zu sehen. Der Inspektor musste sich bereits über eine halbe Stunde durch den Sand gekämpft haben

Das Kindergeschrei war längst verklungen, er hörte Musik. Reggae. Bob Marley.

Rise up this mornin', smiled with the risin' sun, three little birds, pitch by my doorstep, singin' sweet songs ...

Bob Marley sang lauter und lauter. Vor den Hütten saßen Menschen im Sand, in der Mitte stand ein Radiorecorder, darin drehten sich, tatsächlich, die Spulen einer Kassette. Parnell musste lächeln.

Einer der Männer legte sich rücklings in den Sand und blies Rauchschwaden in die Luft. Er trug eine kaputte Sonnenbrille, ein Plastikglas fehlte, das Auge im leeren Rahmen drehte sich zu Parnell, der nun bei der Gruppe stand. Der Mann reichte ihm den Joint.

»Nein, Mann«, sagte Parnell und hob dankend die Hand.

Erste dicke Tropfen platschten auf den Sand, sie pressten dunkle, kleine Löcher in ihn hinein, wie Insektenhöhlen. Der Wind blies nun stärker, die Wolken wanderten schnell. Am Horizont zuckten Blitze.

Die Glut des Joints flackerte.

»Mist«, sagte einer der Männer.

Sie standen auf. Einer machte eine Kopfbewegung in Richtung Parnell, er könne mit ins Innere der Hütte kommen, wenn er wolle.

Der Inspektor folgte den Männern. Sein Kopf hämmerte schlimmer als je zuvor.

Rauch drang ins Freie, als einer der Männer den orientalisch verzierten Vorhang, der als Tür diente, zur Seite schob.

Parnells Pupillen mussten sich erst einmal an das Dunkel gewöhnen, der Rauch brannte in den Augen, besonders im verletzten Auge. Es tränte. Er setzte seine Sonnenbrille wieder auf.

Langsam erkannte er Konturen. Der Holzboden war morsch. An der Decke waren dicke Balken zu sehen. An den Wänden hingen Teppiche mit orientalischen Mustern.

Komische Käuze, dachte Parnell. Aussteiger. Hippies. Drogenfreaks.

In der Mitte des Raumes saßen Frauen und Männer im Kreis. Im Schneidersitz. Als sei er erwartet worden, war ein Platz im Kreis frei.

Er ging langsamen und leisen Schrittes an die freie Stelle und setzte sich ebenfalls in den Schneidersitz. Seine Oberschenkel knackten.

»Hi«, sagte Parnell.

Er nahm die Sonnenbrille ab, blinzelte.

Aus dem Dunkeln ertönten chorale Gesänge, jemand zupfte an einer akustischen Gitarre, mindestens ein Didgeridoo war zu hören.

Spinner, dachte der Inspektor.

Die Runde schaute zu Boden, wippte im Takt hin und her. Manche murmelten. Die Szene hatte etwas Hypnotisierendes, Parnell verstand kein Wort. Er fragte sich, wie er hier ohne viel Aufsehen wieder rauskommen könnte.

Andererseits, draußen wütete der Sturm.

Die Drogen interessierten den Inspektor nicht. Weder privat noch in seiner Eigenschaft als Cop. Er war nicht beim Drogendezernat. Nie gewesen. Er stand nicht auf Joints. Harmloses Zeug. Es betäubte nicht genug. Und vor härterem Zeug hatte er Angst. Angst vor sich selbst. Der

Kontrollverlust, nicht kalkulierbar. Da war ihm sein Heaven Hill lieber. Halbe Flasche auf ex. Totaler Realitätsverlust. Kein trügerisches Himmelskissen.

Wieder hob Parnell dankend die Hand, als einer der Joints ihn erreichte. Er spürte, dass da im Schatten noch etwas war, ein Stuhl, ein Gebetsaltar, wo sich etwas bewegte. Der Schatten kam näher, das weiße Gesicht einer Frau tauchte auf, die Haare unter einem roten Tuch versteckt, die Augen mit nachtblauem Kajal ummalt, die Lippen braunrot.

Die Frau stand am Kreis, Parnell verstand sofort, dass sie bestimmte, was hier drin passierte und was nicht. Sie trug ein weißes Kleid und eine goldene Kette. Sie sah ihm lange tief in die Augen, bis sie sich umdrehte und wieder im Dunkeln verschwand.

Parnell schaute in die Runde und in manch zustimmend nickendes Gesicht.

Er erhob sich langsam und tastete sich durchs Dunkel, weit hinten erspähte er Licht, der schmale Streifen wurde größer, es war ein Türspalt. Er erreichte ihn und trat hindurch.

Die Hinterseite der Hütte war von einer schmutzig weißen Plane überdacht. Der Regen prasselte auf sie ein, der Wind zerrte an ihr. Doch sie hielt.

Die Frau bedeutete Parnell, sich zu setzen. Die Rückseite des Hauses bot Schutz und Halt.

Der Inspektor ließ sich auf die Stufen plumpsen, die von der Tür in den Sand hinunterführten.

»Was ist das hier?«, fragte Parnell.

Sie lachte.

»Das ist das pure Glück.«

»Ihr lebt hier?«

»Manche ja, manche manchmal.«

Parnell schaute der Frau in die Augen.

»Manche kommen nur an den Wochenenden, sie fahren montagmorgens wieder zurück nach Auckland, streifen sich ihre Krawatten um, fahren in downtown mit den Aufzügen hoch zu ihren Büros, kommen Freitagabend wieder zurück.«

»Teilzeit-Hippies ...«, sagte Parnell und grinste.

»Wenn du so willst, ja.«

Sie sprach sanft.

»Hier ist für ein paar Stunden, für ein paar Tage und Nächte jeder wieder das, was er war, bevor er sich entscheiden musste, welche Rolle er spielen will, in dem Wahnsinn, das sich Leben nennt. Hier sitzen Anwälte, Makler, Filmregisseure ...«

Nun erzwang sie die Stille. Zwei Sekunden, drei.

»Auch Bullen.«

Sie sah ihm tief in die Augen.

Er hielt stand.

Parnell musste an den Fischer denken. Er war ein Aussteiger, auf seine Weise. Die Menschen hier, in dieser Kommune waren es auch. Was für Existenzen mochten sich hier noch herumtreiben? Hier, an diesem Strand, der oberflächlich betrachtet nichts war als einfach nur ein verdammtes Stück Urlaubsparadies. Wie hatte er all das all die Jahre nicht sehen können? Ein messersammelnder Einsiedler. Des Mordes an seiner Frau verdächtigt. Eine kiffende Hippiebande. War es die Schönheit von Piha, deren Glanz alle Realität überstrahlte?

Plötzlich kam das Pochen zurück. Parnell presste die Augen zu. Scheiß Timing, dachte er. Er fuhr sich mit der Hand an eine der Schläfen, massierte, er spürte die weiche Hand der geheimnisvollen Frau an seiner anderen Schläfe, den Druck ihrer Handinnenfläche, erst kalt, dann wärmer, die Schläfen erhitzten sich.

»Wollen Sie eine Kopfschmerztablette?«, fragte sie und machte damit diesen eigenartigen Moment kaputt.

Der Inspektor öffnete die Augen, er schüttelte sich und damit auch ihre Hand ab. Sie hielt ihm eine Tablette hin.

»Nein, danke, geht schon. Es geht vorbei.«

»Nimm, Bulle«, sagte sie, legte ihm die Tablette in die Hand und drückte seine Finger zusammen.

Er ließ die Tablette in der Jackentasche verschwinden und kramte aus derselben Tasche Tabak und Papier hervor.

»Wir ermitteln in der Sache drüben am Löwenfelsen.«

»Welche Sache?«, fragte sie.

»Sie haben nichts davon gehört?«

Sie sagte nichts und schaute ihm erneut tief in die Augen.

»Drüben am Felsen ist gestern früh ein totes Mädchen gefunden worden.«

Parnell holte nun auch das Foto der Toten aus der Tasche und reichte es ihr.

Sie schaute lange darauf.

Dann gab sie ihm das Foto zurück und schüttelte den Kopf.

»Habt ihr hier Kontakt zu den Rettungsschwimmern, zu den Fischern unten am Felsen?«

Wieder schüttelte die Frau den Kopf.

»Wir sind froh, hier oben allein zu sein.«

»Ich muss zurück«, sagte Parnell.

Der Sturm hatte nachgelassen, der Regen hielt an. Die Blitze erhellten weiter den Horizont.

»Sollten Sie irgendetwas sehen, hören ...« Er hielt ihr seine Karte hin.

Sie studierte sie genauso ausgiebig, wie sie vorhin das Foto studiert hatte.

»Inspektor Parnell«, sagte sie und hielt ihm die Hand hin.

Er schüttelte sie.

»Ich heiße Elizabeth. Aber hier nennen mich alle nur Sister Gold.«

»Elizabeth«, sagte er, stand auf und tastete nach seinem Feuerzeug. Er fand es nicht.

Die Frau entzündete ein Streichholz, hielt es ihm hin und steckte ihm das Briefchen in die Jackentasche.

»Für später«, hauchte sie, schaute ihm noch einmal tief in die Augen und verschwand wieder in der Hütte.

Auf dem Weg zurück ans südliche Ende des Strandes, als Parnell die kalten Finger in die Jackentasche steckte, spürte er das Briefchen, zog es heraus. Auf schwarzem Hintergrund war ein geschwungener Schriftzug gesetzt. Er war gut zu lesen. *Rouge Ami* stand da. In goldenen Lettern. Einige Streichhölzer waren bereits abgerissen.

18

Der Inspektor starrte aufs Meer. Die nassen Haare klebten am Kopf. Das Wasser war überall.

Die Fischer waren von den Felsen verschwunden. Die Touristen vom Strand.

Er dachte an Sister Gold. Er hielt ihr Streichholzbriefchen in der Hand, ließ es durch die Finger gleiten. Hatte sie es ihm absichtlich zugesteckt?

»Damn«, flüsterte er in den Wind.

Smith kam angestapft, er stellte sich neben ihn und hielt einen Schirm über ihre Köpfe.

»Wo warst du?«, fragte er.

»Spazieren«, antwortete der Inspektor.

Smith fragte nicht weiter.

»Wir haben das Okay für die Messer. Soll ich ein paar Männer losschicken?«

Parnell nickte.

»Ja, und wir sollten rübergehen zu den Rettungsschwimmern«, fuhr Parnell fort. »Ist dieser Meyer da? Wir müssen ihm noch ein paar Fragen stellen.«

»Ähm, das wird nicht möglich sein«, antwortete Smith.

Parnell warf ihm einen fragenden Blick zu.

»Er ist nicht zum Dienst erschienen.«

Parnell deutete aufs Meer hinaus.

»Wahrscheinlich kommt er nicht, wegen des Wetters, wozu braucht es Lifeguards bei einem menschenleeren Strand im Sturm?«

»Nein, er sollte kommen«, antwortete Smith. »Die anderen Rettungsschwimmer sagten, er müsse längst da sein. Es gibt eine Besprechung am Nachmittag. Meyer ist Schriftführer, außerdem sollten einige der Boote neu gestrichen werden.«

»Hm«, sagte Parnell, »vielleicht gab es Probleme bei der Anfahrt, das Unwetter tobt. Die Straße hier runter ist in katastrophalem Zustand.«

»Ja, vielleicht«, sagte Smith. »Aber auf dem Handy erreichen sie ihn auch nicht.«

Parnell sagte nichts mehr. Er drehte sich eine neue Zigarette. Als er das mit Tabak gefüllte Papier mit den Lippen befeuchtete und zusammendrehen wollte, platschte ein großer Tropfen vom Rand des Schirms darauf. Das Papier riss.

»Verdammt«, fluchte Parnell erneut und warf Papier und Tabak in den Wind.

»Finde die Adresse des Rettungsschwimmers heraus. Ich fahre dahin.«

»Okay«, sagte Smith. »Soll ich dich begleiten?«

»Nein«, sagte Parnell. »Ich muss vorher noch etwas erledigen. Fahr du zurück in die Zentrale. Wir sehen uns da.«

Parnells zerbeulter Toyota keuchte und kämpfte sich die Serpentinen durch den Dschungel hoch. Auch auf den wenigen geraden Stellen war der Inspektor gezwungen, Slalom zu fahren. Dicke Äste lagen auf der Fahrbahn. Im Straßengraben lagen überfahrene Possums.

Die nächste Kurve kam, und Parnell wechselte auf die rechte Fahrspur, da links ein Felsbrocken auf die Bahn gestürzt war. Bei Sonnenschein wäre dieses Manöver lebensgefährlich gewesen, da Touristenbusse aus Auckland mit verrückten Touristenbus-Chauffeuren die Kurven waghalsig hinunterbretterten.

Doch nun war kein Bus zu erwarten. Parnell war nicht lebensmüde. Er hatte aber auch keine Lust, sein Leben auf Sicherheit zu bauen. Im Zweifel für das Risiko. Im Zweifel für den Wahnsinn. Im Zweifel für die Freiheit.

Der Inspektor kramte seinen alten iPod unter dem Armaturenbrett hervor, drückte auf Play und drehte die Anlage lauter.

Nick Cave sang davon, dass alles Schöne sterben muss, Parnell drückte das Gas durch. Die Erlebnisse der vergangenen Stunden zischten durch seinen Kopf. Vor seinem inneren Auge sah er das Gesicht der Toten. Er sah das Gesicht des Maori-Mädchens von heute Morgen. Der Tänzerin von gestern Nacht. Amy. Er hörte ihre Stimme.

Ich weiß nicht, von wem es ist. Von meinem Vater, dem Schwein, oder von einem der Schweine im *Ami*. Es ist mir egal. Ich will es haben. Es soll mein Alles sein. Alles oder nichts.

Augen zu. Auto raste. Puls raste. Augen auf. Bremse.

19

Das Unwetter war nur noch ein grauer Streifen am Horizont, als Parnell vor dem *Dawson's* hielt. Die Luft war feucht und frisch. Der Staub, die Trockenheit, alles war weggespült.

Er hatte zuvor hundert Meter vor dem Haus der Tänzerin gewartet. Es hatte gedauert. Vielleicht hatte Amys Vater nach dem Essen einen Mittagsschlaf gehalten. Vielleicht hatte er sich an seiner schwangeren Tochter vergangen.

Schließlich, Parnell war fast eingeschlafen, war ein Mann aus dem Haus getreten. Das musste er sein. Er hatte den Wagen genommen, Parnell war ihm gefolgt, die Fahrt endete nach wenigen hundert Metern.

Der Inspektor wartete noch einige Minuten im Auto, dann stieg er aus und folgte dem Mann in die Kneipe. Er ging direkt auf die Theke zu, er schaute nicht nach links und rechts.

Er musste schnell sein. Nicht nachdenken.

Überraschen.

Sich selbst. Auch die Leute an der Bar.

Durch die Jalousie drang nur streifenweise Helligkeit, Staub tanzte im Licht. An einer Wand blinkten und rasselten Slotmaschinen.

Keine Musik.

Der Vater der Tänzerin hatte ihm den Rücken zugedreht. Der Mann hinter der Theke polierte Gläser. In einer Ecke lief stumm ein Fernseher.

Segeln. *America's Cup.*

Das Schwein drehte sich langsam um, er hatte wohl den Blick des Barbesitzers gesehen, der Parnell fixierte.

In einem hinteren Zimmer spielten Männer Billard. Parnell wusste, es musste schnell gehen. Er wusste, dass es riskant war, zu riskant. Er hatte den Motor laufen lassen, draußen, der Schlüssel steckte, der Rückwärtsgang war bereits eingelegt.

Er riss Amys Vater vom Schemel, das Bier schwappte aus dem Glas und spritzte auf Parnells Hemd.

Der Mann lag am Boden. Er hatte tätowierte Arme, verblasste Zeichnungen, er spannte den Muskel des Unterarms. Das T-Shirt war hochgerutscht, es offenbarte einen behaarten, dicken Bauch.

Auch im Gesicht war der Mann tätowiert, verblasste geschwungene Wellen, die schwarzen Haare hatte er nach hinten gekämmt, eine olivgrüne Militärmütze war ihm vom Kopf gerutscht, das Bierglas kullerte über den Holzboden.

Die Billardspieler würden einige Sekunden brauchen, um zu realisieren, was vor sich ging, schätzte Parnell. Der Barmann würde einige Sekunden brauchen, um hinter der Theke hervorzukommen, er sah nicht aus wie jemand, der darüber springen würde.

Hatte er eine Waffe? Hatte er einen Baseballschläger?

Parnell trat dem Vater der Tänzerin mit dem Stiefel ins Gesicht. Der Unterkiefer knackte wie Nüsse in einem Nussknacker, der Mann jaulte. Blut spritzte auf den klebrigen Boden, noch einmal trat Parnell ihm ins Gesicht, diesmal mit der Sohle von oben herab, die Nase brach, Blut lief über den Mund des Mannes.

Der Wirt kam auf Parnell zu. Er hatte tatsächlich einen Baseballschläger in der Hand. Auch die Billardspieler waren aus dem hinteren Raum hervorgetreten. Der Inspektor zog seine Dienstwaffe. Eine *Glock 17*. Er sagte kein Wort, er hielt sie vor sich ausgestreckt.

Langsam ging er rückwärts in Richtung Tür, dann rückwärts zur Tür hinaus.

Mehrere hundert Meter fuhr er im Rückwärtsgang die Straße entlang, bei der fünften oder sechsten Garageneinfahrt wendete er den Toyota und fuhr über eine rote Ampel. Er fuhr in das Stadtzentrum zurück, wie in Trance, er verpasste die Ausfahrten.

Erst auf dem Northern Motorway, auf der Höhe des Zoos, reduzierte er die Geschwindigkeit. Parnell wischte sich den Schweiß von der Stirn, er fuhr vom Motorway ab, atmete tief ein und aus, das Herz wollte nicht aufhören zu rasen, er bog willkürlich ein paar Mal ab und parkte am Zoo.

Ein erster Schwall unverdauter Avocado landete in seiner Hand, auf Lenkrad und Gaspedal.

Der Inspektor stürzte sich aus dem Toyota und torkelte zur hohen Hecke, die den Zoo vom Parkplatz abgrenzte. Nachdem er sein gesamtes Mittagssandwich rausgewürgt hatte, sank er mit tränenden Augen zu Boden. Er weinte hemmungslos.

Er roch den Gestank der Raubtiere. Er zündete sich eine Zigarette an. Die Paviane kreischten.

20

Das Haus des Rettungsschwimmers befand sich am Hamilton Road Beach, westlich der Harbour Bridge, die sich wie ein aufgeblähtes Bäuchlein aus Stahl über das Wasser spannte.

Es war ein Viertel, in dem sich heruntergekommene Villen im viktorianischen Stil mit neuen, luxuriösen Ein-Familien-Glas-und-Beton-Klötzen abwechselten. In den modernen Kuben lebte die neureiche Schickeria Aucklands, in den Villen wohnte die Bourgeoisie – oder sie waren zu Studenten-Wohngemeinschaften umfunktioniert. Kieselsteinstraßen führten runter zum Meer, wo an einem schmalen Sandstrand vereinzelt Kanus lagen.

Das Haus, das mit Meyers Adresse übereinstimmte, war etwas heruntergekommen, das Dach und die Fassade an manchen Stellen provisorisch repariert. Einige Autos standen vor den Toren. Eine rote Vespa. Auf dem ungepflegten Rasen stand ein alter, rostiger Rasenmäher, am Zaun zum Nachbargrundstück wucherte Schilf. Weiter vorn befand sich ein kleiner Schuppen, das Tor war halb geöffnet.

Parnell zögerte. Der Moment, bevor er ein fremdes Haus zum ersten Mal betrat, bescherte ihm immer Gänsehaut. Ganz egal, ob er sich im Einsatz befand oder eingeladen war. Ihm war unheimlich, nicht zu wissen, was sich hinter der Tür, vor der man stand, verbergen mochte. Chaos? Gefahr? Inszenierte Spießigkeit, die Chaos und Gefahr nur matt zu übertünchen vermochte?

Der Inspektor sah zum Hauseingang, nichts rührte sich. Ein fast schon trügerisches Gefühl von Frieden befiel ihn. Alles schien in sich zu ruhen, alles schien unverrückbar an seinem Platz.

Parnell entschied sich, zum Schuppen zu gehen. Irgendetwas zog ihn dorthin. Vielleicht war es das halb geöffnete Tor, das ihn störte, das die Perfektion dieses Stilllebens unterlief.

Zweimal drehte er sich um die eigene Achse, während er durch den Garten schritt. Beide Male erschrak er kurz, es war ihm, als würde sich im Haus doch etwas bewegen. Bei seiner zweiten Dreihundertsechziggrad-Drehung bemerkte er, dass es zwei zappelnde Silberstreifen waren, die ihn irritiert hatten. Sie hingen vom Dachvorsprung und spiegelten sich glitzernd in den Fenstern.

Das Garagentor ließ sich nicht weiter hochdrücken. Es musste elektrisch sein. Noch einmal blickte Parnell sich um, die Silberstreifen flatterten weiter im Wind.

Ein Inspektor, der sich vor der simpelsten aller Methoden erschrak, Möwen davon abzuhalten, sich auf das Fenstersims zu erleichtern.

Kurz musste er grinsen.

Dann zog er die Dienstpistole und bückte sich unter das Tor ins Dunkel hinein.

Parnell tastete sich blind einen Fußbreit nach vorn, dann nach links, wo er den Lichtschalter vermutete. Unter seinen Schuhsohlen knirschte es. Sein Kopf stieß gegen etwas Weiches. Er fuhr erschrocken zurück, dann tastete er danach. Es war Stoff, ein Stoffballen.

In der Sekunde, in der er realisierte, dass er an einem menschlichen Schenkel herumtastete, hörte er ein Klicken vor sich. Die Neonröhre blinzelte, das Tor dröhnte und öffnete sich weiter. Nun blinzelte Parnell, er sah einen schwarzen Kopf vor sich, das Weiß eines Augenpaares, dann wurde er umgestoßen.

Er behielt im Fallen die Pistole fest umklammert, er sah, wie ein Mann aus der Garage trat, sich umdrehte und kurz auf ihn starrte. Der Mann trug Jeans, ein dunkles Flanellhemd, rot-schwarz kariert, eine schwarze Mütze über den Kopf gezogen, zwei Schlitze für die Augen.

Parnell schaute nach oben, über ihm baumelten zwei nackte Füße, sie waren schwarz vor Dreck, Grashalme hingen daran, einer der Grashalme wackelte nur Millimeter über seiner Nase hin und her. Der Inspektor unterdrückte den Nieszwang. Um Parnell herum lagen Dutzende Nägel.

Er richtete sich auf und drehte den Leichnam. Die Wangen waren aufgeschlitzt, die Stirnhaut hing über dem einen Auge, das andere Auge war aus der Höhle gerissen und baumelte gegen die Nase. Blutstropfen hatten sich im flaumigen Dreitagebart des toten Lifeguards verheddert. Die Zunge hing lang und dick aus dem linken Mundwinkel.

Als Parnell die Straße erreichte, zündete der Mann mit der schwarzen Mütze gerade den Motor der Vespa, Parnell stellte sich ihm in den Weg und zog die Pistole.

Der Mann wendete und fuhr das kleine Straßenstück in Richtung des Meeres hinab. Staub wirbelte auf. Er hatte die

Vespa hingeworfen und lief die holprige Holztreppe zur Bucht hinunter.

Parnell lief hinterher.

Der Mann hatte eins der beiden Kanus ins Wasser geschoben. Mit kräftigen Schlägen paddelte er auf das offene Meer hinaus.

Parnell schnappt ein zweites Kanu. Er zog am Seil, er brauchte drei harte ruckartige Züge, damit es sich von der nassen, klebrigen Sandmasse löste und plötzlich ganz leicht ins Meer glitt.

Der Mann mit der Mütze war bereits über die ersten kleinen Brandungswellen hinausgepaddelt und lenkte sein Kanu in Richtung der Harbour Bridge, als Parnell bemerkte, wie sich sein Kanu mit Wasser füllte. Es war kein neues Boot, es war aus altem, von der Sonne gebleichtem Plastik. Der Inspektor machte noch ein paar Paddelschläge, doch das Kanu sank tief und tiefer, nun schwappte das salzige Nass auch schon von der Seite ins Innere.

Parnell ließ sich zur Seite fallen, das Boot kippte, er ließ das hölzerne Paddel los, es schwamm auf den Wellen. Er kraulte ans Ufer zurück.

Der Inspektor saß im Sand, seine nasse Jeans klebte an seinen Beinen und war mit einer Sandschicht bedeckt. Er sah, wie das Kanu des Unbekannten hinter einer Felsformation verschwand. Er sah den Verkehr auf der Brücke, vereinzelt hatten die Fahrer bereits die Lichter angemacht, mattes Gelb kämpfte sich durch den Dunst.

Parnell holte seinen Tabak aus der Tasche, er war total

durchnässt, er kramte weiter in seiner Jackentasche, sein Smartphone fiel heraus, er versuchte, seinen Pin-Code einzugeben, doch der Touchscreen reagierte nicht.

Er schaute hinaus aufs Meer. Das umgekippte Kanu und das Paddelholz trieben schwerelos auf dem Wasser. Ein Dampfer trötete. Die kleine Watchman Island, nichts als ein karger Felsen vor der Küste, versteckte sich im Nebel. Eine Möwe näherte sich dem Inspektor vorsichtig von links.

21

Draußen vor der Tür blinkten die Lichter der Einsatzwagen. Die Schaulustigen drängten an den Gartenzaun.

Parnell schaute auf den Wohnzimmertisch. Auf fettigem Zeitungspapier lag ein Fisch. Er glänzte, in seinem Auge steckte ein Messer.

Auf dem Sofa neben dem Tisch lagen Socken und ein leerer Pizzakarton. Auf dem Fernsehtischchen vor dem Sofa lag ein Surfmagazin, daneben stand ein Aschenbecher, darin drei ausgedrückte Zigaretten, daneben ein Plastiktütchen mit etwas Gras.

An der Wand lehnte ein Surfbrett. Ockerfarben.

An derselben Wand hing ein Bild.

Ein Fischerboot. Weit draußen am Horizont. Die Sonne tief. Der Himmel rot. Auch das Meer.

Der Inspektor ging an den Esstisch heran. Er hatte eine Wolldecke um seine Schultern gelegt, aus seiner Kleidung tropfte es auf den Boden. Die Decke kratzte am Hals. Er ließ sich von einem Mitarbeiter der Forensik ein paar Handschuhe reichen und streifte sie über. Dann hielt er das Messer mit zwei Fingern, zog leicht daran, doch es rührte sich nicht, er zog fester, dann gab es nach.

Es hatte das zarte Fleisch des Fisches durchdrungen und war tief im Holz der Tischplatte stecken geblieben.

Parnell reichte Messer und Fisch dem Forensiker, der ließ beides in je eine Plastiktüte fallen. Dann nahm der Inspektor die Zeitungsseite in die Hand. Dort, wo der Fisch gelegen hatte, war sie dunkel vom Fett, die Zeilen waren kaum lesbar. Wie bei alten Zeitungsseiten, in die Neuseeländer zum Samstagslunch die Fish and Chips packten.

Die Überschrift aber war entzifferbar:

HELDEN VON PIHA WEITER UNTER VERDACHT

Es war eine der Schlagzeilen der heutigen Zeitungsausgaben. Darunter ein Bild. Schwarzweiß. Diesmal nicht von den Serpentinen aus, sondern von weiter unten. Es zeigte den schwarzen Strand, den Löwenfelsen, das Absperrband der Polizei, einige Polizeiautos. Vorn am Strand eine Ansammlung von Menschen, ein weißes Tuch über der Leiche. Einer der Männer musste Parnell selbst sein, doch das Foto war bei genauem Hinsehen zu verpixelt, um solche Details zu erkennen.

In den Himmel des Bildes hatte jemand einen Totenkopf gezeichnet.

»Ein Zufall?«

Smith war an den Inspektor herangetreten und zeigte auf das Zeitungsblatt.

Parnell war noch in Gedanken vertieft.

»Ich weiß es nicht«, antwortete er erst nach einer Weile.

»Konntest du den Mann erkennen, dem du gefolgt bist?«

Parnell schüttelte den Kopf.

»Könnte es einer der Lifeguards sein?«

Parnell zuckte mit den Schultern.

»Der Fischer?«

Beide schauten rüber zum Fisch und zum Messer in den Tüten, die auf dem Tisch lagen.

»Ich weiß nicht.«

Beide sagten eine Weile nichts.

»Vielleicht einer der Schläger aus dem *Rouge Ami*«, fuhr Parnell schließlich fort.

Er murmelte halblaut vor sich hin, auf der Suche nach Zusammenhängen – nach einem roten Faden.

»Sei stumm wie ein Fisch. Sonst ergeht es dir wie diesem hier. Messer durch den Kopf. Hat hier jemand zu viele Mafia-Filme geschaut?«

Parnell lachte kurz, doch witzig fand er das alles nicht.

Smith nickte.

»Was ist mit der Vespa?«, fragte der Inspektor weiter.

»Sie ist eine Mietvespa.«

»Wo wurde sie gemietet?«

»Sie wurde nicht gemietet, sie wurde gestohlen. Schon vor über einer Woche – am Flughafen.«

»Am Flughafen?«, fragte Parnell überrascht.

Wer konnte die gestohlen haben? Winter? Mit dem Pick-up? Das Auto musste untersucht werden.

Parnell holte das feuchte Streichholzbriefchen aus seiner Hemdtasche und warf sie Smith zu.

»Hier. Das ist mir heute am frühen Nachmittag bei einer Hippie-Siedlung am Nordende von Piha in die Hände gefallen.«

Smith drehte und wendete das Briefchen.

»*Rouge Ami.* Immer wieder *Rouge Ami.*«

»Ja«, murmelte Parnell.

Dann berichtete Smith dem Chief Inspektor von seiner bisherigen Recherche bezüglich des *Rouge Ami.*

Und bezüglich dessen Besitzer. George.

George. The Beast. Geboren als George William Wallis. Aufgewachsen in Australien. In einem Kaff im Busch. Nach Melbourne abgehauen. Da war er noch keine achtzehn gewesen. Er wollte nach Amerika, doch er kam nicht raus aus Melbourne. Bis er volljährig war, vertickte er Stoff auf der Straße, dann stieg er auf. Mit zwanzig soll er zum ersten Mal einen Menschen getötet haben. Nachgewiesen werden konnte ihm das nie.

Mit dreiundzwanzig stand er wegen Mordes vor Gericht. Aus Mangel an Beweisen wurde er freigesprochen. Mit vierundzwanzig war er in einen Raubüberfall mit zwei Toten verwickelt. Da verschwand er nach Neuseeland.

Erst Christchurch. Dann – vor über fünfzehn Jahren – Auckland.

Das *Ami* sei nur Kulisse, hieß es. Die Nutten nur Show. Etwas Geld verdiene er mit Waffen, die er an Gangs in South Auckland und der ganzen Nordinsel verticke. Das eigentlich Geschäft aber mache er mit Drogen. Er verkaufe den Stoff, der aus Melbourne kommt. Die alten Verbindungen. Der Drogenbaron von Melbourne: ein Cousin zweiten Grades.

Alles Schlechte kommt aus Australien, dachte sich Parnell. Außer Nick Cave.

»Ich brauche einen Durchsuchungsbeschluss. Wir brauchen ihn unbedingt. Verbinde mich mit dem Polizeipräsidenten. Ich will das Okay! Ich will es noch bis heute Nacht!«

»Wir haben bereits vorgefühlt. Wird schwierig, Frank.«

Smith klang vorsichtig.

Parnells aufkochende Wut war unübersehbar.

»Die Drogenfahndung stellt sich quer. Sie sind am *Ami* dran. Schon seit einem Dreivierteljahr. Die lassen sich nicht gerne in die Quere kommen.«

»Verdammt, es kann sein, dass unser Mörder dort sitzt.«

Parnell wurde laut, aber er wusste, dass Smith recht hatte. Solange er nicht beweisen konnte, dass dieser George Wallis hinter dem Mord steckte, würde der Polizeipräsident die laufenden Ermittlungen des Drogendezernats nicht aufs Spiel setzen.

»Du hast recht«, flüsterte Parnell schließlich. »Ruf nicht den Präsidenten an. Verbinde mich mit Al, Albert Keyes von der Drogenfahndung. Er ist mir noch einen Gefallen schuldig.«

Smith nickte.

»Noch etwas, Frank«, sagte er dann.

»Ja?«

Der Inspektor drehte sich noch einmal zu seinem Kollegen um, auch wenn alles in ihm danach drängte, dieses Haus zu verlassen. Er blickte nach draußen, ein blecherner Sarg wurde in einen Leichenwagen gehievt.

»Wir haben die Ergebnisse der Blutuntersuchung aus dem Labor.«

»Ja?«

»Wir haben Reste von Schlaftabletten gefunden. Wie hoch die Konzentration ist, wie lange die Einnahme her ist – dafür müssen wir weitere Ergebnisse abwarten.«

Parnell drehte sich um. Er dachte nach. Hatte sie tief geschlafen, als sie ins Wasser geworfen wurde? War sie schon tot, als die Messer in sie einfuhren, als die Haie an ihr zerrten? Er hoffte es.

22

Das Wasser lag still und dunkel in der Bucht. Die Hand des Inspektors zitterte. Er stellte das Glas ab. Der Whiskey tropfte auf den Tisch. Erneut füllte er das Glas, der Whiskey lief über.

Parnell saß auf der Veranda, er polierte seine Stiefel und schaute runter zur Bucht. Einzelne Lichter blinkten im Dunkeln. Sicher saßen die Segler im Heck ihrer Boote, aßen im Licht der Laternen zu Abend. Meeresfrüchtepasta,

Sandwiches mit Lachs und Avocado. Dazu eine Flasche Sauvignon aus Marlborough.

Parnell nahm einen tiefen Schluck. Er brachte das Große und Ganze des Geschehens nicht zusammen, obwohl einzelne Fäden zueinander führten. Das tote Mädchen arbeitete als Prostituierte im *Rouge Ami* und war in der Nacht ihres Todes mit einem der Lifeguards in den Dünen von Piha gewesen.

Der Rettungsschwimmer hing tot in seiner Garage. Erhängt. Warum der Fisch, das Messer und die Zeitungsseite auf dem Küchentisch? Das konnte kein Zufall sein. Das war ein Zeichen. Aber was für eins?

Die schwarze Mütze des geflüchteten Mannes aus der Garage erinnerte Parnell an die Typen, die ihn in der Nacht vor dem *Ami* zusammengeschlagen hatten.

Mel. Mel. Wer wurde ihr zum Verhängnis?

Sie war mit einem merkwürdigen Fischer befreundet gewesen, der wurde von anderen Fischern des Mordes an seiner verschwundenen Frau verdächtigt.

Die Anführerin einer Hippie-Siedlung im Norden des Strandes entzündet ihren Joint wiederum mit Streichholzbriefchen aus dem *Rouge Ami.* Ein solches Briefchen hatte der nun tote Rettungsschwimmer dem Inspektor in die Hand gedrückt. Es soll Mel gehört haben. Aber stimmte das? Hatte er gelogen? Warum musste auch er sterben? Hatte er sie befreit?

Ein Fisch und ein Messer. Sollte dem Fischer der Mord am Rettungsschwimmer angehängt werden?

Parnell griff nach seinem Smartphone. Es funktionierte

wieder. Er hatte es eine halbe Stunde lang mit dem Fön erwärmt.

Er schrieb eine SMS an Smith. Die Buchstaben auf dem Display verschwammen.

Was war das für ein Fisch auf Meyers Tisch? Und was für ein Messer? Cheers, F.

Die Gedanken zerrten an Parnells Hirnmasse, der Whiskey betäubte den pochenden Schmerz im Kopf, doch er lähmte auch das Denkvermögen.

Ein Gedanke spukte in seinem Kopf umher, er ließ ihn nicht mehr los: Was war in all den Stunden passiert, als der Rettungsschwimmer nicht an den Strand gekommen war? Welche Qualen hatte er erlitten, bis zu dem Moment, in dem der Inspektor den Mörder in der Garage überraschte?

Parnell sah das verstümmelte Gesicht des toten Rettungsschwimmers.

Er sah das Gesicht des toten Mädchens.

Er ahnte Schreckliches.

Noch ein Schluck, noch einmal einschenken, wieder die Hälfte daneben, Parnell kniete sich an den kleinen Holztisch, er wusste, er gab das elende Bild eines Süchtigen ab, er wusste, dass das Telefon gleich klingeln würde. Er wusste, er würde schwanken bei den wenigen Schritten von der Veranda in die Wohnung zurück. Er wusste, er musste darauf achten, nicht gegen die Glasscheiben zu knallen, was ihm in diesem Zustand schon mehrere Male passiert war. Er wusste, er würde gleich die Stimme seines Bruders vernehmen. Er wusste, er würde trotz seines Zustandes den vorwurfsvollen Ton in der Stimme erkennen.

Woran trägt man Schuld im Leben?

Parnell hasste es, wenn ihn diese Fragen umtrieben. Vor allem betrunken. Aber er schaffte es nicht, sie sich nicht zu stellen.

An falschen Entscheidungen?

Ja. Vielleicht.

Am eigenen Übermut?

Hm.

An der eigenen Feigheit?

Ja. Immer.

Am Verhältnis zur eigenen Familie?

Darauf wusste er keine Antwort.

Immer noch kniete er am Tischchen, der Heaven Hill tropfte durch die Holzritzen auf den Terrassenboden. Parnell hatte den Kopf auf die Tischplatte gelegt. Er spürte, wie der Whiskey seine Stirn befeuchtete.

Er hob den Kopf, fuhr gierig mit der Zunge über die Whiskeypfütze und schlürfte. Dann holte er ein Taschentuch aus der Jackentasche und wischte sich das nasse Gesicht ab, die Tablette, die er von der Frau am Strand bekommen hatte, kullerte auf den Boden, er tastete nach ihr, drehte und wendete sie.

Erst jetzt bemerkte er, dass es sich nicht um eine Kopfschmerztablette handelte. Keine *Maxigesic Double Action*, die es in jeder Apotheke Neuseelands gab.

Auf der Breitseite der grünen Tablette lachte ihm ein rotes Teufelchen mit gelben Augen entgegen.

Parnell schmiss sich die Pille ein und spülte sie mit einem Schluck hinunter.

Zehn Minuten später tanzte der Inspektor durch das beleuchtete Wohnzimmer. Der Plattenspieler lief mit voller Lautstärke. Die Gitarren schepperten, und Nick Cave sang von Schiffen, die ihn umsegeln sollten, von brennenden Brücken.

Das Klingeln des Telefons verstummte ungehört.

23

Das Rot in und um seine Augen verriet den Zorn. Die geplatzten Äderchen, die flatternden Nasenflügel, sie verrieten, was jetzt passieren würde. Sie wusste, sie würde keine Chance haben. Sie legte sich auf den Boden, auf die kalten Fliesen des Badezimmers neben seinem Büro. Es war morgens. Niemand war mehr da. Nur sie beide.

Sie versteckte den Kopf unter den Armen, sie zog die Beine an den Bauch.

Er riss sie hoch. Er schlug ihr mit der Faust in den Bauch. Sie unterdrückte einen Schrei.

Für den Bruchteil einer Sekunde trafen sich ihre Blicke im Spiegelglas. Er schlug mit der Faust dagegen. Der Spiegel zersprang.

Sie weinte. Nun schrie sie.

Er schlug. Er schwieg.

Sie hatte Angst. Sie wollte sterben. Dann wäre alles vorbei. Endlich alles vorbei. Versuchen zu fliehen? Dann bringt er mich um. Und so? Ist es ein Sterben auf Raten.

Er saß im Arbeitszimmer. Fläzte sich auf der Couch. Er atmete schwer. Sie hörte das Röcheln. Er nahm den Gürtel zur Hand, sie spürte noch die Schmerzen des Leders auf ihrem Rücken.

War es die Strafe dafür, dass sie sich dem Mann aus der ersten Reihe verweigert hatte? Sie hatte es versucht, sie hatte versucht, all den Ekel, all die Abscheu in Champagner zu ertränken, den Schweiß nicht wahrzunehmen, die ekelhafte fettige Haut. Sie hatte es nicht geschafft.

Er band sich den Gürtel um den Oberarm, die Adern drangen durchs Fleisch.

Er entzündete eine Kerze, warf das Streichholzbriefchen auf den Glastisch, dann hielt er den Messinglöffel über die Kerze.

Sie wartete. Sie wusste, sie musste es riskieren.

Vielleicht bringt er mich um, wenn er mich erwischt. Wenn ich bleibe, sterbe ich ganz sicher. Weil er mich totprügelt. Oder halbtot. Weil ich mir dann eine Überdosis spritze.

Ein zufriedenes Stöhnen unterbrach das Röcheln, dann war es still. Sie wartete, zählte lautlos bis hundert, es schien ihr, als zitterten selbst die Zahlen, die sie in Gedanken formte.

Sie nahm ihre Tasche, schlüpfte in die Ballerinas, die auf dem Fußboden lagen.

Sie schenkte ihm einen letzten Blick, dann öffnete sie die Tür und verschwand.

Der dritte Tag

24

John Bold hatte sich auf den Urlaub gefreut. Drei Wochen. Very down under. Er war mit seiner Frau schon zweimal dort gewesen. Immer Südinsel. Golden Bay. Milford Sound. Auch eine Gletschertour. Mit den Kindern war es nun das erste Mal. Sie freuten sich.

Der Mann am Fensterplatz war eine Zumutung. Das Zappeln. Das verschwitzte Hemd, das am Oberkörper klebte. Er stank. Nach Alkohol. Er musste auf die Toilette. Drei Mal. Beim vierten Mal bot Bold ihm den Platz am Gang an.

Der Mann antwortete nicht. Er schaute ihn mit stummem Blick an. Sein Gesicht war rot. Eine weiße Narbe zierte sein Kinn.

»Auch Urlaub?«, fragte Bold – mehr aus Verlegenheit. Noch während er es sagte, bereute er es.

Er schaute auf seine beiden Kinder, Marta, sechs, Muddy, acht, sie schliefen, er schaute auf Bolds Frau, Jessica, auch sie schlief, sanft, bildschön, so zerbrechlich, so angreifbar, eine blonde Strähne hatte sich auf ihre Wange gelegt.

Gott, John liebte sie, er liebte sie so sehr.

»Alles Glück ist nur Fassade«, flüsterte der Sitznachbar. Bold konnte seinen Akzent, wenn es denn einer war, nicht

zuordnen. Vielleicht war es nur ein Zittern, das Lallen, einer betrunkenen, schweren Zunge.

Bold sah, wie der Mann Jessica anstarrte. Der Mann widerte ihn an.

Wieder das Flüstern. »Irgendwann bröckelt es ab, das Glück. Irgendwann kommt darunter der Schrecken hervor.«

Sie sprachen nicht mehr. Bold hatte ein unheimliches Gefühl befallen. Angst. Angst um alles, was ihm teuer war. Er linste noch ein paar Mal zu dem Mann rüber. Dieser hatte ein Glas Rotwein bestellt und es runtergekippt. Er öffnete sein Portemonnaie, Bold sah darin ein Foto. Eine junge, hübsche Frau. Blond. Wie Jessica. Der Mann nahm eine ausgedruckte oder fotokopierte Flugbestätigung aus dem Portemonnaie und entfaltete sie. Ein Frauenname stand darauf. Marlene oder Melanie. Im Nachhinein konnte er sich nicht mehr genau daran erinnern. Den Nachnamen hatte er nicht erkennen können.

Die fotokopierte Flugbestätigung war von Air New Zealand.

Sie dagegen flogen Qantas.

Merkwürdig.

Später bestellte der unheimliche Sitznachbar ein weiteres Glas Wein.

Bold wurde schläfrig, ihm fielen die Augen zu. Er sah noch, wie der Mann die Spucktüte aus der Ablage zog und mit einem Füllfeder darauf herumkritzelte.

Ob es tatsächlich Totenköpfe waren, die der Mann auf das Papier zeichnete, oder ob er das bereits geträumt hatte, konnte Bold später nicht mehr mit Sicherheit sagen.

25

Sie schlichen sich an wie Elfen, fast lautlos, obwohl schwerbepackt mit schusssicheren Westen, Maschinenpistolen, Helmen und Rammbock. Sie schienen zu schweben, sie waren Schatten, die Nacht verstummte, scheinbar ihretwegen.

Einer der Männer ganz vorn formte die Lippen zu Zahlen, er hob eine Hand, zeigte fünf Finger, dann vier, drei, zwei, eins.

Es war kurz vor sechs Uhr. Die Nacht presste das letzte Schwarz aus ihren Poren, der Morgen schaffte es noch nicht, sein Blau ins Dunkel zu schmieren.

Dreimal klopfte Parnell gegen die Tür. Dreimal betätigte er den Knopf, unter dem in kursiven Lettern *R. A.* stand.

Ihm war, als würden die Beine jede Sekunde unter seinem Gewicht zusammenbrechen. Smith hatte ihn zu Hause abgeholt. Erst nachdem dieser Sturm geklingelt hatte, war er aufgewacht. Er hatte sich unter die eiskalte Dusche gestellt und unter dem Wasserfall laut und langsam bis zweihundert gezählt. Er hatte ein rohes Ei aufgeschlagen, hinuntergeschluckt, ein zweites, ein drittes.

Nach einer Viertelstunde saß er in Smiths Wagen. Er riss ihm den brühenden Kaffee aus der Hand. Er glaubte noch nicht so recht daran, diesen Tag überleben zu können. Aber er wusste, dass er wohl irrte. Zumindest der Kater würde ihn nicht umbringen. Zu oft hatte er das schon angenommen. Es war nie eingetroffen. Als Abschreckung wirkte so ein Kater schon lange nicht mehr.

Vielleicht aber würde er im Kugelhagel sterben? So, wie er es in den vergangenen Jahren in seinen Alpträumen immer und immer wieder erlebt hatte? Würde es genauso sein, sich genauso anfühlen wie im Traum? Hatte sein Vater sich genauso gefühlt? In der Realität?

In der Sekunde, in der Parnell den Befehl geben wollte, die Tür zu rammen, öffnete sie sich. Im Dunkeln erschienen die Konturen des Türstehers. Er musterte den Inspektor. Parnell blickte ihm tief in die Augen.

Er würde sich nicht mit ihm abgeben, sagte er sich in Gedanken. Der Türsteher wusste das. Er war nur ausführendes Organ. Vielleicht war er dabei gewesen, letzte Nacht, in der Seitenstraße, an den Mülleimern, vielleicht hatte er auch selbst zugeschlagen. Trotzdem galt die Revanche nicht ihm. Er war die kleine Nummer.

Parnell wollte zum großen Fisch.

Die Bühne war leer. Davor schlief ein Mann in einem der Sessel, sein offenes Hemd war mit Champagnerflecken versehen. Es war nicht der Dicke vom letzten Mal. Es war der Kleine mit der Champagnerflasche. Kein Rütteln konnte den Mann aufwecken. Erst als ihm einer der Polizisten der Spezialeinheit einen Kübel mit Eiswasser über den Kopf kippte, schreckte der Schlafende hoch.

Der Barmann wischte Gläser. Parnell fragte sich, ob das ein Meditationsding von Barmännern war. Gläser polieren. Diese Gläser, da war sich Parnell sicher, waren sauber.

Vielleicht war das Gläser-Polieren aber auch so etwas wie Zigaretten zu rauchen. Einmal angefangen, ist man direkt süchtig. Flecken auf Gläsern machen dich dann verrückt.

Der Inspektor langte über die Theke, schenkte sich ein Glas Wasser ein und trank es in einem Zug aus. Zumindest raffen dich polierte Gläser nicht elendig dahin. So wie Tausende von gerauchten Zigaretten.

Alleine beim Gedanken daran, sich jetzt eine zu drehen, wurde dem Inspektor schlecht.

Haromi trat an Parnell heran. Sie war in voller Einsatzmontur mit der ersten Truppe ins Haus hineingegangen. Sie hatten sich in alle Richtungen verteilt, um alle Zimmer zu sichern. Keins der Mädchen war mehr da.

In der oberen Etage waren sie auf George Wallis gestoßen.

Albert Keyes vom Drogendezernat hatte dem Einsatz zugestimmt. Parnell hatte ihm versprochen, nicht durchzudrehen.

»Wenn er das Blut des toten Mädchens an seinen Fingern kleben hat, Frank, echtes Blut, Blut, das man schmecken und riechen kann, Frank, dann meinetwegen, nimm ihn fest. Aber wenn nicht, wenn zwar alles darauf hinweist, dass er es gewesen ist, wenn du es aber nicht zu hundert Prozent beweisen kannst, wenn du nur Geld findest, Tausende Dollars, ein paar Waffen, wenn du nur Stoff findest, und wenn es kiloweise *H* ist, dann schüttele ihn durch, dann nimm ihn hart ran, dann such, was du suchen willst, aber, verdammt noch mal, Frank, danach verabschiede dich und raus mit dir, ja?«, hatte Al gesagt.

Parnell fand das einen fairen Kompromiss.

»Er hat sich nicht gewehrt. Er hat auch nicht versucht, zu fliehen«, sagte Haromi, während sie mit Parnell die dunklen Treppen nach oben ging. Die Wandtapete war rau und ochsenblutrot.

»Wir haben mehrere tausend Dollar bar in seinem Büro gefunden. Sie lagen auf dem Schreibtisch. Wallis hatte ein kleines Tütchen Kokain in seiner Jackentasche. Nicht mehr als für den Eigenbedarf.«

»Redet er?«

Haromi schüttelte den Kopf.

»Habt ihr die Pässe? Habt ihr irgendwelche Namen der Mädchen?«

Sie verneinte abermals.

»Verdammt!«

Parnell schlug gegen die Ochsenblutwand.

»Aber wir haben einen Tresor gefunden, Frank.«

»Gut«, sagte Parnell.

»Ein Spezialist ist unterwegs.«

»Sehr gut.«

Der Mann saß auf einem goldverzierten Sessel, der Mahagoni-Schreibtisch war schwer und dunkel. Alles war darauf aus, Eindruck zu schinden.

George Wallis grinste überlegen. Eine Weile stand der Inspektor still da und schaute dem Bordellbesitzer in die Augen.

Immer noch grinsend, begann dieser zu sprechen.

»Ich habe erfahren, Inspektor, dass Sie nach einem Besuch in unserem Haus auf der Straße zusammengeschlagen worden sind.«

Seine Zähne blitzten.

»Ich bin untröstlich. Das alles hier, in meiner Straße, in meinem Block. Das hat mich zutiefst verärgert. Das ist ein körperlicher Angriff auf Sie, Inspektor. Das ist aber auch ein Angriff auf die ehrenwerte neuseeländische Polizei, mit der ich nie Probleme hatte.«

Wallis schaute sich im Raum um. Er musterte jeden Einzelnen der Polizisten. An Haromi blieb sein Blick hängen. Er musterte sie wie Frischfleisch.

Sie schenkte ihm keine einzige Regung.

»Aber das ist auch ... vor allem ist das ... ein Angriff auf mich. Meine Straße!«

Der Bordellbesitzer stand auf, ging die paar Schritte zum Sofa und ließ sich darauf plumpsen.

Parnell wartete geduldig das Ende dieser heuchlerischen Vorstellung ab.

Wallis öffnete ein Holzkästchen, zog eine Zigarre hervor, entzündete sie mit einem Streichholz aus einem Clubbriefchen und hielt Parnell die geöffnete Zigarrenschachtel hin.

Parnell verkniff es sich, zu reagieren. Kein Nicken. Kein Kopfschütteln.

Erst als der Tresor-Spezialist ins Zimmer gebracht wurde, trat der Inspektor wortlos an den Clubbesitzer heran. Von hinten beugte er sich zu ihm herab. Er schob die Wange ganz nah an die seine heran. Fast berührten sich die Bartstoppeln.

Dreimal atmete Parnell tief ein und aus. Ein Raubtieratmen. Er roch den Schweiß des Mannes. Er roch dessen würziges Parfum. Es roch nach Myrrhe.

Dann ging er wortlos aus dem Zimmer, ohne sich umzudrehen.

26

Ein bisschen Kokain. Vierzehn Pässe. Fünf neuseeländische. Zwei von den Fidschi-Inseln. Drei aus Australien. Ein koreanischer. Ein russischer. Einer aus Südafrika. Einer aus Deutschland.

Blondes Haar. Dunkle Augen.

Das musste sie sein. Auf dem Passbild war sie noch jünger. Die Haare waren kürzer, die Augen noch unschuldiger. Mel hieß Anna. Anna Sander. Siebenundzwanzig Jahre alt. Wohnhaft in: Köln. Deutschland.

»Sie hat ein paar Tage Urlaub machen wollen. Vor fünf Tagen. Vielleicht vor einer Woche«, sagte Wallis trotzig, während er die Zigarre paffte.

»Ich sagte, mach das. Ich behandle meine Mädchen gut. Verbringe ein paar Tage am Strand, habe ich gesagt. Chille. Komm zurück, wenn du dich erholt hast. Wenn du wieder klar bist im Kopf.«

Smith und Haromi mussten Parnell festhalten. Er versuchte sich loszureißen.

»Ruhig, Frank, ruhig«, sagte Smith.

Dreimal atmete Parnell tief ein und aus. Dann drehte er sich um und schritt die Treppen langsam hinab. Kurz wurde ihm schwindelig.

Draußen vor der Tür blinkten die Polizeiwagen wie Diskokugeln in der Dämmerung. Die Straßenreinigung fuhr zischend an der Bordsteinkante entlang.

Parnell schaute auf die Uhr.

»Wie spät ist es jetzt in Köln?«

Smith zuckte mit den Schultern.

»Äh, Deutschland, das müssten minus zwölf Stunden sein, oder?«, fragte der Inspektor weiter.

Wieder zuckte Smith mit den Schultern.

Parnell tat es ihm gleich.

»Ich denke schon«, sagte Haromi und schloss kurz die Augen.

»Sieben Uhr abends«, sagte sie dann.

»Gut«, sagte Parnell. Er stellte den Kragen des Mantels hoch, ein kalter Wind wehte durch die Gasse.

»Ich will alles über diese Anna Sander erfahren. Alles! Verständigt mich, sobald ihr die Kollegen in Köln erreicht habt. Und nehmt die Personalien auf. Von allen hier. Ich will sie alle. Wühlt in ihrem Leben. In ihrer Vergangenheit.«

Parnell lief das letzte Stück der K-Road hoch und über Ponsonby in Richtung Hafen hinunter. Er überholte die Straßenreinigungsmaschine, sie schleuderte Wasserspritzer und Schmutz gegen seine Hosenbeine. Es war ihm egal.

Sie hatten einen Namen.

Ihren Namen.

Anna.

Anna Sander.

Sie hatten eine Stadt.

Köln.

Sie würden nun einen entscheidenden Schritt weiterkommen. Sie würden sich selbst und die Verdächtigen mit neuen Fakten konfrontieren können. Die Kopfschmerzen vom Tag zuvor waren verschwunden. Der Kater der letzten Nacht auch. Parnell lachte und zündete sich eine Zigarette an.

27

Sie ist abgehauen, einer seiner Männer hat sie gefunden und ermordet. Der Rettungsschwimmer hat den Mord beobachtet, deshalb musste auch er sterben.

Sie hat den Fischer getroffen. Sie hat sich mit ihm angefreundet. Fatale Freundschaft. Der Fischer hat sie eingeschläfert und erstochen. Wie einst seine Frau. Seine tote Frau lag neben dem Gemüsebeet. Das tote Mädchen warf er zu den Haien ins Meer.

Die Chefin der Hippie-Kommune steckt mit George Wallis unter einer Decke. Er besorgt ihr Drogen. Sie verkaufte sie für ihn weiter. Sie baute im Dschungel Marihuana an. Sie waren wie Pech und Schwefel. Bonnie und Clyde. Er brachte das Mädchen zu ihr, sie töteten sie gemeinsam. Im Drogenrausch.

Parnell spürte, wie sich der Knoten in seinem Hirn enger und enger zog. Er blickte hinaus auf den Ozean. Er verwarf alle halbgaren Theorien.

Trotz des lauten Rauschens der Wellen bemerkte der Inspektor, dass jemand von hinten an ihn herantrat. Er sah Smiths Konturen im linken Augenwinkel. Er ahnte, dass sich nun nichts vereinfachen würde, eher verkomplizieren. Das war nur so ein Gefühl, aber dieses Gefühl betrog ihn nie.

»Erzähl schon!«, sagte er und zog Papier und Tabak aus der Jackentasche.

»Wir haben ihre Familie gefunden. Ihre Eltern leben auch in Köln.«

»Gut«, sagte Parnell.

Aber er wusste, dass noch nichts gut sein würde. Dafür hatte Smiths Stimme viel zu verdruckst und ängstlich geklungen.

»Die Familie sagt, sie hätten seit Monaten nichts mehr von Anna gehört. Sie war Studentin. Sechstes Semester. Wirtschaft.«

Das passte mit der bislang vorliegenden Geschichte zusammen, dachte Parnell.

Nach Neuseeland gereist. Alleine oder mit Freundinnen. Beschlossen, hier zu bleiben. Alles hinter sich zu lassen. Am Pier in Auckland ein neuseeländisches Mädchen kennengelernt. Eine Tänzerin.

Ja gesagt, wo sie *Nein* hätte sagen müssen.

Mitgegangen, wo sie hätte umdrehen müssen, weggehen, laufen, ein Taxi nehmen, zum Flughafen fahren, den nächsten Flug nehmen, zurück nach Deutschland, zurück nach Köln, in ihr kleines, niedliches Mädchenleben. Oben in Europa.

Fatale Freundschaft.

Parnell entzündete die Zigarette.

»Die Eltern wussten nicht, wo sie ist. Sie machten sich Sorgen. Sie hätten nur eine Postkarte erhalten. *Habt keine Angst! Wünscht mir Glück! Ich liebe euch. Anna.* Abgeschickt am Flughafen Frankfurt am Main. Dann nichts mehr. Das Letzte, was sie rekonstruieren konnten, war ein Flug nach Los Angeles.«

Parnells Lippen zitterten, als er Smith sprechen hörte. Die Worte, die Annas Eltern dem deutschen Polizisten schenkten, mussten letzte Worte voller Hoffnung gewesen sein. Der Polizeibeamte musste ihnen noch einmal in die Augen geschaut haben. Sie mussten in seinem Blick etwas erkannt haben, trotzdem wird sich die letzte Hoffnung in ihnen gegen das Erlöschen gestemmt haben.

Frau Sander, Herr Sander, es tut mit leid, Ihnen dies mitteilen zu müssen ...

Die Farbe aus ihren Gesichtern wird gewichen sein.

Ihre Tochter, Anna, ist tot. Wir haben sie ...

Die Mutter wird ihr Gesicht hinter ihren Händen versteckt haben.

Der Vater wird wie betäubt auf die Tischplatte gestarrt haben.

Der Polizist wird Fotos des toten Mädchens auf den

Tisch gelegt haben. Eine Nahaufnahme des verunstalteten Gesichts. Das Kleid. Die gesamte Leiche, nackt, irgendwie von der Gerichtsmedizin zusammengenäht, zu einem menschenähnlichen friedlichen Antlitz geschminkt.

Der Polizist wird sich nach der Sekunde gesehnt haben, in der er diesem Haus, dieser Rolle, entschlüpfen konnte. Mit letzter Kraft werden die Eltern das Foto ihres toten Mädchens angeschaut, es vielleicht berührt haben.

Ist das Ihre Tochter?

Die Mutter wird genickt haben. An irgendeinem Detail wird sie ihre Tochter erkannt haben.

Parnell schaute aufs Meer. Es gab nichts, das ihn mehr beruhigte als dieser Blick. Würde er Piha jemals wieder so lieben können, wie er es bislang geliebt hatte? Würde es nach dem Tod dieses Mädchens für immer anders sein?

Smith räusperte sich.

»Die Eltern haben ihre Tochter identifiziert, Frank. Aber die Tote ist nicht Anna Sander.«

Parnell drehte sich ruckartig um.

»Sie haben ein Muttermal an der Hüfte der Toten wiedererkannt. Einen dunklen Fleck. Herzförmig. Sie sind sich ganz sicher. Die Tote ist Annas ältere Schwester. Sie heißt Mel. Melanie. Melanie Sander. Sie lebt … lebte in München. Sie ist … war vierunddreißig Jahre alt. Kinderlos. Geschieden. Sie hatte Sozialwissenschaften studiert. An ihrer Promotion gesessen. Als wissenschaftliche Mitarbeiterin an der Uni gearbeitet.«

28

Parnell schwieg. Doch seine Gedanken rasten. Sie kämpften gegeneinander. Die einen bauten Kartenhäuser in seinem Kopf. Die anderen brachten sie wieder zum Einstürzen. Der Inspektor hörte das Rauschen der Brandung. Es kam ihm untertäglich laut vor. Er hielt sich die Ohren zu, kniff die Augenlider zusammen. Doch die Konzentration stellte sich nicht ein.

Er hielt zwei Fotos in den Händen. Darauf die Gesichter zweier Mädchen. Sie ähnelten sich. Beide hatten blondes Haar. Dunkle Augen. Dünne, aber kräftige Augenbrauen. Man sah, dass sie Schwestern waren. Auch wenn die eine, die jüngere, etwas hübscher war. Rehaugen. Unschuldiger Blick. Unschuld, gepaart mit Verführung. Mit gefährlicher, naiver Verführung.

Der Blick des älteren Mädchens war trauriger, wissender, erwachsener. Um ihre Augen hatten sich bereits Fältchen gelegt. Erlebtes hatte sich eingemeißelt. Zeichen der eigenen Vergänglichkeit.

Parnell wusste nicht genau, wie alt die Fotos waren. Die beiden wirkten nicht mehr wie Teenager, aber auch nicht wie Frauen, denen das Leben bereits seine scheußlichen Seiten gezeigt hatte.

Vielleicht lernte die eine noch für das letzte Examen, vielleicht hatte die andere schon manch erfolgreiches Bewerbungsgespräch hinter sich gebracht. Vielleicht war die eine glücklich, hatte bereits die große Liebe gefunden.

Vielleicht die andere noch nicht. Vielleicht irrten sie beide noch umher, in dem reißenden Fluss, der sich Leben nennt.

Parnell wandte der Brandung den Rücken zu und kniete sich in den nassen, harten Sand. Er musste seinen Gedanken Halt geben. Er fasste nach einem Stück Holz und malte Striche ins Schwarz.

Ein Strichmännchen, zwei. Zwei Mädchen. Ein Kreis, zwei, drei Kreise. Drei Städte. Köln. München. Auckland.

Er verband die einzelnen Elemente. Flüsterte dabei in sich hinein.

»Parnell ...«, sagte Smith vorsichtig.

Der Inspektor schaute zu ihm auf.

»Parnell, ich ... Mel ... Anna ... wer ist wer ... wer lebt? Das alles ist mir ein Rätsel, das ...«

»Mir nicht«, unterbrach ihn der Inspektor harsch. »Zumindest kein unlösbares. Wir stehen vor einem Labyrinth. Ja. Aber das ist doch schon mal etwas. Bislang standen wir im Dickicht des Dschungels. Im Dickicht des Dschungels verlierst du die Orientierung, da sieht jede Richtung gleich aus. Da macht kein Schritt Sinn.«

Smith schaute verwirrt. Er schien nicht zu begreifen, worauf sein Chef hinauswollte.

Parnell fuhr fort: »Der Dschungel bietet dir keinen Ausgang. Er will dich behalten, dich verzweifeln, verdursten, verhungern, sterben sehen.«

»Ja, aber ...«, sagte Smith wieder vorsichtig.

»Ein Labyrinth nicht. Ein Labyrinth ist ein Spiel. Weggabelungen. Links oder rechts? Am Ende ein Ziel, das es zu erreichen gilt. Wir stehen am Eingang, immerhin. Den Eingang haben wir erreicht.«

Parnell schaute zum Himmel. So, als ob er jemandem da oben für das Erreichen dieser Etappe danken wollte. Die langen, weißen Wolken zogen rasend vorüber. Möwen ließen sich von Windböen in die Höhe tragen, pfeilschnell stürzten sie sich wieder dem Wasser entgegen, bogen kurz vor der Gischt in die Senkrechte oder stießen mit ihrem Schnabel voran ins dunkle Wasser, um sich einen Fisch zu schnappen.

»Melanie, die echte Melanie, war nie Tänzerin im *Rouge Ami*«, sagte Parnell. »Melanie ist erst vor kurzem nach Neuseeland eingereist, das erklärt auch ihre butterweiße Haut. Vielleicht kam sie, um ihre Schwester Anna zu besuchen. Anna, die sich hier Mel nannte. Weil jedes Mädchen im *Ami* einen anderen Namen nutzt. Sie hat wohl nicht lange über einen Namen nachgedacht. Warum nicht den Namen der Schwester nehmen? Den merkt man sich leicht. Die beiden sind sich nahe. Auch wenn die eine in Köln lebte, die andere in München. Schwesterliebe vergeht nicht. Vielleicht kam die echte Mel nach Auckland, um ihre Schwester Anna zurück nach Deutschland zu holen. Vielleicht hat sie erfahren, wie es Anna hier in Neuseeland ergangen ist. Vielleicht hat Anna sie um Hilfe gebeten. Den Eltern hat Mel, die echte Mel, nichts von ihrer Reise zu Anna erzählt, um sie nicht zu beunruhigen. Weil sie nichts von Annas miserabler Lage wissen. Dann ist Mel hier aber etwas zugestoßen. Vielleicht wollte sie Anna befreien, und Wallis' Leute haben das verhindert.«

Parnell atmete tief aus.

Smith schaute dem Inspektor in die Augen. Kurz hatten sich ihre Blicke verfangen. Die Pupillen zitterten. Smith nickte. Diesmal fest und überzeugt.

»Vielleicht sind beide tot«, sagte er. »Vielleicht ist Anna noch da draußen ...«

Smith zeigte aufs Meer.

»... halb aufgefressen. Bei den Haien.«

»Vielleicht«, sagte Parnell. »Aber wenn nicht, dann müssen wir sie finden. So schnell wie möglich. Sie ist der Schlüssel zur Lösung dieses Falls. Sie muss der Schlüssel sein.«

Er schaute auf das Stück Holz, mit dem er vorhin die zwei Strichmännchen und die drei Kreise in den Sand gezeichnet hatte. Er warf den Stock in die Wellen. Er schwamm obenauf, wie ein herrenloser Kutter im Sturm.

Mit den Stiefeln verwischte Parnell seine Zeichnung.

»Kein Wort davon an die Presse, verstanden? Wir müssen mit München Kontakt aufnehmen. Die deutschen Kollegen müssen die Wohnung der Toten inspizieren. Ich möchte, dass jede scheinbar noch so belanglose Information bis zu uns durchdringt. Zeitverschiebung hin oder her. Bringt mir jede Info, egal, ob es drei oder fünf Uhr morgens ist. Hier oder in Deutschland.«

29

Der plötzlich aufgekommene Wind blies den Sand südwärts. Parnell hob den Ärmel vor das Gesicht, aber die Sandkörner fraßen sich in seine Ohrmuscheln, klebten sich an seine Lippen, zerrten an den Wimpern, prasselten wie Millionen von Nadeln gegen die Haut.

Es waren nur noch wenige Meter bis zur Aussteiger-Kommune, doch der Sandsturm ließ ihre Hütten zu einem dunklen Schatten zusammenschmelzen. Parnell sah die Hütten bald nicht mehr, er erahnte sie nur noch. Er war in Gedanken versunken. Der Fisch auf dem Küchentisch des Rettungsschwimmers war ein Hochseefisch gewesen. Ein Hapuka. Ein zu großes Exemplar, um ihn an der Küste zu erwischen. Also muss der Mörder mit dem Boot geangelt oder den Fisch auf dem Markt gekauft haben. Das sprach nicht für den Fischer. Oder besaß der auch ein Boot? Parnell hatte Haromi veranlasst, dies herauszufinden.

Das Messer auf dem Tisch war keins aus der Sammlung des Fischers gewesen. Es war ein stinknormales Küchenmesser. Keine Fingerabdrücke. Geläufige Marke. Gute Qualität. Annehmbarer Preis. Ein Messer, wie es in jedem zweiten neuseeländischen Haushalt zu finden war.

Der Pathologe hatte die Leiche des Rettungsschwimmers untersucht, die Todesursache herausgefunden, die letzten Lebensmomente rekonstruiert.

Es waren, wie Parnell geahnt hatte, abscheuliche letzte Momente gewesen.

Minuten.

Viele Minuten.

Stunden.

Der Lifeguard war über viele Stunden gequält worden. Er war an die Werkbank in der Garage gefesselt worden. Mit silbernem Klebeband. Die Forensiker hatten es sichergestellt.

Der Mörder musste Meyer mehrmals mit einem schweren Gegenstand auf den Hinterkopf und gegen die Schläfe geschlagen haben. Mit einem Hammer. Vielleicht. Eher mit einem Stein. In der Garage des Opfers konnte zerbröselter Kalk sichergestellt werden, vermischt mit Blutspuren.

Doch dies war nicht die Todesursache.

Der Mörder hatte den Rettungsschwimmer ausgezogen.

Mit einer Zange hatte er Meyers Brustwarzen abgezwackt. Die Forensiker fanden die Zange an ihrem Platz an der Kartonwand, ordentlich zurückgehängt. Blutverklebt.

Der Mörder hatte dem Rettungsschwimmer außerdem einen spitzen Schraubenzieher in einen der Hoden gerammt.

Mit einem Fuchsschwanz hatte er ihm drei Zehen abgesägt.

Die Säge lag auf der Hobelbank, Hautfetzen hingen an ihren Zacken. Knochenstaub lag auf dem Metall.

Die abgetrennten Zehen fanden die Forensiker im Mülleimer. Zwischen Papierschnipseln, Kleberesten, leeren Plastikbehältern und Holzspänen.

Meyer musste das Bewusstsein verloren haben, der Mörder dem schlaffen Körper wieder die Kleidung übergezogen haben.

Vielleicht hatte Meyer wahrgenommen, wie der Mörder in der Garage nach weiteren Utensilien gesucht hatte, um ihn zu quälen.

In einem Regal standen Schraubenschachteln. Alle mit schwarzem Filzstift beschriftet. Auch Nagelschachteln standen da. Eine Sammlung für alle Heimwerker-Fälle. Universalschrauben. Holzschrauben. Blechschrauben. Ringschrauben. Schnellbauschrauben. Dachpappstifte, 2,8 mal 16 Millimeter, Feuerverzinkt. Drahtstifte mit Senkkopf, 7,6 mal 230 Millimeter. Drahtstifte mit Flachkopf, 0,8 mal 11 Millimeter. Verzinkte Schlaufen, 1,6 mal 16 Millimeter. Polsternägel und Hakensets.

Eine Schachtel war umgestürzt. Stahlnägel mit Messingköpfen.

In Meyers Hals, Luftröhre und Magen wurden insgesamt dreizehn solcher Nägel gefunden.

Zwei mal vierzig Millimeter.

Vielleicht war der Lifeguard wieder bei Bewusstsein gewesen, als der Mörder das raue Seil entdeckt hatte, vielleicht hatte er gesehen, wie der Mann eins der Seilenden zu einem Galgen verknotete.

Wie er den Stuhl holte.

Vielleicht war er erst wieder zu sich gekommen, als er auf dem Stuhl saß, in sich zusammengesunken. Als der Mörder ihn am Seil hochzog. Er hatte das Seil hinten am Fuß der Hobelbank befestigt, so, dass Meyer in der Luft hing, während seine Füße noch den Boden streiften.

Möglicherweise schauten sie sich ein letztes Mal in die Augen, bevor der Mörder Meyers Lippen auseinanderzog, den Unterkiefer nach unten presste. Bevor er den Lifeguard mit den Nägeln fütterte.

Als der Mörder das Seil an der Werkbank löste, um Meyer weiter in die Höhe zu ziehen, da musste der Lifeguard bereits tot gewesen sein, mutmaßten die Pathologen.

Mit Gewissheit konnten sie es nicht sagen.

Warum starb Meyer? Aus Rache, weil er das Mädchen retten wollte? Aus Rache, weil er es getötet hatte?

Parnell war am Eingang der Hütte angelangt. Er klopfte gegen den Holzrahmen. Nichts regte sich, also trat er ein. Die Sandkörner kitzelten im Ohr und am Hals, er spürte, wie sie sich in seinem Stiefel absenkten.

Ihm war, als wäre der Raum menschenleer. Wieder brauchte er einige Sekunden, um Schwarz von Schwarz zu unterscheiden, Schatten wurden zu Schemen, noch einmal kniff er die Augen zusammen, die Sandkörner schmerzten unter den Lidern. Kalter Rauch lag in der Luft, gemischt mit Staub und einem leichten Hauch von Verbranntem. Dumpf, aus weiter Entfernung hörte Parnell Musik. Kein Bob Marley. Verstörendes Pfeifen. Singende Geigen. Klaviergeklimper. Das Rauschen eines Plattenspielers.

Er drehte sich um sich selbst, als er wieder in die Mitte des Raumes blickte, stand dort Elizabeth.

Sister Gold.

Sie trug erneut ein weißes Kleid, darüber wieder die goldene Kette.

Sie hielt eine gelbe Keramikschüssel in der Hand, die sie dem Inspektor hinstreckte.

Parnell trat ein paar Schritte auf sie zu und schaute in die Schüssel. Dann formte er seine Hände zu einer Schale, tunkte sie in die Schüssel und benetzte sein Gesicht mit dem klaren, kalten Wasser.

Die Frau reichte ihm ein kleines Handtuch. Es war hellblau. Babyhellblau. Wie das Kleid der toten Mel. Es roch nach milchiger Seife und fühlte sich wohlig an.

»Ich wusste, dass Sie wiederkommen würden«, sagte die Frau und setzte sich auf eines der verzierten Kissen in der Mitte des Raumes.

»Ich wusste es auch«, sagte Parnell.

Keiner der beiden lachte. Ihre Blicke fanden sich.

Parnell zog den Tabak aus der Tasche, er rollte eine Zigarette, entzündete ein Streichholz.

Sister Gold zog ihre eigenen Zigaretten unter dem weißen Kleid hervor. Die Schachtel war weiß, die Zigaretten dünn und cremefarben.

Der Inspektor warf ihr das Streichholzbriefchen zu.

Sie fing es, entzündete eins der Streichhölzer und legte das Briefchen neben sich. Sie starrte darauf.

»*Rouge Ami*«, flüsterte sie.

Einige Sekunden herrschte Stille. Auch die Musik des Plattenspielers aus der Ferne war verstummt. Nur der schwere Vorhang am Eingang flatterte schnaubend.

Sie nahm das Briefchen in die Hand, drehte und wendete es.

»Sie sind manchmal einsam.« Sie hatte den Satz nicht

als Frage formuliert. »Sie sehnen sich nach Zärtlichkeit, Inspektor.«

Er grinste.

Er spielte das Spiel mit.

»Wer ist das nicht.«

»Gekaufte Zärtlichkeit«, flüsterte sie wieder und warf das Briefchen verächtlich auf eins der Kissen.

Parnell zuckte mit den Schultern. Er trat näher an sie heran.

Sie saß immer noch. Ihre Nasenspitze berührte fast den Jeansstoff seiner Hose. Auf Kniehöhe. Sie warf ihren Kopf in den Nacken und schaute zu ihm hoch.

Parnell konnte tintenblaue Äderchen an ihrem Hals erkennen. Er sah federdünne, weiße Härchen an ihren Wangen. Er sah ihren Brustkorb, das Heben und das Senken.

»Ich habe dieses Streichholzbriefchen von Ihnen, Sister Gold.«

Er sprach diesen Namen mit Verachtung aus. Er begehrte diese Frau. Das wusste er. Das wusste sie. Er begehrte sie widerwillig. Er wusste in diesem Moment nicht, ob er sie schlagen oder lieben wollte. Wahrscheinlich beides.

Auch das wusste sie, sie wusste es bestimmt.

Er würde es nicht tun. Weder das eine. Noch das andere. Das schwor er sich in Gedanken.

»Ich habe dieses Briefchen von Ihnen. Sie haben es mir zugesteckt. Gestern …«

Er wies mit dem Kopf nach links.

»Hinter der Hütte.«

Sie senkte ihren Kopf leicht und lächelte.

In der Sekunde verstand Parnell, dass sie das längst wusste. Er biss sich auf die Zähne.

Ihre Augen leuchteten. Sie genoss den Moment der Überlegenheit.

Ihm war klar, dass auch seine nächste Frage lächerlich war, an ihr abprallen würde. Er stellte sie trotzdem.

»Woher haben Sie es?«

Das Lächeln wich aus ihrem Gesicht. Sie starrte ihn nun an. Für Sekunden wirkte sie wie versteinert. Nur ihre Pupillen zitterten. Parnell versuchte, diese Frau einzuschätzen. Er ängstigte sich nicht in ihrer Gegenwart. Im Gegenteil. Er spürte eine eigenartige Sicherheit. Das irritierte ihn.

Sister Gold stand auf, ihre Knie berührten die Knie des Inspektors.

Parnell zog das aus Deutschland geschickte Foto der Toten aus der Tasche. Er hielt es ihr vors Gesicht. So, dass sein eigenes dahinter verschwand.

»Elizabeth, sagen Sie mir, war dieses Mädchen hier? Kennen Sie dieses Gesicht?«

Langsam senkte er das Foto. Ihre Augen hatten wieder freie Sicht aufeinander. Sie gewann das Blickduell.

Wieder das Lächeln.

Dann schüttelte sie den Kopf. Ein ehrliches Schütteln.

»Woher haben Sie diese Streichhölzer?«

Nun schaute sie zu Boden. Sie schluckte.

»Sie nehmen Drogen hier, Sister Gold. Woher haben Sie Ihren Stoff? Haben Sie Kontakte zum Drogenmilieu in Auckland? Zum Rotlichtmilieu?«

Sie schaute auf. Wieder fixierten sich die Pupillen. Diesmal gewann er. Sie hielt die Augen lange geschlossen. Dann schüttelte sie wieder den Kopf.

Parnell packte ihren Unterarm, hielt sie fest. Er spürte, dass jemand von hinten an ihn herantrat, er spürte den warmen Atem. Er hörte das Röcheln eines Mannes, zweier Männer, drei, es mussten vier sein, mindestens.

Er griff ins Innenfutter seiner Jacke. Er löste die Glock aus dem Lederetui. Das Klacken des Entsicherns tönte laut im stillen, dunklen Raum. Er spürte, wie der Atem der Männer aus seinem Nacken wich.

Ihre Stimme riss ihn aus der Anspannung. Ihm war, als wären die beiden wieder alleine im Raum. Dabei waren die Männer einfach nur ins Schwarz zurückgewichen. Ganz sicher die ganze Zeit schon da gewesen.

»Das Gras bauen wir im Dschungel an.«

»Und das harte Zeug? Die Pille, die Sie mir ...«

»Das bringt mancher Geschäftsmann mit. Ich weiß nicht, woher. Manchmal haben auch Backpacker welche dabei. Mit den Drogenjungs aus Auckland haben wir nichts zu tun. Vor Jahren hatten wir Probleme mit ihnen.«

Sie stockte. Parnell bedeutete ihr, weiterzureden.

»Sie wollten Geld. Schutzgeld. Beteiligung. Ich versuchte ihnen zu erklären, dass es nichts gab, woran sie zu beteiligen waren. Dass das, was wir anbauten, nur für uns selbst ist.«

»Das hat sie überzeugt?«

Skepsis lag in Parnells Stimme.

Sie lachte schelmisch.

»Sie haben unsere Felder niedergebrannt. Zweien meiner Männer haben sie den Arm gebrochen. Von da an haben wir bezahlt. Miete. Schmerzensgeld. Schutzgeld – wie bei der Mafia. Nennen Sie es, wie Sie wollen.«

»Woher haben Sie das Geld? Ich meine ...«, Parnell drehte sich einmal im Kreis, er zeigte mit dem Arm herum. »Wie finanzieren Sie das? Alles?«

»Mit dem Geld meiner Schäfchen. Manche von ihnen würden Sie nicht wiedererkennen, wenn Sie ihnen in Auckland begegnen. Sie haben Geld. Viel Geld. Einen Tausender im Monat, das ist nichts für sie. Einen Tausender zahlen sie gerne für das hier: Alltagsflucht, Realitätsverdrängung, Wochenendausbruch in andere Sphären ...«

Sister Gold war nun wieder näher an Parnell herangetreten. Fast berührten sich ihre Lippen.

»... jeglicher Bann sexueller Tabus.«

Er spürte ihre Hand an seiner Hose. Er spürte den Druck ihrer Hand. Den Druck seines Beckens. Seines Pulses. Er biss die Zähne aufeinander. Er atmete tief aus.

»Ihre Leute zahlen dafür, dass sie hier ...«

Er trat einen Schritt zurück. Er hätte es keinen Sekundenbruchteil später tun dürfen. Er wäre nicht mehr Herr seiner Sinne gewesen. War er das überhaupt noch? Parnell zweifelte. Er zweifelte an seiner Wahrnehmung und noch viel mehr an der Geschichte, die er hörte.

Er wusste, dass sie mit ihm spielte. Er wusste, dass er dieses Spiel nicht verlieren durfte. Er kannte das Spiel. Doch er wusste auch, sie kannte es besser. Spielte es öfter.

Konnte er dieser Frau trauen? Vielleicht steckte sie ja mit Wallis unter einer Decke.

»Sie leben in Auckland ihr normales Leben. Frau, Kinder, Hund, Büro. Gehaltszettel. Hier leben sie ihre Phantasie. Und die kostet.«

Von welchen Phantasien sprach die Frau? Von welchen sexuellen Tabus? Sex mit jungen Mädchen? Mehr als Sex? Wie dunkel waren die Phantasien mancher Menschen? Zahlten sie dafür, blutige Phantasien ausleben zu dürfen? Was kostete Mels Tod? Tausend? Zehntausend?

Parnell schüttelte sich. Das waren keine logischen Gedankengänge. Das waren Hirngespinste eines Polizisten, der schon zu viel gehört und gesehen hatte, um Unvorstellbares als unmöglich abzutun.

»Kennen Sie die Fischer vom Südende des Strandes?«

»Nein. Wir meiden den Süden. Zu viele Leute. Zu viele Touristen.«

»Woher haben Sie das Streichholzbriefchen? Von einem der Männer aus dem *Rouge Ami*? Von einem der Geldeintreiber?«

Sie starrte ihm tief in die Augen.

»Ich habe den Mann nie zuvor gesehen. Er war plötzlich aufgetaucht. Vorgestern Nacht. Er hatte nach einem Mädchen gefragt. Blond. Kann sein, dass es das Mädchen auf Ihrem Foto ist, das er suchte.«

»Hat er seinen Namen genannt?«

Sie schüttelte den Kopf.

»Hat er gesprochen?«

»Kaum, nur einzelne Wörter.«

»Konnte er einer der Drogenmänner aus Auckland sein, die wohl auch das *Ami* betreiben?«

»Theoretisch ja. Aber … nein, das denke ich nicht.«

»Warum?«

»Weil er nach Drogen gefragt hat. Wir haben ihm Gras angeboten, aber er fragte nach Pillen. Amphetaminen. Speed.«

»Haben Sie …«

Sie lächelte wieder.

»Sie sind ein Cop, ich werde jetzt nicht …«

Er fixierte sie. Sie schwieg.

Er verstand. Versank wieder in Gedanken.

Wer war dieser Mann? Hatte er mit George Wallis zu tun? Dafür sprachen die Streichhölzer. Aber warum hätte er dann für Drogen bezahlen sollen? Die hätte er sich auch anders besorgen können.

»Hey!«

Parnell schaute auf. Sister Gold hatte ihm die Streichhölzer zugeworfen. Er versuchte sie zu fangen, doch sie fielen zu Boden. Er bückte sich, steckte sie in die Tasche. Als er wieder aufblickte, war sie verschwunden. Er drehte sich erneut im Kreis. Er wusste nicht, ob er nun alleine im dunklen Raum war. Er verharrte still. Hielt den Atem an. Lauschte auf den Atem anderer. Doch er vernahm nichts. Nur das Knacksen eines Plattenspielers in weiter Ferne. Jazz. Glenn Miller. In the Mood.

Er tastete sich in Richtung Tür. Erst spürte er das raue Holz der Wand. Er zuckte zurück, er hatte sich einen Splitter in den Daumen gezogen. Er tastete weiter. Nun spürte er Stoff und warf den Vorhang an der Tür zur Seite.

Parnell war schon eine Weile die Brandung entlang zurück nach Süden gelaufen, als der abgeklungene Sandsturm wieder zunahm.

Links von ihm toste das Meer, doch der Schleier aus aufgewirbelten Sandkörnern machte es unsichtbar.

Rechts von ihm war irgendwo der Dschungel. Die Dünen. Dahinter Bungalows. Nichts davon war zu sehen. Nur einen schwarzen Schatten nahm Parnell wahr. Ein Schatten inmitten des Schleiers.

Was war das?

Er ging schneller.

Auch der Schatten beschleunigte.

Er stoppte, auch der Schatten hielt an.

Parnell zog die Glock, entsicherte sie. Er ging auf den Schatten zu.

»Sie, hey! Sie da! Wer ist da? Sister Gold? Elizabeth, sind Sie das?«

Der Schatten zuckte, er bewegte sich, er wurde kleiner, wie eine schwarze Sonne, die am Horizont versinkt. Parnell blieb stehen und senkte die Pistole. Was war dieser Schatten gewesen? Eine Täuschung? Nichts weiter? Ein Mensch? Ein Tier, das sich aus dem Dschungel auf den Strand hinaus verirrt hatte? Er ging zurück zur Brandung. Weiter nach Süden. Er wurde einen Gedanken nicht mehr los: Was, wenn nicht nur er den Mörder suchte?

Was, wenn der Mörder auch ihn suchte?

Und gefunden hatte.

30

Parnell, Smith und Haromi hatten sich ins Clubhaus der Lifeguards zurückgezogen. In den Saal, in dem sie vor zwei Tagen die gesamte Mannschaft versammelt hatten. Es gab Neuigkeiten aus der Forensik. Die Konzentration des Schlafmittels in Melanie Sanders Körper war schwächer als gedacht. Vermutlich hatte sie auf den Flügen ein, zwei Schlaftabletten genommen.

Auch die Kollegen in München hatten sich in der Zwischenzeit gemeldet. Sie hatten ihre Wohnung untersucht. Nichts, kein Anhaltspunkt. Eine normale, aufgeräumte Wohnung. Aber ein leerer Koffer im Kleiderschrank. Parnell überlegte. Konnte das etwas bedeuten? Wohl kaum. Wahrscheinlich hatte sie mehrere Koffer oder Reisetaschen.

Der Sandsturm tobte noch, aber nicht mehr so heftig wie zuvor. Haromi hatte Avocado-Sandwiches besorgt. Es war nun kurz nach ein Uhr mittags. Draußen auf dem Parkplatz blinkten die Lichter der Polizeiwagen. Sie boten Orientierung im Sturm, wie Leuchttürme in der Nacht.

Auch die Übertragungswagen der neuseeländischen TV-Stationen standen auf dem Parkplatz. Die Presseleute trugen hektisch Übertragungskabel hin und her, Sendeleiter diktierten Anweisungen in Headsets und blätterten nervös in ihren Unterlagen.

Der Fall der Toten von Piha war noch interessanter geworden. Es war nun nicht mehr nur eine junge Touristin tot, alleine das konnte in Neuseeland schon wochenlang, monatelang, das ganze Jahr über, die ersten Seiten der Zeitungen füllen. Nun war auch noch einer der verdächtigen Lifeguards umgebracht worden. Paul Meyer. Bei der letzten Staffel der Reality-Show *Piha Rescue* hatte er zwar nur eine Nebenrolle, er war aber trotzdem zu einem der Lieblinge avanciert. Ein neuseeländischer Teenie-Schwarm. Jung, hübsch. Er hatte Fanpost bekommen. Rosarote Briefe. Mit Stickern darauf. Teenager-Post. Pubertätsträume.

Geplatzte Träume. Verwandelt in Alpträume.

»Es gibt Neues aus der Forensik, Frank.«

Haromis Stimme klang ernst.

»Die Messer des Fischers sind untersucht worden.«

Parnell schaute auf, er schluckte den Bissen Avocado-Sandwich runter, immer noch kratzten Sandkörner zwischen seinen Mahlzähnen.

»Ja?«

»Es waren siebenundvierzig Messer. An vielen konnten Spuren von Fischblut nachgewiesen werden. Auf den meisten waren Fingerabdrücke des Fischers.«

Haromi schluckte.

»Auf einem der Messer war Menschenblut. Blutgruppe *A positiv*. Ihre Blutgruppe, Frank! Das Mädchen hat Blutgruppe *A positiv*. Und noch etwas: Dieses Messer hing nicht bei den anderen. Es lag unter der Veranda des Hauses. Hinter den leeren Flaschen. Damit ist nichts bewiesen, die DNA-Analyse steht noch aus, aber …«

»Aber das reicht, um dem Mann erneut einen Besuch abzustatten«, vervollständigte Parnell den Satz.

Diesmal wollte er nicht alleine zu ihm gehen. Diesmal würden sie ihn überraschen. Überrumpeln. Diesmal würde es keinen Ausweg geben. Kein Schweigen. Kein Ausweichen.

31

Der Sturm hatte sich gelegt. Die Ermittler hatten noch über eine Stunde im Haus der Lifeguards verharrt, ihre Männer um sich geschart, Aufgaben verteilt, einen Vorgehensplan geschmiedet, die nervigen Reporter abgewiesen. Die Rollläden geschlossen, damit die Fotografen und Kameramänner nicht ins Innere knipsten.

Dann hatten sie ihnen eine Falle gestellt. Eine Gruppe von Polizisten war zur Bungalowsiedlung am Flussdelta gegangen und dort die kleine Straße nordwärts. Sie hatten wahllos an die Türen geklopft, den Bewohnern erneut die Fragen gestellt, deren unbefriedigende Antworten sie längst notiert und in den Fallakten archiviert hatten.

Ihnen ist also nichts Besonderes aufgefallen an dem Abend?

Nein.

Und Sie haben das Mädchen noch niemals gesehen?

Nein, noch nie. Das haben uns doch bereits Ihre Kollegen …

Ich gebe Ihnen meine Karte, Sie können jederzeit …

Die Pressemeute war ihnen gefolgt. Wie Lemminge. Sie brauchten Bilder, O-Töne, Kameraschwenke, Schnittmaterial. Sie mussten senden, am Abend, sie mussten die Zeilen vollkriegen, für den nächsten Morgen, irgendwie. Sie mussten berichten, alle volle Stunde, irgendwas.

Die Ermittler hatten sich von den Rangers der Gegend Karten des Dschungels geben lassen. Sie waren so genau wie nur möglich. Bis auf den letzten Zentimeter, den letzten Felsen, die letzte Schlucht war der Dschungel auch in Zeiten von Satellitenkartografie noch nicht vermessen.

Parnell hatte zwei Dutzend Männer die Straße hoch geschickt, sie sollten sich von Osten her der Fischerhütte nähern. Smith sollte die Truppe leiten. Er selbst nahm den Weg, den er bereits tags zuvor gegangen war. Den Weg über die glitschigen, nassen Fischerfelsen.

Der Inspektor stand am Holzkreuz. Er wartete. Eine Minute. Zwei. An der Hütte tat sich nichts. Doch er spürte, dass der Fischer da war. Er spürte, dass dieser ihn hinter dem reflektierenden Fenster beobachtete.

War es der Fischer gewesen, der ihm am Vormittag im Sturm gefolgt war? Ihn dort beobachtet hatte? Martin Winter kannte diesen Strand wie kein Zweiter. Der Sturm machte ihn blind, aber er fand sich hier zurecht, auch ohne etwas zu sehen. Diesem Mann war nicht zu trauen. Er hatte abgeschlossen. Mit den Menschen. Der Gesellschaft. Vielleicht auch mit sich selbst.

»Winter!«, schrie Parnell dem Haus entgegen.

Doch niemand antwortete.

»Winter, ich weiß, dass Sie da sind. Kommen Sie raus … Sprechen Sie mit mir!«

Wieder wartete der Inspektor einige Sekunden. Er zählte in Gedanken bis zwanzig.

Achtzehn, neunzehn …

Er hätte nun die paar Schritte zum Haus gehen können, er hätte es umschleichen können, er hätte die Glock ziehen können, noch mal rufen oder einfach zur Tür gehen, klopfen, eintreten.

Er ließ sich auf die Knie fallen. Vor dem Kreuz war der Boden gelockert, kein Grün, so wie rundherum. Er fasste in die feuchte Erde. Seine Fingerspitzen krallten sich darin fest. Er warf die Erde beiseite.

Wieder schaute er zum Haus.

Nichts.

Er grub weiter.

Finger rein, krümmen, die Hand drehen, den Erdballen hochholen, zur Seite werfen.

Ein drittes Mal, ein viertes Mal.

Dann hörte er das Quietschen der Hüttentür.

Endlich.

Parnell spürte die Schritte des Mannes, der Boden zitterte leicht. Winter kam näher. Sein Schatten warf sich auf den Rücken des Inspektors. Er verdeckte sein Gesicht. Parnell blickte hoch. Er blinzelte in die Sonne, die hinter der schwarzen Silhouette des Mannes hervorstach. Winter hielt ihm etwas entgegen. Kurz dachte Parnell, die Umrisse eines Gewehrs zu sehen, dann erkannte er eine Schaufel.

»Tun Sie, was Sie nicht lassen können.«

Zorn lag in Winters Stimme.

Parnell stand auf, er klopfte sich die Erde von der Jeans und wischte sich die schmutzigen Finger an der Jacke ab.

Er nahm die Schaufel. Bald war das Loch einen halben Meter tief, die Erdpyramide neben dem Loch ebenso hoch.

Die Schaufel verhakte sich an etwas Festem. Parnell zog, die Schaufel verhakte sich fester, die Erde lockerte sich. Der Inspektor hob die Schaufel hoch, ein skelettierter Brustkorb hing daran.

Kein menschlicher Brustkorb. Der Brustkorb eines Vierbeiners. Eines Hundes vielleicht. Eines großen Hundes. Eines Schnauzers. Oder eines Deutschen Schäferhundes. Parnell drehte sich zum Fischer. Die Gesichtszüge des Mannes lagen immer noch im Schatten. Aber Parnell konnte sich Winters Mimik vorstellen.

Ich hatte es Ihnen doch gesagt. Hier liegt mein Hund begraben.

»Winter, wir haben auf einem Ihrer Messer Blut gefunden. Menschenblut.«

Die Silhouette zuckte mit den Schultern.

»Ich werde mich wohl geschnitten haben. Ich mag ein guter Fischer sein. Doch ein guter Koch bin ich nicht.«

»Ich glaube nicht, dass Sie sich geschnitten haben. Ich glaube, dass sich auf dem Messer das Blut des Mädchens befindet. Verraten Sie mir doch Ihre Blutgruppe – fürs Erste!«

Wieder das Schulterzucken.

»Ich glaube Ihnen nicht, Winter. Ich glaube Ihnen nicht, dass Sie sich geschnitten haben …«, wiederholte Parnell.

Er stieß mit dem Fuß gegen das Brustkorbskelett. Es krachte, zwei Rippen brachen.

»… und ich glaube Ihnen nicht, dass das hier das Grab Ihres Hundes ist.«

Winter trat einige Schritte an den Inspektor heran. Der Schatten verschwand aus seinem Gesicht. Die Züge zeigten Überraschung.

»Was … was meinen Sie? Wie …«

Parnell sprang in das Loch hinein. Die weiche Erde bremste seinen Sprung. Seine Stiefel sanken in den Matsch.

Er schaufelte weiter.

Vier Mal, fünf Mal setzte er an.

Wieder stieß die Schaufel auf etwas Hartes. Etwas Weißes blitzte aus der dunklen Erde hervor.

Parnell kniete sich hin, er strich die Erde beiseite. Erneut bohrte er die Finger in die Erde, er versuchte den weißen Gegenstand zu fassen. Es schien ein Stein zu sein. Die Erde um den Stein herum lockerte sich. Parnell zog.

Er hielt einen menschlichen Schädel in der Hand.

Winters Frau war nicht abgehauen. Sie lag hier begraben. Unter dem Hund. Der Mann hatte gelogen. Vielleicht hatte er auch gemordet.

Der Inspektor hob den linken Arm. Er formte Daumen und Zeigefinger seiner rechten Hand zu einem Kreis und pfiff. Der Dschungel bebte, seine Äste zuckten. Polizeiuniformen und Polizeimützen schälten sich aus dem Grün hervor. Sie hielten ihre Pistolen und Maschinengewehre im Anschlag. Ein Dutzend knurrender Hunde an den Leinen.

Winter stand wie versteinert vor dem ausgehobenen Grab seiner Frau. Seines Hundes. Parnell schaute zu ihm empor. Er sah, wie Schweißperlen die Stirn des Mannes benetzten. Sich an den Stirnfalten festkrallten, den Halt verloren, die Schläfen hinabrauschten, sich in den Augenbrauen verfingen, von der Nasenspitze tropften.

Hatten sie ihn? Ihren Mörder? Einen Dreifachmörder? Oder hatten sie nur einen weiteren Mörder? Oder hatten sie nichts? Gar nichts. Nur ein weiteres Rätsel?

32

Die DNA-Proben des Blutes auf dem einen Messer waren da. Entschlüsselt. Einwandfrei. Es handelte sich um das Blut des toten Mädchens. Zweifelsfrei. Winters Pick-up war noch fahrtüchtig. Auch das war untersucht worden. Er konnte also am Flughafen gewesen sein. Die Vespa gestohlen haben. Fingerabdrücke waren auch auf diesem Messer nicht zu finden.

Winter schwieg. Er verlangte nach keinem Anwalt. Sie setzten ihm einen Pflichtverteidiger in den Verhörraum. Der Mann redete auf den Fischer ein. Ohne Erfolg. Winter schwieg weiter.

Parnell saß in seinem Büro. Die Stiefel auf dem Schreibtisch. Dort stapelten sich Akten und Zeitschriften. Darunter versteckt Comics. Donald Duck. Aber auch hartes Zeug. Joe Golem. Hellboy. The Walking Dead. Scalped. US-Importe. Teurer Scheiß. Seine Leidenschaft. Ablenkung. Eintauchen in die Parallelwelt. Noch dunkler als die Wirklichkeit. Noch grausamer. Aber auch gerechter. Wo am Ende immer das Gute siegt.

Der Inspektor hatte die Außenwelt ausgeknipst. In seinen Ohren steckten Kopfhörer. Die Gitarren krachten. Die Stimmen jaulten.

... go down to the water, and see the women weeping there, then go up into the mountains ...

Sie schrien den Schmerz hinaus. Den Schmerz aller. Sie schrien ihn in Parnell hinein. In seinen Kopf, in sein Hirn, in sein Herz, seine Lunge, seinen Bauch.

Der Fischer besaß kein Schiff. Das hatte Haromi herausgefunden. Er fischte ausschließlich von den Felsen aus. Warum aber lag auf dem Tisch im Wohnzimmer des toten Rettungsschwimmers ein Hochseefisch? Ein Hapuka.

Das war ein Zeichen.

Aber was für eins?

Oder war es ein Ablenkungsmanöver?

War es ein dilettantischer Versuch, den Verdacht auf den Fischer zu lenken? Hatte der mit Meyers Tod gar nichts zu tun? Hatte Winter nur seine Frau und das Mädchen ermordet?

Unwahrscheinlich.

Die Hütte des Fischers war mit Absperrband umzäunt worden. Dutzende Polizisten durchsuchten erneut jeden Quadratzentimeter. In der Hütte, auf der Wiese drum herum. Dort, wo das Grab war, wurde weiter gegraben. Ein Meter, zwei Meter. Ein vollständiges menschliches Skelett wurde ausgegraben. Der Schädel war sofort in die Forensik gebracht worden.

Es war das Skelett einer Frau, so viel war sofort klar. Sie musste zum Zeitpunkt ihres Todes in etwa zwischen vierzig und fünfundfünfzig Jahre alt gewesen sein, auch das hatten die Mediziner schnell feststellen können.

Das passte auf Winters Frau.

Keiner der Knochen wies Verletzungen auf, die von einem Schuss, einem Messerstich oder einem Schlag mit einem schweren Gegenstand herrührten.

Aber das mochte nichts bedeuten.

Das Messer konnte ins Fleisch gedrungen sein, in den Bauch, es konnte Gedärm aufgeschlitzt haben, ohne das Knochengerüst zu berühren.

... why are all the women weeping? They are weeping for their men. Then why are all the men there weeping? They are weeping back at them ...

Es wurde eng für Winter. Ob er sprach oder nicht. So oder so. Das Messer. Das Blut. Es würde reichen. Für den Prozess. Für die Verurteilung. Für U-Haft sowieso. Er war Melanie Sanders Mörder. Wie sollte es anders sein?

Parnell schnappte sich den Zeitungsstapel, der am

Schreibtischrand einen schiefen Turm bildete. Er war nicht dazu gekommen, sich die Nachrichten der vergangenen Tage anzuschauen. Er schmiss das Feuilleton, den Wirtschafts- und Sportteil in den Mülleimer. Manches daneben. Nur die jeweils ersten Seiten der Ausgaben breitete er vor sich aus.

Politik wurde nur in den Randspalten verhandelt. Die großen Aufmacher-Artikel handelten vom Mord in Piha.

Parnell interessierte sich nicht für die Texte. Die Mutmaßungen der Reporter waren ihm einerlei. Er scannte die Bilder. Sie zeigten den abgesperrten Strand, doch sie waren verpixelt und verwischt. Dann griff er nach dem Fotostapel, der ein weiteres Türmchen auf dem Schreibtisch bildete. Ein kleineres, niedrigeres.

Es waren die gesammelten Fotos der Touristen, die am Tag vor der Mordnacht in Piha gewesen waren. Und Ermittlungsfotos der Polizei am Tag nach dem Mord. Parnell hatte sich die Bilder bereits Dutzende Male angeschaut. Es war ihm klar, dass die Augen nichts Neues mehr entdecken würden, weil das Gehirn die Bilder bereits kannte, sie bereits abgespeichert hatte, nur eine Kopie des Gespeicherten registrierte.

Verzerrte Wahrnehmung.

Der Inspektor wendete einen Trick an, der manchmal funktionierte. Er überlistete sein Gehirn. Er blätterte die Fotos kopfüber durch. So erschien jeder Blick neu, jedes Motiv wie zum ersten Mal betrachtet.

Der Ozean dort, wo der Himmel war.

Die Wellen spitz nach unten stechend.

Ein Streifen des schwarzen Sandes.

Badeurlauber, die an ihren Handtüchern festgeklebt schienen.

Lifeguards, die kopfüber standen.

Parnell blätterte weiter.

Auf dem Parkplatz standen die Autos kopf. Mietwagen, Cabrios, VW-Busse, Camper. Ein Sechssitzer von TVNZ.

Der Inspektor nahm das nächste Foto, dann stockte er, griff noch einmal zurück, starrte auf das Bild davor. TVNZ? Das Auto einer neuseeländischen Fernsehstation? Kurz überlegte er, von welchem Tag dieses Foto war, er verglich es mit den anderen. Er legte alle Fotos des Parkplatzes vor sich hin, die des Tages vor dem Mord, die des Tages danach. Nicht kopfüber.

Dieses Foto war der Schnappschuss eines Touristen. Am Tag vor der Mordnacht.

Was machte ein Auto der Fernsehstation dort? Am Tag zuvor?

Er zog die Kopfhörer aus den Ohren.

… father, why are the children weeping? They are merely crying, son. O, are they merely crying, father? Yes, true weeping is yet to come …

Der Inspektor griff zum Telefon und wählte Haromis Nummer.

Zehn Minuten später stand Haromi in Parnells Büro. Sie hatte bei TVNZ angerufen. Am Tag bevor Mel Sander starb war tatsächlich ein Kamerateam am Strand gewesen. Sie hatten Probeaufnahmen gemacht. Für eine mögliche neue Staffel von *Piha Rescue*.

Parnell und Haromi liefen zum Auto. Sie machte das Blaulicht an, er ignorierte die rote Ampel. Bis zum Redaktionsgebäude von TVNZ auf einer Wiese nahe des Yachthafens waren es nur wenige Blocks.

33

Da war diese Stelle. Auf der letzten Speicherdiskette. Minute siebenunddreißig. Und siebenundzwanzig Sekunden, achtundzwanzig, neunundzwanzig ... da!

Die Probeaufnahmen hatten vor allem dazu gedient, die Lichtverhältnisse in Piha im Laufe des Tages und bei Nacht zu prüfen, um zu wissen, wann die Sonne in welchem Winkel auf den Strand schien, ob und wie es sich am besten drehen ließ. Die Bilder hatten die Strandbesucher gezeigt, auch die Fischer am Felsen waren zu sehen gewesen.

Nun war der Kameramann mit einem letzten Schwenk über die mit Partygirlanden beleuchtete Szenerie gefahren. Vor der Hütte der Rettungsschwimmer standen die Partygäste. Das Bild ruckelte ein wenig, der Krach der Musik war nicht genauer zu definieren. Gläserklirren und Lachen mischten sich hinzu.

Meyer war nicht zu sehen. Auch Mel nicht. Überhaupt waren die Gesichter schwammig. Einer der Rettungsschwimmer blickte kurz in die Kamera, er hielt ein Bier in der Hand. Ihm gegenüber stand ein Mädchen. Blond.

»Stopp!«, sagte Parnell.

Der Cutter, der vor ihnen saß, nahm die Computermaus in die Hand, schob den Cursor zum Regler auf dem Bildschirm und spulte zurück.

»Weiter, weiter, stopp!«, sagte der Inspektor noch mal. »Können Sie näher heranzoomen? Geht das?«

Der Mann nickte.

Parnell, Haromi und der Chef vom Dienst des Senders schoben ihre Köpfe näher an den Bildschirm heran.

Die Köpfe der beiden herangezoomten Personen waren immer noch verschwommen.

Aber Parnells Augen leuchteten.

»Ich kenne dieses Gesicht«, sagte er, zeigte auf den Mann und drehte sich zu Haromi um. »Und du kennst es auch.«

Seine Kollegin schaute ihn überrascht an. Sie ging noch näher an den Bildschirm ran, berührte ihn fast mit ihrer Nasenspitze. Doch sie schüttelte den Kopf.

»Frank, ich weiß nicht ...«

»Doch!«, unterbrach er sie mit fester Stimme. »Doch, erinnere dich! Das ist der Rettungsschwimmer, der im Clubhaus zu uns kam. Der, der sagte, dass Meyer mit der Toten in den Dünen verschwunden war. Wie hieß der noch mal ...«

Haromi zog einen Notizblock hervor und blätterte darin.

»Peters«, sagte sie dann. »Der Mann heißt Thomas Peters.«

Wieder schaute sie auf den Bildschirm.

»Du hast recht, ja, da ist er. Und das Mädchen, ist das Mel?«

Parnell schüttelte den Kopf. »Nein. Schau ...«, er tippte mit dem Finger auf sie. »Die Haut, sie ist gebräunt. Melanie Sanders Haut war weiß. Sie sieht der Toten ähnlich, als ob es ihre ...«

» ... ihre Schwester wäre«, vervollständigte Haromi den Satz.

Nun kramte Parnell in seiner Jacke. Holte drei Fotos hervor. Es waren die zwei Fotos der Mädchen, die sie aus Deutschland zugeschickt bekommen hatten. Und das Bild auf dem Reisepass aus Wallis' Tresor.

Er hielt das Foto der jüngeren Schwester neben das verschwommene Gesicht auf dem Bildschirm.

»Das ist sie, das muss sie sein. Anna. Das Mädchen, das sich im *Rouge Ami* den Namen ihrer Schwester zugelegt hatte. Anna, die sich Mel nennt. Die, die wir anfangs für die Tote hielten. Anna war in Piha. Beide waren in Piha.«

Parnell atmete aus.

Tausend Fragen schwirrten dem Inspektor im Kopf herum. Zwei drängten sich in den Vordergrund. Er flüsterte sie in sich hinein.

»Wo ist dieses Mädchen? Le... lebt sie noch?«

»Ein Knüller. Wahnsinn. Das haben wir exklusiv.«

Erst jetzt wurde Parnell sich wieder seines Umfelds gewahr. Sie saßen im Schneideraum im Keller der TVNZ-Redaktion. Er drehte sich um, der Chef vom Dienst hinter ihm hielt eine Teetasse in der Hand, seine Augen leuchteten.

Parnell musterte die Tasse.

Even bad news is good news, stand in blutrotverschmierten Comic-Lettern darauf.

»Dieses Material ist beschlagnahmt. Sorry! Keine Schlagzeile, keine Breaking News!«

»Aber, aber …«

Parnell schnalzte mit der Zunge.

»Tut mir leid, mein Freund. Deine fünf Minuten Ruhm werden noch kommen. Irgendwann. Mit etwas Glück. Das wünsche ich dir. Aber nicht heute.«

Draußen vor der Tür stellte Parnell den Kragen der Jacke hoch. Der Westwind stürmte durch die Straßen. Das Schaukeln der Yachten im Hafen war selbst von hier oben von der Kuppelwiese aus zu sehen. Er versuchte sich eine Selbstgedrehte anzuzünden. Beim dritten Streichholz klappte es.

34

»Woran denkst du, Frank?«

Haromi und der Inspektor spazierten den Yachthafen entlang. Sie hatten vom Starbucks um die Ecke Kaffee geholt. Parnell war kein Fan dieser Kaffee-Mode. All die neuen, kleinen, süßen Kaffeeröstereien, die in Neuseelands Städten wie Pilze aus dem Boden schossen, waren ihm ein Graus. Dieses ganze Gehabe um das Geröste, dieses ganze unnütze Gewese.

Er trank Kaffee, viel, wahrscheinlich war er sogar süchtig. Parnell war schnell süchtig nach irgendetwas, das ihm schmeckte, das ihn weckte, das ihm kurzes, überschäumendes Glück, einen Kick bescherte. Er war ein Suchtmensch. Das wusste er. Geschmack interessierte ihn nicht. Ihn interessierte die Wirkung. Des Koffeins. Des Nikotins. Des Whiskeys. Ihm reichte ein vierfacher Espresso im Pappbecher. Röstung? Egal. Aroma? Am besten gar keins.

Er wollte nicht sofort zurück ins Police Department fahren. Er wollte nachdenken. Nichts eignete sich dazu besser als ein kleiner Spaziergang am Yachthafen entlang. Er mochte die Yachten. Sie schwiegen. Es gab große und kleine. Glänzende und ranzige. Teure und billige. Bunte und schneeweiße.

Sie schaukelten auf dem Hafenwasser, festgezurrt mit Tauen. So wie die Menschen.

Der Mensch war nicht dazu da, in der Stadt zu leben. Davon war Parnell überzeugt. Aber er konnte nicht anders. So wie er selbst. Der Mensch hatte sich selbst domestiziert. Wie Hühner im Stall. Wie Hunde an der Leine. Eigentlich musste er raus in die Natur, der Mensch, wie die Yacht aufs offene Meer, doch er schaffte es nicht mehr. Er schaukelte lieber ein bisschen herum, im sicheren Hafen.

Nur ab und an brach ein Sturm aus ihm hervor. Dann war der Mensch unberechenbar. Weil niemand wusste, was in ihm steckte, nicht einmal er selbst.

Die Aufnahmen von der Party am Strand waren kurz nach zehn Uhr abends gemacht worden. Das war auf den Datenträgern vermerkt gewesen.

Der letzte Bus von Auckland erreichte Piha um Viertel vor zehn. Das konnte der Bus sein, mit dem Anna gekommen war. Zumindest war das anzunehmen, auf keinem der Fotos, nirgendwo auf dem Filmmaterial war sie vorher zu sehen gewesen. Haromi hatte den Bereitschaftspolizisten in der Zentrale telefonisch aufgetragen, nach dem Busfahrer jener letzten Fahrt zu fahnden.

Die beiden Ermittler setzten sich auf eine Bank an der Promenade. Sie beobachteten, wie sich ein halbes Dutzend Spatzen um ein paar Fritten stritten, die nass und verdreckt neben einem Mülleimer lagen. Sie pickten mit ihren Schnäbeln danach, zogen und zerrten daran, die in der zweiten Reihe fiepten. Als ob es um ihr Leben ginge.

Eine Viertelstunde später war der Busfahrer ausgemacht. Smith hatte die Information am Telefon an Haromi weitergegeben. Parnell hatte nicht hingehört. Er war in die Beobachtung der zankenden Spatzen vertieft.

Haromi stupste ihn an, als sie das Telefonat beendet hatte.

»Die Befragung des Busfahrers hat nichts gebracht«, sagte sie. Er reagierte nicht. Sie informierte ihn weiter. Der Fahrer habe sich an nichts Besonderes erinnern können. Er fuhr keine Strecke, bei dem er das immer gleiche Publikum chauffierte. Bei ihm im Bus saßen täglich neue Gesichter. Junge Touristen. Surfer. Blonde Mädchen. So viele.

Der Inspektor zuckte mit den Schultern.

»Aber Smith hat in der Zwischenzeit etwas anderes herausgefunden«, fuhr Haromi fort.

Parnell reagierte immer noch nicht. Er war für wenige Minuten in die Spatzenwelt geflüchtet. Das war seine Art, kurz abzuschalten. Energie zu tanken. Für den Tag. Für den Wahnsinn. So ein Spatz sein. In einer Stadt. Einer Spatzen-Clique angehören. Fliegen. Den Wind kennen. Ihn nutzen. Das wäre was.

»George Wallis besitzt einen Angelschein. Fürs Hochseeangeln. Ganz offiziell. Und er besitzt eine Yacht. Sie liegt hier im Hafen. Auf Stellplatz ...«

Haromi schaute sich um, sie suchte nach Nummern an den Hafenstellplätzen. Sie fand keine. Sie lief zu einem Hafenarbeiter.

Parnell schaute ihr hinterher. Ihr Aufspringen hatte die Spatzen verscheucht. Sie waren in alle Richtungen aufgeflattert, wenige Meter weiter waren sie wieder gelandet.

Haromi sprach mit einem der Hafenarbeiter. Er zeigte in Richtung Norden.

Parnell schaute auf den Boden. Die Fritten waren weg. Lediglich ein Ketchupfleck war noch da. Vermischt mit Staub und Sand.

»Frank, komm.«

Haromi zog ihren Chef an einer Hand hoch.

»Wir müssen ein Stück weiter hier rüber. Da rüber. Da, nach vorn, zu den Yachten da drüben.«

Sie liefen den Hafen entlang. Sie überholten Spaziergän-

wie in Zeitlupe spürte er, wie sich die Bänder am Knöchel dehnten, er hörte ein Knacken, kurz dachte er, das Holz sei gespalten. Er fiel nach hinten hin, schlug mit dem Kopf gegen die Schiffswand und landete im Wasser.

Der Knöchel brannte, so als ob warmes Blut den Fuß überschwemmte, das nach Öl und Algen stinkende Hafenwasser sog sich in seine Hose. Er öffnete die Augen – unter Wasser. Er sah nichts. Nur einen hellen Schimmer – über sich. Er strampelte. Ruderte mit den Armen. Dann tauchte er auf.

Haromi stand am Rande des Hafenbeckens. Hielt ihr Handy in der Hand.

»Frank ...«

Er legte den Zeigefinger auf den Mund.

»Schhh ...«

Er schüttelte den Kopf.

Sie legte das Handy weg.

Was wollte sie machen? Die Hafenpolizei rufen? Er konnte sich doch nicht aus dem Wasser retten lassen. Peinlich.

Er fasste sich an den schmerzenden Hinterkopf.

Mit Wasser vermischtes Blut tropfte von seiner Hand.

Er griff nach dem Knöchel, mit dem anderen Arm versuchte er, sich über Wasser zu halten.

Der Knöchel brannte, aber gebrochen schien nichts.

Er musste diese Schwachsinnsaktion nun erfolgreich zu Ende bringen. Dann würde er sie irgendwann verdrängen können.

Parnell hob den Daumen, dann ließ er sich sinken, blind steuerte er nach unten, schwamm einige Meter nach links. Er schaute nach oben, noch sah er eine verschwommene dunkle Masse über sich, links und rechts tauchte wieder das helle Licht ins Hafenwasser.

Er musste sich noch unter dem Boot befinden. Er schwamm weiter. Er fühlte, wie sein Kopf rot wurde, seine Wangen sich dehnten. Ihm ging der Sauerstoff aus. Er tauchte auf. In seinen Haaren hatten sich Algen verfangen, eine hing ihm übers Gesicht. Einen halben Meter über seinem Kopf befanden sich dünne Bretter, er war unter dem Steg, der an Wallis' Yacht entlangführte. An den Pfählen hingen Spinnweben. Parnell zog die Algen vom Kopf. Er versuchte, sie von den Händen zu wischen, doch sie klebten wie Pflaster immer wieder fest.

Der Inspektor kraulte unter dem Steg hervor und hievte sich auf die Bretter. Er zog sein nasses Hemd aus, auch die Schuhe, und warf alles über das Eisengitter zu Haromi. Dann sprang er auf die Yacht, diesmal nicht, ohne sich abzustützen. Der Boden war dreckig. Von einer Schlammschicht überzogen. Parnell lugte in den Raum unter dem Skipperdeck. Kissen lagen auf dem Boden, das weiße Sofa war mit Weinflecken bedeckt. Halbleere Champagnerflaschen standen auf dem Tisch.

Dom Pérignon.

Er ging außen an der Fensterscheibe der Kajüte entlang. Zum hinteren Teil des Schiffes. Eine Treppe führte ihn nach oben – zum Skipperplatz. Hier war alles sauber, Parnells nasse Hose tropfte auf das Holz, färbte es dunkel. Er entdeckte nichts. Erst jetzt fragte er sich, was er hier überhaupt suchte. Spuren von Mel? Von Anna? Von Meyer, dem toten Rettungsschwimmer?

Was erwartete er? Glaubte er tatsächlich, Hinweise zu finden, die zu der Toten führten? Oder zu ihrer Schwester? Spuren? Beweise? Und wenn? Was dann?

Gerade eben wollte Parnell wieder die Treppe von der Skipper-Ebene nach unten klettern, er hatte sich schon mit dem Rücken an den Rand der Treppe gestellt, da hörte er ein Quietschen.

War die Backbordseite des Schiffes gegen den Steg gekracht? Er blickte nach links. Nein. Das Quietschen war von unten gekommen.

Parnell erstarrte, als sich die Tür zur Kajüte öffnete und sich ein Schatten auf das sonnenbeschienene Holz des Schiffsbodens warf. Dann sah er von oben auf eine Glatze herab. Der Kopf war oval, poliert, lediglich ein zerzauster, schwarzgrauer Haarkranz ließ Rückschlüsse auf die ehemalige Frisur zu.

Der Mann, der nun vor der Kajüte stand, war Asiate. Nicht besonders groß, er würde ihm höchstens bis zur Schulter reichen, schätzte Parnell.

Der Puls des Inspektors beruhigte sich.

Der Asiate hielt einen Wischmob und eine gefüllte Mülltüte in der einen, einen Plastikkübel in der anderen Hand. Darin schäumendes Wasser. Er trug einen etwas zu großen Anzug. Die Ärmel reichten ihm bis über die Hände.

Komischer Aufzug für eine Reinigungskraft, dachte Parnell.

Er beobachtete, wie der Mann den Kübel über die Reling hievte und das dreckige Wasser über Bord schüttete. Dann stellte der Asiate den Kübel zu Boden, fuhr mit einer Hand in die Tasche seiner Anzugsjacke und holte ein Handy hervor. Es musste vibriert haben. Parnell hatte kein Klingeln gehört.

Der Mann drückte auf einen der Knöpfe, dann hielt er sich das Gerät ans Ohr.

Er sagte lange nichts. Er hörte wohl nur zu.

Dann murmelte und grummelte er ein paar Worte, die Parnell nicht verstand. Vielleicht Chinesisch.

»Okay Mister«, sagte der Mann schließlich. »Vier Uhr dreißig, morgen früh, Mister. Hier an Bord ist alles vorbereitet. Big Papa weiß Bescheid. Der General auch.«

Dann legte der Asiate auf, sprang auf den Steg, ging zum Gitter, öffnete es, trat hindurch und schloss es hinter sich, warf die Mülltüte in den Mülleimer neben der Bank, auf der Parnell immer noch Haromi sitzen sah. Schließlich verschwand der Asiate in der Menge der Spaziergänger.

Der Inspektor atmete auf. Er kletterte auf die untere Ebene hinab, ging zurück in die Kajüte und dachte nach.

Irgendetwas stimmte hier nicht.

Die Weinflecken auf den Kissen. Die Champagnerflaschen.

Parnell drehte sich um sich selbst. Er wollte noch einen Schritt machen, da zuckte sein nackter Fuß zurück. Er sah die Glasscherben auf dem Boden. Wo und was hatte dieser

Mann eigentlich sauber gemacht? Wo war er gewesen, als Parnell in diesen Raum geschaut hatte?

Der Inspektor blickte sich weiter um. Er hob den Teppich an. Nichts. Der Klassiker, die Falltür unterm Perser. Wäre ja auch zu einfach gewesen. Im hinteren Bereich der Kajüte befand sich eine kleine Küche. Dreckiges Geschirr türmte sich im Waschbecken, Tomatensoße war über die Schrankarmaturen gelaufen. Auf der Arbeitsfläche stapelten sich Hummerschalen.

Parnell öffnete die Küchenschubladen. Besteck. Pfannen. Stoffservietten. Hinter einer Schranktür befand sich ein Staubsauger. Hinter einer weiteren Putzmittel und Wischtücher.

Der Inspektor öffnete die Spülmaschine – sie war leer. Wo verdammt noch mal war dieser kleine Asiate, als er vorhin durchs Fenster schaute?

Dann bemerkte er es.

Die kleine Küche hatte zwei Kühlschränke. Er öffnete den ersten. Das Neonlicht ging an. Der Kühlschrank war leer.

Parnell öffnete den zweiten. Wieder das Neonlicht.

Er schrie auf.

Zwei Riesenhummer fielen ihm entgegen. Mit den Scherenhänden voraus. Er sprang zurück. Sie fielen auf den Boden. Sie waren tot. Stapelweise Eiswürfel lagen im Kühlschrank. Weitere Champagnerflaschen.

Wozu zwei Kühlschränke?

Er drehte sich um, öffnete erneut den anderen, schloss die Tür wieder, stupste mit den Fingern dagegen. Der Kühlschrank wackelte. Parnell bückte sich, griff die Tür von unten und zog daran. Der Schrank ließ sich leicht nach vorn ziehen, so dass sich ein Spalt zwischen Kühlschrank und Wand auftat. Es war dunkel dahinter, doch der Inspektor konnte die Silhouette der Treppenstufen erkennen.

Er zog den Kühlschrank weiter nah vorn. Dann nahm er die erste Stufe und lehnte sich an die Holzwand. Er ertastete einen Lichtschalter, knipste ihn an, betrat den versteckten, um einen halben Meter tiefer liegenden kleinen Raum.

Die Glühbirne spendete nur mattes Licht. Ein paar Regale standen in der Ecke. Leer und verstaubt. Nur in einem der Regale lagen zwei längliche Kartons.

Parnell öffnete sie. Holzspäne. Er fischte mit der Hand darin herum, bekam einen Gegenstand zu fassen, dann noch einen. Plastik, kaltes Eisen.

Er hielt zwei Pistolen in der Hand. Vierziger Kaliber. Smith & Wesson. Sie schienen neu zu sein. Im zweiten Karton lag ein Schnellfeuergewehr. Gleiche Marke.

An einer der Wände standen zwei Kühltruhen. Parnell öffnete die erste. Das Licht ging an, kalte Luft strömte ihm entgegen. Hunderte Fische lagen eingefroren darin. Königsfische. Gelbflossenthunfische. Drei Haie. In je drei Teile zerstückelt. Kopf, Bauch mit Rückenflosse. Schwanz.

Der Inspektor öffnete die zweite Truhe.

Sie war leer.

Essiggeruch strömte Parnell in die Nase. Das war Putzmittel. Der Asiate hatte diese Kühltruhe gereinigt. Nur diese eine. Und er hatte sie gründlich gereinigt. Die Wände strahlten wie die Zähne der Ducklander High Society. Was war darin gewesen? Die Fischreste? Oder …

Parnell überlegte. Ihm wurde eines klar. Er konnte nicht weiter um Wallis herumschnüffeln, ohne mit den Kollegen vom Drogendezernat zusammenzuarbeiten. Mit Al. Seinem Freund. Sie mussten sich austauschen. Er musste wissen, was sie über den Mann wussten.

Er schloss die Truhe. Im selben Moment hörte er im vorderen Raum etwas knacksen. Kam der Asiate zurück? Parnell griff nach einer der beiden Pistolen und sprang an die Wand neben den Stufen. Ins Dunkel. Er bezweifelte, dass die Pistole geladen war, vielleicht würde sie trotzdem ihren Dienst tun.

Er wartete, hörte weiteres Knirschen und Knacken. Der Asiate musste nun gleich die Treppenstufen betreten. Hatte er etwas vergessen? War er zurückgekehrt, um weiterzuputzen? Wunderte er sich gerade darüber, das Licht angelassen und den Kühlschrank nicht zurück an die Wand geschoben zu haben?

Die Kiste mit den Waffen offen stehen gelassen zu haben? Er würde sich nicht lange darüber wundern, er würde innerhalb von Sekunden realisieren, dass hier etwas faul war.

Parnell musste schnell handeln. Er sprang aus dem Dunkeln hervor. Noch während er den Schatten zu Boden riss, sich auf ihn kniete und ihm die Pistole ins Gesicht hielt, merkte er, dass der Schatten zu groß für den Asiaten war und die Haare zu wild, zu voll, zu kraus.

Er starrte in Haromis Gesicht. Es versteckte sich hinter dem Pistolenlauf ihrer Glock. *Die* war geladen, so viel war sicher.

»Frank! Fuck, Frank! Ich hätte dich ...«

»Ich ... ich ...«, stammelte der Inspektor. »Ich dachte ... du ... der Asiate ...«

»Der ist weg«, antwortete Haromi. »Ich habe ihn ein paar Meter verfolgt. Dann ist er in der Menge verschwunden. Aber er hat uns etwas hinterlassen ...« Sie entsicherte ihre Waffe. Parnell nahm das Knie von ihrem Bauch, er half ihr auf. Die Situation war ihm peinlich.

Alles.

Sein Sturz ins Wasser, sein überhasteter Angriff.

Er war froh, mit Haromi unterwegs zu sein. Er wusste, sie würde all dies nicht auskosten. Keine Slapstick-Einlage auf der kommenden Weihnachtsfeier daraus machen. Sie würde schweigen. Vergessen.

»Was? Was hat er uns hinterlassen?«, fragte Parnell.

»Komm mit«, sagte sie und klopfte ihm auf die Schultern.

35

Der Gestank war widerlich und erfüllte sofort das ganze Auto. Parnell spürte, wie das zermalmte Papaya-Sandwich vom Mittag in ihm hochkroch. Er öffnete die Tür, lehnte sich nach draußen und atmete die Hafenluft ein.

»Damn, was ist das, Haromi?«

»Das ist die Mülltüte, die der Asiate in einen der Mülleimer am Steg geworfen hat.«

»Fuck«, sagte Parnell. »Ich bin nicht Polizist geworden, um im Müll wühlen zu müssen. Dann hätte ich auch …«

Er sprach den Satz nicht zu Ende. Ihm wurde gewahr, wie falsch er lag. Natürlich war er Polizist geworden, um im Dreck zu wühlen.

»Hab dich nicht so!«, unterbrach ihn Haromi.

Blitzschnell griff sie in die Tüte und zog ein schleimiges Gemisch hervor. Sie hielt es Parnell unter die Nase.

»Nimm das Zeug weg«, befahl der Inspektor. »Nimm das sofort weg, oder ich erschieß dich!«

Da war kein Witz in seiner Stimme.

»Was ist das? Fischreste?«

»Scheint so«, sagte Haromi.

Sie öffnete die Tüte etwas weiter. Steckte den Kopf halb hinein.

»Fischreste und Blut.«

»Fischblut?«

»Fischblut oder Menschenblut.«

»Wie … warum?«

»Schau«, wieder hielt sie ihm eine Handvoll Schleim und klebriger Masse unter die Nase.

Diesmal sagte Parnell nichts. Keine Drohung. Er sah ihre blutigen Finger. Er sah die Innereien und ein schwarzes Haarbüschel, das an der Masse klebte.

Menschenhaar.

36

Es war Nacht geworden. Parnell saß in seinem Büro und schaute in die Finsternis hinaus. Die nasse Kleidung hatte er über einen Stuhl gehängt, sich eine Hose und ein T-Shirt aus dem Schrank geholt, die er dort immer hängen hatte. Für alle Fälle. An seinem Hinterkopf klebte ein Pflaster. Haromi hatte ihn versorgt. Sein Knöchel war angeschwollen und brannte. Er hatte keine Lust auf Nick Cave. Seine Stimmung war auch so düster genug. In der Hand hielt er ein Fax aus Deutschland. Von der deutschen Polizei.

Die deutsche Polizei hatte eine Bitte der Eltern des toten Mädchens nach Auckland weitergereicht. Sie wollten wissen, wie genau ihre Tochter gestorben war. Sie wollten wissen, wie ihre letzten Lebensminuten ausgesehen hatten. Sie wollten wissen, ob sie leiden musste.

Der Inspektor fixierte die Lichter der Nacht. Was sollte er antworten? Er wusste es nicht. Er kannte ihre letzten Lebensmomente nicht. Er wusste, dass sie in Piha gewesen war. Sich während einer Party mit einem Lifeguard angefreundet hatte – aber dann?

Sollte er spekulieren und ihre Eltern an seinen Spekulationen teilhaben lassen? Das konnte er nicht tun. Weil er glaubte, dass sie es nicht ertragen würden.

Ob sie lange leiden musste? Ja, das glaubte er. Wenn der Mörder derselbe war, der auch Meyer getötet hatte, dann ganz sicher. Denn Meyer hatte gelitten.

Stundenlang.

Nein, all das konnte er den Eltern nicht mitteilen. Noch nicht. Nicht solange es nicht bewiesen war.

Er hoffte, er würde sich irren.

Er kritzelte einige belanglose Sätze unter die Fragen auf dem Fax. Dann schaute er auf die Uhr. Er war spät dran.

Thomas Peters war vor rund einer Stunde zu Hause festgenommen worden. Eine junge Frau mit einem Baby auf dem Arm hatte den Polizisten die Tür geöffnet.

Die Beamten hatten der Frau gesagt, sie solle sich keine Sorgen machen. Ihr Mann müsse nur wegen einer Routinebefragung mitkommen. Polizistenlügen. In den Augen der Frau hatten die Beamten sofort bemerkt, dass sie ihnen nicht glaubte. Das Baby hatte zu schreien begonnen.

Als die Männer dem Rettungsschwimmer empfahlen, ein paar Sachen mitzunehmen, Zahnbürste, Rasierer, schrie auch die Frau. Als Peters sich an der Türschwelle von ihr verabschieden wollte, trommelte sie ihm auf die Brust. Sie verweigerte ihm den Kuss. Er küsste nur das Baby.

37

»Darf ich Ihnen eine einfache Frage stellen, Herr Peters?«

Der Lifeguard schaute überrascht auf. Er saß in einem dunklen Raum des Polizeireviers. Eine matte Lampe schien von der Decke, die Wände waren hellgrau gestrichen. Vor ihm stand eine Kaffeetasse, auch ein Diktiergerät lag auf dem Tisch. Inspektor Parnell saß dem Mann gegenüber.

Was der Mann wohl dachte, fragte sich der Inspektor. Er fragte sich das stets, wenn er hier mit jemandem saß, der wohl zum ersten Mal in seinem Leben verhört wurde.

Fühlte er sich wie im Film? War er überrascht, dass tatsächlich alles so war wie im Film? Dunkle Wände, mattes Licht. Keine Fenster, Spiegelwand. Ob er sich fragte, was hinter dem Spiegel war? Natürlich fragte er sich das. Er stellte sich vor, wie dort einige Ermittler standen, der Polizeipräsident, vielleicht der Staatsanwalt.

Der Spiegel war Quatsch, trotzdem hatten sie ihn anbringen lassen. Wegen des Effekts. Wer hier verhört wurde, zum ersten Mal im Leben, der sollte sich fühlen wie im Film, herausgerissen aus dem normalen Leben, der sollte sich an die vielen Filme erinnern, die er gesehen hatte, an die vielen immergleichen Verhörszenen.

Peters sollte sich daran erinnern, dass schlussendlich alles nichts brachte. Das Schweigen. Er sollte sich erinnern, dass im Film irgendwann geredet wurde. Er sollte Angst haben. Angst davor, dass so ein echter Ermittler, ein echter Inspektor durchdrehen könnte, wie die Ermittler im Film.

Aufstehen.

Den Stuhl nach hinten kippen lassen, einem an den Kragen gehen, hochziehen, gegen die Wand knallen, in den Magen treten, immer wieder.

Niemals ins Gesicht.

Parnell wartete keine Antwort ab, er hatte auch keine erwartet.

»Kennen Sie den Unterschied zwischen einer Lüge und dem Schweigen?«

Der Rettungsschwimmer starrte ihn an. Seine Lippen zitterten, seine Lider zuckten.

Der Inspektor stand auf. Er ging um den Tisch herum. Er konnte den Puls seines Gegenübers regelrecht hören, er war sich sicher, dieses Spiel hier zu gewinnen. Bumm, bumm, bumm. Rasendes Pochen. Es war ein ungleiches Spiel. Die Angst des Mannes war zu groß.

Parnell bückte sich von hinten zu Peters hinab, flüsterte ihm ins Ohr.

»Es gibt keinen. Es gibt keinen Unterschied zwischen Schweigen und Lüge. Wer schweigt, lügt.«

Der Rettungsschwimmer rührte sich nicht. Er starrte auf die Tischplatte.

»Wenn jemand schweigt, jemand, der weiß, dass er reden müsste, weil seine Aussage in einem Mordfall von Bedeutung sein könnte, weil die Aussage den Mord an einem jungen Mädchen aufklären könnte, dann ist dieser Jemand ein Lügner.«

Parnell erhob nun seine Stimme, er wanderte wieder um den Tisch herum.

»Er macht sich schuldig. Mitschuldig. Wollen Sie mit dieser Schuld leben, Thomas Peters?«

Der Inspektor liebte diese Momente. Sie hatten etwas Sakrales. Fast schon Kitschiges. Er musste an Gangsterfilme denken, wenn der kleine Wurm gefasst ist, der am

Angelhaken zittert und bibbert, der aus dem Bibbern gleich Worte formen wird, gesteht, das wenige, von dem er weiß.

Das wenige, das niemals reichen wird, um die großen Haie an die Angel zu kriegen. Da machte er sich keine Hoffnungen.

»Ich ... ich ...«

Geschafft, dachte Parnell und lächelte zufrieden in sich hinein.

»Ich ... ich ...«, äffte er den jungen Mann nach.

Er musste ihn brechen. Seinen Stolz. Sein Selbstvertrauen.

»Ich ... meine Frau.«

»Ja?«

»Ich hätte ...«

»Ihre Frau, Ihr Baby ...«

»Meine Frau, sie wusste nicht, dass ich da war.«

»Gut, Ihre Frau wusste nicht, dass Sie da waren. Das mag sein. Aber das ist nicht alles. Lügen Sie nicht weiter, Peters! Laden Sie nicht noch weitere Schuld auf sich. Sie kamen zu uns, Sie haben uns erzählt, dass Ihr Kollege Paul Meyer mit der Toten in den Dünen verschwunden ist. Und wir haben Bilder von Ihnen und einem anderen blonden Mädchen ... Sie wissen, wer das ist!«

Parnell hatte das Ende des Satzes nicht als Frage formuliert.

»Ja, äh ... sie sagte, sie fragte mich ...«

»Nach ihrer Schwester?«

Peters nickte zögerlich.

»Die junge Dame hat Ihnen ihre Schwester beschrieben, nehme ich an. Sie vermuteten schnell, dass es sich bei den Schwestern um das Mädchen handelte, mit dem Meyer ... Sie sagten es ihr aber nicht.«

»Wir, äh, Meyer und ich, unsere ... meine Frau ist mit seiner Freundin befreundet.«

»Sie wissen nichts von den Partys am Strand. Von den Flirts mit den Strandmädchen.«

»Ich habe der jungen Frau auf der Party gesagt, dass ein Mädchen da war. Dass sie mit einem Typen hinter den Dünen verschwunden ist. Dass ich den Typen nicht kenne.«

Nun hatte er ihn. Nun sprudelte der Wasserfall. Nun galt es, ihn nicht mehr zu unterbrechen. Die Quellen fließen lassen. Bis sie versiegen.

»Ich habe sie nach Norden geführt, woanders hin, ins Dunkel. Ich ... äh ... hatte schon einige Biere getrunken. Sie ... ich meine ... sie sah phantastisch aus. Wir fanden natürlich niemanden da im Dunkeln. Sie sagte mir, wo ich sie finden könne, falls ihre Schwester auftauchen sollte. Sie bat mich, da hinzukommen, ihre Schwester da hinzubringen, wenn ich sie sehe.«

Peters atmete tief aus.

»Ich ... ich war betrunken. Ich nahm ihren Arm, ich versuchte sie zu küssen.«

Einatmen, ausatmen.

»Sie packte mich am Hals, drückte zu, sie wirkte so zart, aber ... sie hatte ein Messer. Sie hielt es mir an die Kehle. Sie sagte, ich solle schweigen. Sie sagte, wenn ich irgendjemandem erzählte, dass ich sie am Strand gesehen habe, dann ...«

Parnell vernahm ein Schluchzen.

»Plötzlich war sie verschwunden.«

»Was war das für ein Messer?«

»Ich weiß nicht, es war dunkel.«

»Ein Taschenmesser ... ein Küchenmesser?«

»Ich habe nur die Klinge blitzen sehen, sie war lang, das war eher ein Buschmesser oder so etwas ...«

»Wohin?«

Peters drehte sich um. Mit fragendem Blick. Parnell lehnte an der grauen Wand.

»Wohin sollten Sie ihre Schwester bringen, wenn Sie sie finden würden?«

»Sie sagte, zu einer Hütte im Dschungel. An einer Lichtung. Oberhalb der Fischerfelsen.«

Seine Stimme zitterte.

»Ich ging nicht zur Party zurück. Ich ging zum Parkplatz. Ich wollte nach Hause fahren. Auf dem Parkplatz hatte ich noch eine Begegnung.«

Der Lifeguard stockte. Parnell nickte ihm auffordernd zu.

»Ein Mann trat aus dem Dunkeln hervor. Von dort, wo einige Motorräder und Autos standen. Er wünschte mir einen schönen Abend. Er fragte, ob ich etwas dabeihätte. Ich kapierte erst nicht, was er meinte. Speed, Amphetamine. Ich verneinte. Ich stand noch völlig neben mir. Ich wollte ins Auto steigen, da hielt er mich am Arm zurück. Er fragte nach einem blonden Mädchen. Ich schüttelte den

Kopf. Ich bekam es mit der Angst zu tun. Ich erzählte ihm von einer Hippie-Siedlung am nördlichen Strand. Dass er dort sein Glück mit den Drogen versuchen könnte. Dann raste ich davon.«

38

»Ich stelle Ihnen jetzt eine Frage, Herr Winter.«

Gleicher Raum, gleiche Konstellation.

Die dunkle Farbe an den Wänden. Der Spiegel. Das grelle Licht. Der Tisch, zwei Stühle.

Anderer Blick.

Von beiden.

Und die Handschellen, die der Fischer trug.

Parnell spielte nicht mehr. Das wäre verlorene Mühe gewesen. Winter war nicht einzuschüchtern. Nicht mit diesen Mitteln. Nicht mit Kulisse. Mit Mimik. Schauspielerei. Der Fischer zeigte keine Angst. Weil keine in ihm steckte. Das sind die Gefährlichsten, sagte sich Parnell. Das wusste er aus Erfahrung. Die ohne Angst sind, haben nichts zu verlieren. Die kennen keine Kompromisse.

Parnell schaute dem Mann tief in die Augen. Angst. Wer keine kennt, keine alten, altbekannten Ängste, bei dem gab es nur eines. Neue zu kreieren. Ängste zu finden, die der Mann bis dato noch nicht kannte.

Winter grinste. Ein Überlegenheitsgrinsen. Er hielt Parnells Blick stand. Er durchbohrte den Inspektor mit seinem Blick. Parnell senkte die Lider. Er musste nicht mitspielen.

»Und ich stelle sie Ihnen nur einmal, diese Frage, Winter«, fuhr der Inspektor fort. »Deshalb antworten Sie nicht sofort. Denken Sie nach. Lassen Sie sich Zeit. Ich werde Ihnen dieses Angebot nur einmal machen. Ein einziges Mal.«

Der Fischer rührte sich nicht.

»Wollen Sie, dass Ihre Frau baldmöglichst wieder in Würde ruhen darf? Wollen Sie das, Marty?«

Nun schwiegen beide. Parnell ließ die Stille wirken. Er hatte vermutet, dass Winter ihm auf diese Provokation nicht antworten würde. Trotzdem musste er ihn jetzt zappeln lassen. Er ahnte, dass er dem Fischer erst einmal nicht mehr als das bereits Gesagte geben musste. Er zögerte den Rest hinaus.

Er blickte wieder auf. Ihre Augen fanden sich.

Die Überlegenheit in Winters Blick war verschwunden. Auch die Überheblichkeit. Die Lider zuckten. Da waren sie: Unsicherheit und Angst.

»Reden Sie mit mir, Winter. Reden Sie, und ich kann auf vieles verzichten. Beantworten Sie all das, was in meinem Kopf unbeantwortet herumschwirrt, und das alles hier ist bald vorbei. Wenn nicht ...«

Wieder machte Parnell eine Pause. Nun würde er die Angst beim Namen nennen, die in den vergangenen Sekunden ganz langsam im Kopf des Fischers gekeimt war.

»Wir, die Polizei, wir sind ein Scheißladen hier in Auckland, Winter. Wir haben kein Geld. Wie oft, glauben Sie, habe ich gemeinsam mit unseren Kollegen von der Forensik schon um neue Geräte angefragt?«

Die Frage war rhetorisch, trotzdem machte der Inspektor eine erneute Pause. Er spürte, dass Zorn in Winter emporkroch. Angst und Zorn, ein gutes Gemisch.

»Keine Chance. Wir bekommen nichts genehmigt. Ich sitze seit Jahren auf demselben beschissenen Holzstuhl. Das Kissen für den Stuhl musste ich selber mitbringen. Mein scheiß Rücken ist kaputt Und wissen Sie warum?«

In Gedanken zählte Parnell.

Einundzwanzig, zweiundzwanzig …

Das dauerte etwas länger, als von eins bis drei zu zählen. Genau richtig.

… dreiundzwanzig.

»Weil zu wenig passiert, hier bei uns in Neuseeland. In Auckland. Zu wenig Morde. Würde hier gemordet wie drüben in Australien, dann würden wir – die Polizei – mehr Geld haben. Dann würde die Regierung sagen: Unsere Polizei ist wichtig! Die Jungs – unsere Jungs! – riskieren jeden Tag ihr gottverdammtes Leben für uns Bürger von Neuseeland. Unsere Polizei braucht mehr Geld, damit wir mehr Sicherheit haben.«

Einundzwanzig, zweiundzwanzig, dreiundzwanzig.

»Dann könnte ich einen Gesundheitsstuhl beantragen, dann würde ich schon seit zehn Jahren auf einem verfluchten, hässlichen, aber für die Haltung sinnvollen, verfickten Gesundheitsstuhl sitzen. Und mein Rücken würde nicht schmerzen.«

Einundzwanzig, zweiundzwanzig, dreiundzwanzig.

Vierundzwanzig.

Fünfundzwanzig.

»Dann hätten unsere Forensiker hier Geräte, mit denen sie in kurzer Zeit effizient Knochenreste untersuchen könnten. Ein paar Stunden, eine Nacht, länger würden sie nicht brauchen, um Knochen zuzuordnen, um DNA-Proben zu analysieren.«

Einundzwanzig, zweiundzwanzig, dreiundzwanzig.

»Dann könnten die ausgegrabenen Knochen schnell wieder dahin, wo sie hingehören. Unter die Erde. Da könnten sie in Würde verfallen, zu Staub werden. Ihre Frau, Winter, Shelly, könnte in Würde dort ruhen. Mit Ihrem Hund. So aber müssen wir die Knochen nach Brisbane schicken. Die Knochen Ihrer Frau und die Knochen Ihres Hundes, wahrscheinlich werden die Spinner da drüben in Australien die Knochen durcheinanderbringen, weil die uns so wenig mögen, die Aussies, wie wir sie mögen, weil für sie das Knochengerüst einer toten Neuseeländerin nicht mehr zählt als die Knochen eines neuseeländischen Hundes ...«

»Hören Sie auf! Schluss!«

Parnell atmete tief aus.

»Sie Schwein von einem Polizisten.«

Parnell sagte nichts. Wahrscheinlich hätte er das Gleiche gesagt, hätte er auf der anderen Seite des Tisches gesessen.

»Greifen Sie in meine Brusttasche.«

Parnell schaute überrascht.

»Machen Sie schon.«

Winter hob die in den Handschellen steckenden Hände und deutete mit dem Kopf nach links unten. Parnell fasste mit den Fingern hinein, er spürte einen Briefumschlag und zog ihn heraus. Das Papier des Umschlags war vergilbt und dick. Darin steckte ebenso gelbes Papier.

Ebenso gelb, aber hauchzart.

Mit Füllfeder und weiblich geschwungener Handschrift standen klein und bis an die Ränder vollgeschriebene Sätze darauf.

Parnell schaute zu Winter.

»Shellys Abschiedsbrief«, sagte der Fischer.

Parnell schaute nicht auf das Blatt. Er wollte den Inhalt von Winter hören.

»Sie hatte Depressionen. Dagegen kommt der Mensch nicht an. Es schleicht in einen hinein. Shelly ist ruhiger geworden, immer ruhiger. Anfangs weinte sie laut, dann wimmerte sie nur noch, nächtelanges Wimmern.«

»Sie sind zu keinem Arzt gegangen?«

Parnell drehte sich ruckartig wieder zu dem Mann um.

Winters Blick gab Antwort. Es lag Verachtung darin. »Unser Arzt war die Natur. Unser Medizinschrank der Dschungel. Meiner Frau hätte kein Arzt helfen können. Bald schaffte sie es nicht mehr aus dem Bett, nicht mal ins Wohnzimmer. Sie hat mich gebeten, sie sterben zu lassen. Ein halbes Jahr lang habe ich mich dagegen gewehrt. Dann habe ich es verstanden, zugelassen. Richtig gefunden. Sie wollte, dass ich dabei bin. Ich sollte nicht helfen. Nicht retten. Keine Hilfe holen. Nur dabei sein.«

Die Stimme des Fischers klang kalt. Emotionslos. Wahrscheinlich konnte er nur so über sie sprechen.

»Sie hat aufgehört zu essen, aufgehört zu trinken. Ich habe ihr Essen hingestellt, auch einen Krug Wasser. Als das Essen verfaulte, als sich Fliegen und Würmer darüber hermachten, als das Wasser anfing zu stinken, da habe ich gewusst, dass sie es ernst meinte. Ihre Meinung nicht ändern würde. Sie hatte Angst. Zu sterben. Doch noch mehr Angst hatte sie vor dem Weiterleben. Ich ließ es geschehen. Ich habe an ihrem Bett gewacht, ihre Hand gehalten. Unser Hund Henry war dabei. Ich nahm ihre Hand, streichelte damit sein Fell. Er winselte. Irgendwann hob sich ihr Brustkorb nicht mehr. Ihre Lippen zitterten nicht mehr. Ihre Lider schlossen sich für immer.«

Nun schloss auch der Fischer die Augen. Und sprach weiter. »Ich war erleichtert. Ich weiß, dass es richtig war. Ich habe sie auf dem Feld begraben. Später auch unseren Henry. Sie hatte ihn so sehr geliebt. Wir hatten keine Kinder, der Hund war wie ein Kind für uns. Wir wollten Kinder, doch das war uns nicht gegeben. Aber wir hatten uns, wir hatten den Dschungel und das Meer. Mehr brauchten wir nicht. Dachte ich immer. Wahrscheinlich dachte sie anders, ich weiß es nicht.«

Parnell räusperte sich. Nach langem Schweigen.

»Was ist in der Nacht vor drei Tagen geschehen, Winter?«

Der Fischer öffnete die Lider wieder. Er antwortete, ohne zu zögern.

»Ich bin überfallen worden. In der Nacht, in der Mel starb.«

Er schluckte.

»Ein Mann war in die Hütte gekommen. Ich lag bereits im Bett, habe gelesen, als er plötzlich ins Zimmer stürzte. Er hat versucht, auf mich einzustechen, aber er hat mich nicht erwischt. Er war stärker als ich, seine Wut hat ihm Kraft gegeben. Nur durch einen Zufall konnte ich entwischen. Er stolperte. Fiel hin. Ich lief in den Busch, er kam hinterher. Ich versteckte mich hinter einem großen Stein. Die ganze Nacht harrte ich da aus. Erst im Morgengrauen schlich ich ins Haus zurück. Als ich wenig später runter zu den Felsen ging, sah ich von weitem ein blondes Mädchen am Wasser. Bewegungslos. Ich sah das Absperrband, die Polizei, das Blaulicht. Dann kamen Sie zu mir ...«

Nun zeigte er auf das Messer, die Tatwaffe, die in einer Plastikfolie auf dem Schreibtisch lag. »Das ist keins aus meiner Sammlung. Das ist ein stinknormales Outdoor-Messer. Das bekommen Sie in jedem Outdoor-Shop.«

Parnell versuchte dem Mann zu folgen, die Puzzleteile passten ineinander, wenn auch nicht so, wie Winter meinte. Oder zu meinen vorgab.

»Mel lebt«, sagte Parnell.

Winters Gesicht zeigte keine Regung. Vielleicht war er zu überrascht, um eine Reaktion zu zeigen.

Vielleicht war er zu kaltblütig.

»Wa... was?«

Parnell konnte aus dem Gestammel nicht heraushören, ob es echt klang. Oder gekünstelt war.

»Mel heißt in Wirklichkeit Anna. Anna Sander. Mel ist der Name ihrer Schwester – der Toten am Strand.«

Wieder gelang es Parnell nicht, Winters Mimik zu entschlüsseln. Dachte er nach? Sortierte er die neuen Informationen? Oder wusste er das alles längst? Der Inspektor erlaubte sich, für einen Moment, Winter zu glauben. Seinen Aussagen zu folgen.

Was wäre wenn?

Wenn das alles so stimmte, dann wäre Mel nachmittags zum Strand gekommen. Sie hätte sich da gesonnt. Sie hätte da auf ihre kleine Schwester Anna gewartet. Sie wäre auf die Party der Lifeguards gegangen. Dann dort verschwunden. Anna wäre aufgetaucht, hätte Peters getroffen, aber nicht ihre Schwester.

Was war dann?

Vielleicht ist Anna dann zum Haus des Fischers. Vielleicht just zu dem Zeitpunkt, als der sich im Dschungel versteckte und der Mann, der ihn überfallen hatte, schon wieder verschwunden war.

Und dann?

Woher hatte die Tote die Streichhölzer? Vom Rettungsschwimmer? Vom Mörder? Vom Rettungsschwimmer, der ihr Mörder war? Von einem von Wallis' Männern, der … nein, das machte keinen Sinn.

Parnell stoppte seinen Gedankengang. Er schob Mel beiseite. Zog erneut Anna hervor. Spätestens als die Zeitungen und das Fernsehen vermeldeten, dass in Piha ein blondes Mädchen tot aufgefunden worden war, musste sie gewusst haben, dass es sich um ihre Schwester handelte.

Also beschloss sie, sich zu verstecken. Verschwunden zu bleiben.

»Winter, wissen Sie, wo sich Anna verstecken könnte? Wenn ja, dann sagen Sie es uns. Jetzt!«

Winter schloss wieder die Augen.

»Selbst wenn ich es wüsste, würde ich es Ihnen nicht verraten.«

»Warum?«

»Weil sie nur so am Leben bleibt. Jeder denkt, sie ist tot. Das ist ihre Versicherung. Ihre Überlebenschance.«

Wieder wartete Parnell einige Sekunden ab.

»Ich teile diese Einschätzung nicht.«

Einundzwanzig. Zweiundzwanzig. Dreiundzwanzig.

»Nein, Winter, ich bin mir sogar sicher, dass Sie mit Ihrer Einschätzung falschliegen. Fatal falsch.«

Einundzwanzig. Zweiundzwanzig. Dreiundzwanzig.

»Tödlich falsch.«

Einundzwanzig. Zweiundzwanzig. Dreiundzwanzig.

»Nicht nur wir schnüffeln, Winter. Die Presse schnüffelt auch. Die braucht länger als wir, aber auch sie wird fündig werden. Es ist nur eine Frage der Zeit.«

Die Miene des Fischers blieb versteinert.

»Die einzige Chance, Annas Leben zu retten, ist Mels Mörder zu finden. Ihn dingfest zu machen. Unschädlich. Nur das gibt Anna ihre Freiheit zurück.«

39

Die Lichter Aucklands flackerten gelb. Der Mond leuchtete silbern. Auch die Lichter auf vielen Schreibtischen brannten noch. Weißes, kaltes Neonlicht. Dutzende Polizisten der Mordkommission machten Überstunden. Auch Parnell.

Winter war frei. Sie hatten ihn gehen lassen. Sie hatten nicht genug gegen ihn in der Hand. Auch seine Messer durfte er mitnehmen. Die Tatwaffe blieb auf Parnells Schreibtisch. Sie hatten ihm angeboten, ihn zu seiner Hütte nach Piha zurückzubringen. Er hatte das Angebot angenommen. Die Streife war in Piha geblieben. Am Parkplatz des Strandes. Parnell hatte es so gewollt.

Die Streife kontrollierte, ob Autos die Straße herunterkamen. Die beiden Polizisten machten Kontrollgänge. Zum Haus der Lifeguards, zu den naheliegenden Bungalows und Ferienwohnungen. Auch zur Hippie-Siedlung im Norden. Und alle zwei Stunden zur Fischer-Hütte. Sie meldeten sich regelmäßig. Es regte sich nichts. Winter saß im Haus. Kerzenlicht flackerte durchs Fenster.

Parnell schaute auf sein Handy. Drei Anrufe in Abwesenheit. Die immergleiche Nummer. Er kannte sie. Er hätte sie nicht auswendig aufsagen können – wer konnte das heute noch? Aber trotzdem wusste er mit einem einzigen Blick, wessen Nummer es war.

Er drückte auf die Rückruftaste. Das Tuten klang laut und dumpf in seinem Ohr. Er sehnte sich nach einem

Whiskey. Er wusste, dass ältere Kollegen kleine Fläschchen in ihren Schubladen versteckt hielten.

Er tat das nicht.

Irgendetwas hielt ihn davon ab. Vielleicht die Ahnung, dass dann alles vorbei wäre. Das Wissen, dass er eben keiner von denen war, die ab und an ein Schlückchen ... ein paar Mal im Jahr ... zur Feier des Tages ... selten aus Frust ... So ein Fläschchen im Schreibtischfach, das hätte sein Leben endgültig in einer Misere enden lassen.

Es tutete zum vierten Mal, zum fünften.

Noch zwei Töne würde er abwarten. Er hofft0e insgeheim, sie würden verstreichen, ohne dass jemand ranging.

Sie verstrichen, er legte auf.

Jetzt einen Schluck. Er sehnte sich danach. Er sehnte sich nach seiner Badewanne. Nach dem heißen Plätschern des Wassers, nach dem Dampf, der sein Gesicht umhüllen würde, wie eine Wattedecke, wie die zarte Hand einer Frau.

Er vernahm das zarte Klopfen aus weiter Ferne. So, als ob er in der Badewanne untergetaucht wäre. Langsam wurde das dumpfe Klopfen lauter.

»Frank? Frank!«

Haromis Stimme drang in sein Ohr. Er drehte sich um, wie ein Kameraobjektiv mussten seine Augen erst die richtige Schärfe finden, bevor er ihr Gesicht klar sah – und der Hintergrund verschwamm.

»Ja? Was gibt es?«

»Es gibt Neuigkeiten aus dem Labor, Frank. Die Fischreste von George Wallis' Yacht sind untersucht worden.

Die Probe enthält Fischblut – und Stoffreste mit Blutspuren darauf! Menschliches Blut. Aber nicht das Blut der Toten. Auch nicht das des toten Rettungsschwimmers. Die DNA-Analyse steht noch aus. Das kann noch einige Stunden dauern.«

»Menschliches Blut …«, murmelte der Inspektor. »Nicht vom toten Mädchen. Nicht vom toten Rettungsschwimmer.«

Es konnte von wem auch immer sein, dachte Parnell, von Tausenden von Menschen. Aber er dachte nur an eine Person. An eine einzige unter Tausenden. Anna. Die Schwester der Toten.

»Die Haare …«, murmelte er weiter.

Was war mit den Haaren, die Haromi im Auto aus den Fischresten gezogen hatte?

»Keine Ahnung«, antwortete sie. »Lang, schwarz, leicht gelockt. Ach hier fehlt noch die DNA-Auswertung.«

Lang, schwarz, gelockt.

Vielleicht waren es die Haare des Mörders.

Vielleicht hatte das aber auch alles nichts mit ihrem Fall zu tun.

Nichts zu bedeuten.

Vielleicht bedeutete es alles.

Viel mehr. Viel mehr, als er befürchtete.

40

»Ich habe dich doch …«

Die Stimme am anderen Ende der Leitung klang vorwurfsvoll. Wie immer. Vielleicht war es nur die Stimme, die sie immer entzweite. Nein, es war mehr als die Stimme. Es war das, was die Stimme sagte. Seine verdammte vorwurfsvolle, überhebliche, beschissene, sanfte Stimme.

Parnell hasste ihn. Gleichzeitig wusste er, dass er ihn nur so sehr hasste wie sich selbst. Hassliebe. Der Doktor sei besorgt, hatte er gesagt. Der Doktor wollte ehrlich sein. Sie sei bei Sinnen, aber das könne jetzt alles sehr schnell gehen. Vielleicht einen Tag noch, vielleicht zwei. Vielleicht würde sie den Sonnenaufgang morgen früh nicht mehr erleben.

Parnell streifte durch die dunkle Polizeistation. Er wusste, dass der Moment längst verstrichen war. Der Moment, zu überdenken. Der Moment, zu beschließen, es sein zu lassen. Er wusste, in welchen Schreibtischschubladen er kramen musste. In denen der älteren Kollegen. In denen jener, die innerlich längst gekündigt hatten. Jener, die die Tage rückwärts zählten. Jener, die sich von den Träumen, den Schüssen, den Toten in den Träumen nicht mehr irre machen ließen.

Weil sie bereits irr waren. Weil Gin, Wodka, Whiskey die Träume betäubten. Parnell zog eine der Schubladen auf. Er kramte eine kleine Flasche unter den Papieren und Stiften hervor. Er legte sie zu den anderen.

Wodka, ein halber Liter. Whiskey, vielleicht noch drei Schlücke. Ein ekelhafter, süß stinkender Früchteschnaps – klebrig. Doch die Flasche war noch fast voll. Das dürfte reichen. Parnell nahm einen Schluck.

Dann lief er in sein Büro zurück. Die Flaschen klimperten. Die Schreibtischlichter waren weniger geworden. Niemand schaute auf. Niemand achtete auf das Klimpern.

Der Inspektor setzte sich auf seinen Schreibtischstuhl, drehte sich zum Fenster hin. Er setzte den Kopfhörer auf. Nick Cave. Live in der Royal Albert Hall. Die Lichter verschwammen. Sie fraßen das Schwarz. Die Gitarre krachte. Noch ein Schluck. Der Schmerz ließ nach.

41

Es konnte so viele Gründe geben. Ein paar Tage. Was waren schon ein paar Tage.

Er wartete weitere vierundzwanzig Stunden.

Am Tag darauf war er immer noch nicht zur Vorlesung gekommen.

Am fünften Tag waren sie verabredet gewesen. Sie wollten sich nach der Vorlesung zusammensetzen. Zum ersten Mal. Wegen ihres Referats.

Er war zu seiner Wohnung gegangen. Im Norden der Stadt, in einem Studentenviertel nahe der Universität.

Der Schnee fiel in kieselgroßen, weichen Flocken vom Himmel. Er fraß sich in seine Sneakers. Am Morgen hatte noch die Wintersonne geschienen. Es war den ganzen Tag über klirrend kalt gewesen. Eiszapfen hingen von den Dächern, Schilder warnten davor. In der Fußgängerzone blinkte bereits die Weihnachtsbeleuchtung. Eine Gruppe peruanischer Indianer spielte die immergleiche Panflötenmelodie.

Er hatte an der Haustür geklingelt.

Nichts.

Nachbarn hatten ihn reingelassen. Er hatte an die Wohnungstür geklopft.

Auch nichts.

Er hatte sich vor das Wohnhaus gestellt. Er hatte überlegt. Es konnte alles ganz harmlos sein. So gut kannte er den Kommilitonen nicht. Sie hatten in der Vorlesung ein paarmal nebeieinander gesessen. Geflüstert. Welche Mädchen sie heiß fanden, welche nicht. Der Kommilitone hieß David. David Müller.

Es konnte so viele Gründe geben, weswegen David nicht mehr zu den Vorlesungen erschienen war.

Vielleicht war er spontan verreist, zu seinen Eltern, um die Welt. Vielleicht hatte er ein Mädchen kennengelernt. Eins, über das sie gesprochen hatten. Eins aus einem anderen Seminar. Eins, das er auf einer Studentenparty kennengelernt hatte.

Vielleicht verbrachte er ein paar Tage mit ihr.

Verliebt. Weltvergessen.

Das alles konnte sein. Und doch brannte da dieses Licht.

Vierte Etage, letztes Fenster links.

Davids Wohnzimmer.

Er rief die Polizei.

Die Polizei befragte zwei Nachbarn.

Die Nachbarn wussten nichts.

Sie riefen den Hausmeister.

Der kam mit dem Generalschlüssel.

Die Tür ließ sich nur einen Spaltbreit öffnen.

Etwas Weiches lag dahinter.

Einer der Polizisten schaute durch den Spalt.

Er sah eine Blutlache auf dem Parkettboden.

Zwei Worte waren mit Blut auf die weiße Wand geschmiert:

Schwein.

Und:

Hure.

Daneben ein Totenkopf.

Der erste Polizist zog seine Waffe. Der zweite forderte Verstärkung an.

Der Schädel des Studenten war mit einem schweren Gegenstand eingeschlagen worden.

Aufgeplatzt.

Hirnmasse lag auf dem Parkett des Schlafzimmers.

In der Küche fanden die Forensiker einen blutverkrusteten Fleischklopfer. Aus Metall. Silberfarben.

Haut und Haare des Opfers klebten daran.

Auf dem Schreibtisch lag das Handy des Toten. Daneben ein Notebook. Geöffnet. Auf dem Display ein E-Mail-Programm.

Die Forensiker hatten die Nummern durchforstet. Durch den Computer laufen lassen.

Eine Nummer war identisch mit der Nummer in einer aktuellen elektronischen Akte.

Es war die Nummer einer Toten.

Es war die Nummer von Melanie Sander.

Sie durchsuchten auch das Notebook.

Es war ihres.

Der vierte Tag

42

Es war bereits Abend geworden. Der Schneefall hatte zugenommen. Auf der Leopoldstraße blinkten die orangenen Lampen der Schneepflug-Maschinen. In der Ferne jaulte ein Martinshorn.

Der ermittelnde Kommissar überlegte, was zu tun war. Er schaute auf die Uhr. Er rechnete. Es war nun kurz nach 18 Uhr abends. In Auckland musste es jetzt frühmorgens sein. Sechs. Er versuchte es trotzdem.

Er ließ es klingeln. Zwanzig Mal. Beim zweiundzwanzigsten Mal hörte er ein Knacken. Dann erst einmal nichts.

»Ja«, krächzte schließlich eine Stimme. »Damn, shit, ja?«

Kurz dachte der Kommissar, er hätte sich verwählt.

»Spreche ich mit ... ist da die Polizei von Auckland? Ich möchte mit der ... äh ... Mordkommission ... es geht um den Fall Melanie Sander.«

Sein Schulenglisch musste schrecklich klingen. Er schämte sich dafür.

Wieder hörte er ein Rascheln am anderen Ende der Leitung. Ein Stöhnen. Ein Räuspern.

»Ja, Sie ... hier spricht Inspektor Parnell, Frank Parnell. Ich, äh, es ... es ist etwas früh.«

Der Kommissar aus München fragte sich einen Augenblick lang, ob der neuseeländische Kollege die ganze Nacht durchgearbeitet hatte oder ob er ein Frühaufsteher war. Er tippte auf Ersteres.

Er erzählte dem Mann am anderen Ende der Leitung von der Leiche in der Studentenwohnung. Von Melanie Sanders Nummer in dessen Handykontakten. Vom Notebook, das wohl ihres war.

Parnell bedankte sich stöhnend und bat den Münchner Kommissar noch um einen Gefallen.

Der Kommissar verstand nicht ganz warum, er versprach aber dem Wunsch nachzugehen.

Der Inspektor aus Neuseeland hatte dem Kommissar seine Handynummer gegeben. Er hatte ihn darum gebeten in der Wohnung nach Zeichen Ausschau zu halten. Er wollte wissen, ob da noch mehr war als die blutverschmierten Worte an der Wand.

Weitere Zeichen, die der Mörder hinterlassen haben könnte. Irgendetwas, das vielleicht merkwürdig erschien.

Er bat den Kommissar, falls er so ein Zeichen finden würde, es zu fotografieren und ihm zu schicken.

43

Der Hafenwind schickte ihm den Duft des Meeres entgegen. Je näher Parnell dem Fischmarkt kam, desto intensiver roch es nach Salz und Meeresbewohnern. Es waren nur Nuancen, aber diese Nuancen machten den Unterschied. Zwischen nicht auszuhaltendem Fischgestank, wie dem der vergammelten Fischreste aus Wallis' Yacht, und der angenehmen Würze von frisch gefangenen Köstlichkeiten.

Parnell liebte den Fischmark am Hafen. Er war kein Fischer, nie gewesen. Sein Vater war Polizist gewesen, sein Großvater arbeitete als Hilfsarbeiter auf einer Farm. Schafe und Kühe. Nur einer seiner Ururgroßväter musste alles andere als ein Mann des Gesetzes gewesen sein.

Die Familiengeschichte der Parnells war von Vater zu Sohn weitergegeben worden, manchmal ausgeschmückt, manchmal beschönigt, sicher auch mal dramatisiert. Nach allem, was Parnell wusste, gehörte sein Ururahne nicht zu den Auswanderern, die aus freien Stücken ans andere Ende der Welt gekommen waren. Von Brighton, Südengland, aus. Nicht aus Abenteuerlust.

Sein Ururahne, dessen Namen er nicht kannte, weil er von seinem Vater nie genannt worden war, soll sich seine Haut dadurch gerettet haben, auf ein Schiff gestiegen zu sein und als einfacher Arbeiter unter Deck das Weite gesucht zu haben. So weit weg wie möglich.

Weiter als Neuseeland ging nicht.

Weit weg von den angehäuften Schulden. Weit weg vom gehörnten Ehemann, mit dessen Frau er sich vergnügt hatte. Weit entfernt davon, sich mit dem Gehörnten duellieren zu müssen, dessen Treffsicherheit über Brighton hinaus bekannt gewesen war, der sich bereits dreimal duelliert hatte und dabei unverletzt geblieben war.

Das Abenteuer, nach Neuseeland auszuwandern, erschien Parnells Vorfahr wohl weniger abenteuerlich, als sich in zehn Metern Abstand vor die Büchse eines wütenden, gedemütigten, vor Rage angstlosen Mannes zu stellen.

Ob das alles so stimmte? Parnell glaubte nicht daran. Doch jedem, der danach fragte, erzählte er die Geschichte. Denn als gute Erzählung eignete sie sich allemal.

Recht viel mehr wusste Parnell nicht von seinen Vorfahren. Nur, dass sein Urgroßvater im Ersten Weltkrieg in der Schlacht von Gallipoli in der Türkei gefallen war. Dass seine Urgroßmutter seinen Großvater alleine großgezogen hatte. Dass seine Großeltern seinen Vater, ihr einziges Kind, über alles geliebt hatten. Stolz auf ihn gewesen waren. Auf ihren Sohn, den Polizisten.

Auch er hatte seinen Vater von klein auf bewundert. Er war sechzehn, als sein Vater von einem Einsatz in Auckland nicht zurückkam. Alfred Parnell. Polizist. Ehemann. Vater eines Sohnes. Gefallen im Kugelhagel zweier Maori-Banden. Zwei Kugeln in der Brust. Eine in der Wirbelsäule. Drei Tage Ringen mit dem Tod.

Er hätte wohl überlebt. Gelähmt, als Krüppel. Aber überlebt. Er hatte sich den Atem geraubt, am Sauerstoffschlauch gezerrt, bis er riss. Parnell dachte oft über eine Sache nach. Doch bis heute wusste er keine Antwort auf die Frage, die er sich immer wieder stellte. Was hätte er selbst getan?

Jetzt, in seiner Situation, kinderlos, ungebunden nur für sich selbst verantwortlich – da war die Antwort einfach.

Da hätte er die Entscheidung verstanden. Aber als Familienoberhaupt? Nein, er hätte Mutter nicht im Stich gelassen. Nein, er hätte seine Söhne nicht alleine gelassen. Aber wer war er, das zu behaupten? Hatte er selbst sich genug um seine Mutter gekümmert?

Ganz sicher nicht. Nein. Doch das war eine andere Geschichte. Andere Gründe. Brennende Brücken. Eingestürzt. Für immer. Für ... Parnell schüttelte sich. Er versuchte die Gedanken zu verdrängen. Sie mussten weg.

Die Luft war kalt. Auf der Südinsel wütete ein Gewitter. Es zog gen Norden. Das Gebirge würde es aufhalten. Dessen war sich Parnell gewiss.

Er drückte die Zigarette aus, betrat das Gebäude des Fischmarktes und lief die erste Reihe der Stände entlang. Der Knöchel schmerzte noch ein wenig, aber es war auszuhalten. Er musste so oder so vorsichtig auftreten. Der Boden war glitschig, Fischblut und zu Wasser geschmolzene Eiswürfel suchten sich ihren Weg ins Abflussrohr.

Der Inspektor starrte auf die Fische. Sie starrten zurück. Mit ihren toten Augen. Snapper, Kingfish, Kahawai. Dornhaie. Mako-Haie. Hummer zappelten. Die Arme der Tintenfische lagen ausgebreitet da wie dunkle Himmelssterne. Die Händler brüllten nicht. Sie standen einfach nur da. Sie beobachteten die Passanten und Einkäufer. Dies machte den Fischmarkt von Auckland so einmalig. Stumme Händler. Der Markt hatte etwas Gespenstisches. Stumme Händler. Stumme Fische.

Parnell ging von Stand zu Stand, er schaute den Männern in die Augen. Es waren helle, leuchtende Ozeanaugen, versteckt unter dunklen oder grauweißen struppigen Augenbrauen.

Die Männer waren alt. Ein halbes Leben lang waren sie Fischer gewesen, nun, da ihre Kräfte nachgelassen hatten, sie den Ozeanen nicht mehr trotzen konnten, hatten sie ihre Söhne hinausgeschickt, um selbst im Hafen zu bleiben, die Stände zu betreuen. So wie das einst ihre Väter getan hatten, die nun auf das Sterben warteten oder bereits gestorben waren.

Parnell sah tiefe Falten. Gezeichnet von Stürmen und dem Salz. Die Haut der Hände war zart wie Fischhaut – fast durchsichtig. Dick gedrehte Zigaretten steckten in den Mundwinkeln, zwischen fast schwarzroten Lippen. Das Feuer fraß den Tabak. Aus dunklen Nasenlöchern qualmten Rauchschwaden.

Parnell ging von einem Mann zum nächsten. Er hielt den Männern seinen Polizeiausweis unter die Nase, dann Fotos, vier Stück, eins nach dem anderen.

Wenn der Fisch auf dem Tisch des toten Rettungsschwimmers nicht vom Täter selbst auf hoher See gefangen worden war, dann musste er hier gekauft worden sein. Im Supermarkt gab es keine ganzen Hapukas von dem Kaliber. Da gab es sie nur in mundgerechten Portionen dargereicht.

War der Mörder hier gewesen? Parnell hielt ein Foto in die Höhe. Es zeigte George Wallis. Dann ein zweites Foto. Es zeigte Winter. Die Männer starrten auf die Fotos. Dann schüttelten sie ihre Köpfe. Nichts. Ein Foto des Türstehers des *Rouge Ami*, das der Inspektor aus dem Polizeiarchiv gefischt hatte. Nichts. Das Foto von Paul Meyer. Nichts.

Parnell ging von Stand zu Stand. Nichts. Nichts. Nichts. Der Inspektor blieb stehen. Einen Versuch war es wert gewesen, sagte er sich. Es hätte ja sein können. Er schaute um sich, scannte die Halle. Es war ruhiger geworden. Die letzten Köche und Küchenmitarbeiter der Restaurants und Hotels waren längst verschwunden. Sie hatten sich die besten Teile bereits bei der allmorgendlichen Auktion geschnappt, die stattfand, bevor alle anderen die Hallen betreten durften.

Der große Touristentross war noch nicht da. Der kam später. So gegen Mittag. Für Köche ging es morgens um jeden Cent, jede Minute. Für Selfies mit Fischen auf Eis war die Uhrzeit egal.

Parnell zog sein Handy hervor. Es zeigte sieben Anrufe in Abwesenheit an. Dieselbe Nummer. Der Inspektor kannte die Nummer der Polizeistation. Sieben Mal, das konnte nur Smith sein. Haromi würde niemals sieben Mal anrufen.

Der Inspektor hatte frühmorgens das Büro verlassen. Er wollte nicht, dass jemand sah, dass er dort übernachtet hatte. Er wusste, man hätte ihm angesehen, dass er getrunken hatte. Die Augen. Glasig. Die Hände. Zitternd. Die Zunge. Schwer. Der Atem. Unerträglich.

Am Eingang war er der Putzfrau begegnet. Und dem Wachdienst. Sonst niemandem. Putzfrauen und Wachdienstmänner fragten nicht. Interpretierten nicht. Vergaßen schnell, was sie nichts anging.

Der Inspektor drückte die Rückruftaste, dreimal klingelte es, dann hörte er Smiths Stimme.

»Frank, wo bist du?«

»Ich komme später ins Büro. Ich bin unterwegs. Ich wollte einer Spur folgen, einem Gedanken, aber ... es ist nichts. Es hat sich erledigt. Gibt es Neues?«

»Die DNA-Analyse der Haare von der Yacht ist da. Wir haben die DNA durch den Computer gejagt. Und einen Treffer. Es ist die DNA eines Mannes aus Wallis' Umkreis. Abraham Tane. Abe. Auch bekannt als der *Gentleman*. Es ist der Türsteher aus dem *Ami*. Er war zweimal wegen illegalen Waffenbesitzes angeklagt. Einmal wegen Körperverletzung, insgesamt war er viereinhalb Jahre im Bau. Mit dem Blut dagegen wird es schwieriger. Die Experten arbeiten daran, aber sie haben nicht viel Hoffnung. Es kann sein, dass es auch von ihm ist – aber sicher ist das nicht.«

»Gut«, sagte Parnell, auch wenn nichts gut war.

Das brachte sie nicht weiter. Der Türsteher war Wallis' Mann fürs Grobe. Und wohl auch sein Fischer. Oder sein Yachtkapitän. Der Mann für die Scheißarbeiten. Die Fische an Deck totschlagen, aufschlitzen, Gedärm raus, runter bringen in den Bauch des Bootes. Runter zu den Kühltruhen. Runter zu den illegalen Waffen. Wahrscheinlich hatte der Gentleman sich da geschnitten. Wer mit Messern hantiert, schneidet sich.

»Ist das alles, Smith?«, fragte Parnell weiter.

»Nein«, sagte Smith. »Es ist ... äh ... wäre besser, wenn du so schnell wie möglich zurück ins Büro kommst.«

Parnell verstand nicht.

»Warum?«, fragte er.

»Hier ist jemand. Der ... der sagt ... er habe die Tote gesehen. Im Flugzeug. Im Flieger hierher. Auf einem Foto.«

Parnell verstand nicht.

»Ich ... gut. Ich komme gleich«, sagte er und legte auf. Er hatte kaum zugehört. Das Foto der Toten prangte mittlerweile auf jeder Zeitung

Er scrollte über die eingegangenen SMS. Sieben Stück. Zweimal Werbung. Einmal die Telefongesellschaft, die ihm die Rechnung schickte. Eine SMS von seinem Bruder.

Melde dich. Dringend.

Vier SMS einer langen, unbekannten Nummer. Parnell klickte die erste an. Ein paar Zeilen in holprigem Englisch. Sie kam vom deutschen Kommissar. Er hatte ihm neue Fotos der Toten geschickt. Ein Passbild. Auf dem zweiten Foto saß Melanie Sander lachend an einem Tisch. Ein Geburtstagskuchen vor ihr.

Parnell fröstelte. Wenn er eines nicht ertragen konnte, dann war es das Lachen der Toten. Das Lachen toter Geburtstagskinder.

Das dritte Foto zeigte ihr Gesicht von nahem. Es war ein wenig verschwommen. Sie lehnte sich an die Schulter eines Mannes. Der Mann schaute in die Kamera. Er hatte dicke schwarze Augenbrauen. Kurzes schwarzes Haar. An der vorderen Stirn etwas licht. Eine Narbe am Kinn. Ein Allerweltsgesicht. Die Tote lachte. Der Mann lachte nicht.

Parnell las die weiteren Zeilen des Polizisten.

Das ist Melanies Ex-Mann. Harald Bogner. Wir sind auf der Suche nach ihm. Wir finden ihn nicht.

Das vierte Foto zeigte ein Stück Landkarte. Sie war mit roter Farbe verschmiert. Blutrot. Ein Messer steckte in der Karte. Die Spitze steckte auf der Nordinsel von Neuseeland. Auch ein Stück von Australien war auf der Karte zu sehen. Und ein aufgemalter Totenkopf. Die Karte lag auf etwas Weichem, Weißem. Einem Kissen.

Wieder hatte der Polizist ein paar Zeilen dazugeschrieben.

Wir haben die Karte auf dem Bett des Toten gefunden. Wir verstehen nicht, was das zu bedeuten hat.

Parnell hielt sich das Handy dicht vor die Nase, er scrollte zwischen den Fotos hin und her, ging ein paar Schritte. Fast hätte er einen Lieferanten überrannt, der mit einer Sackkarre leerer Plastikkisten aus dem Markt rollte. Hinüber zu den Kühllastern.

Der Inspektor stand nun wieder vor den Fischständen. Er sah auf. Einer der Verkäufer schüttelte Eiswürfel über den Fang. Parnell ging die paar Schritte zu ihm hin. Grüßte ihn. Er kannte ihn vom Sehen. Von den gelegentlichen Spaziergängen durch den Markt. Er hatte bei ihm auch schon Fisch gekauft. Auch Muscheln und Tintenfischringe.

Der Mann nickte. Auch er schien Parnell erkannt zu haben. Er lächelte.

Der Inspektor hielt ihm sein Handy hin, er legte Daumen und Zeigefinger auf den Bildschirm und spreizte sie. Er vergrößerte eins der Fotos. Das Gesicht des Mannes an Melanies Seite füllte nun das Display aus.

»Hast du dieses Gesicht hier schon einmal gesehen?«, fragte Parnell den Fischverkäufer. »In den vergangenen Tagen?«

Der Mann starrte auf das Foto, dann schaute er auf – und nickte.

»Ja. Ja, den habe ich gesehen. Der war hier. Ganz sicher.«

»Wann?«

»Gestern früh. Ganz früh. Ich hatte mich gewundert. Er war noch früher da als die Köche. Ich habe mich gefragt, wer er wohl sein könnte, wie er wohl hereingekommen war. Er hatte lange auf die Fische gestarrt, dann hat er einen gekauft. Einen Hapuka, einen fetten, frischen Hapuka.«

44

»Das hier ist Mister … äh …«

Erst jetzt bemerkte Parnell, dass da noch jemand hinter Haromi stand. Der Mann trat aus dem Schatten der Polizistin hervor und streckte ihm die Hand entgegen.

Der Inspektor rührte sich nicht.

»Bold, mein Name ist John Bold. Ich komme aus Birmingham. Ich bin mit meiner Familie hier im Urlaub. Ich bin schon zum zweiten Mal in Neuseeland, ich liebe …«

»Was wollen Sie von mir?«

Parnell hatte den Mann harsch unterbrochen. Zu harsch, dachte er sich eine Sekunde darauf, aber da war es zu spät.

»Ich, äh ... ja.«

Der Mann hatte den Faden verloren.

»Ganz ruhig, jetzt atmen Sie zweimal ein und aus, und dann erzählen Sie mir, warum in Gottes Namen Sie Teile Ihrer kostbaren Urlaubszeit auf einer Polizeistation verbringen.«

»Dieser Mann, Mister Bold«, mischte Haromi sich ein. »Er glaubt ... er will eine Aussage machen. Er könnte etwas beobachtet haben, das mit unseren Mordfällen zu tun hat.«

Der Urlauber räusperte sich. Er schien seine Gedanken wieder geordnet zu haben.

»Ich habe vorhin beim Abendessen in dem Food Court am unteren Ende der Albert Street das Foto eines Mädchens am Bildschirm eines stummgeschalteten Fernsehers gesehen. Ich habe den Kellner gefragt, wer das Mädchen sei. Er sagte, es sei tot, ermordet worden. Die Polizei suche noch nach dem Täter.«

Parnell nickte.

»Nun, ich habe dieses Mädchen gesehen ...«

»Wo?«, schoss es aus dem Inspektor heraus, als wäre alles an ihm plötzlich erwacht.

»Im Flugzeug. Nun. Äh ... nicht sie direkt. Sondern auf einem Foto. Im Portemonnaie eines Mannes. Darauf war dieses Mädchen.«

»Sind Sie sicher?«

»Ganz sicher.«

»Wie können Sie ganz sicher sein? Es gibt viele Fotos, es gibt viele blonde Mädchen. Besonders bei euch oben, in Europa ...«

»Nun, das war nicht irgendein Foto, verstehen Sie? Es war *das* Foto. Es war genau das gleiche Foto wie das im Fernsehen.«

Parnell verstummte. Seine Gedanken rasten. Sie hatten dieses Foto von der deutschen Polizei. Diese hatten es von den Eltern der Toten.

Der Inspektor holte sein Handy heraus, tippte darauf herum, dann hielt er Bold das Display hin.

Bold nickte.

Parnell notierte sich die Flugdaten des Zeugen und ließ sich die Situation im Flugzeug genau beschreiben. Jedes Detail. Zweimal. Dreimal. Bold berichtete von der Nervosität des Mannes. Vom Zappeln. Vom Schweiß. Er berichtete davon, wie viel der Mann getrunken hatte. Wie oft er auf die Toilette musste. Wie er seine Frau anstarrte. Von der Narbe am Kinn.

Und er berichtete von den Worten, die der Mann an ihn gerichtet hatte. Sie hatten ihn nicht mehr losgelassen.

Alles Glück ist nur Fassade.

Irgendwann bröckelt es ab, das Glück. Irgendwann kommt darunter der Schrecken hervor.

Der Zeuge berichtete, dass der Mann eine ausgedruckte oder fotokopierte Flugbestätigung in der Hand gehalten hatte. Von *Air New Zealand.* Obwohl sie selbst *Qantas* flogen. Mit einem Frauennamen darauf. Marlene. Marlene oder Melanie. Den Nachnamen hatte er nicht erkennen können.

All das berichtete Bold. Und auch, dass der Mann ununterbrochen etwas auf seine Mappe kritzelte.

Totenköpfe.

Parnell und Haromi sagten kein Wort. Und doch sagte die Stille in Parnells Büro viel. Manchmal grub man und stieß dabei auf Dinge, die lange im Verborgenen geblieben waren.

Doch grub man zu tief, sah man nicht mehr hinaus aus der Grube, man sah nicht die Schatten, die um die Grube herumschwebten. Näher kamen. Man schaute nur nach unten, ins Loch, in dem man stand und die Schaufel in die Erde stieß. Manchmal grub man zu tief, und dann sah man die anderen Schatten nicht mehr. So ein Schatten war nun aufgetaucht. Ein Schatten aus Übersee. Parnell erkannte, dass vielleicht alles ganz anders war, als er gedacht hatte.

45

Über die Fluggesellschaft konnte schnell ermittelt werden, dass Harald Bogner, der Ex-Mann der Toten, tatsächlich einen Flug nach Neuseeland gebucht hatte. München. Franz Josef Strauß. London Heathrow. Los Angeles. Auckland. Melanie Sander war über Dubai und Melbourne geflogen. Er flog nach ihr los. Er war vor ihr da.

Er war seiner Ex-Frau hinterhergereist.

Kein Rückflug.

Wer einen Flug ans Ende der Welt buchte, ohne Rückflug, der wollte entweder alles hinter sich lassen. Ein neues Leben anfangen.

Oder beenden.

Das eigene Leben.

Oder ein anderes.

Mehrere andere.

Die Polizei in München hatte in der Zwischenzeit die E-Mails der Toten analysiert. Sie hatte sich einige Nachrichten mit ihrer Schwester in Auckland hin- und hergeschrieben. Die erste vor drei Wochen. Dann vor wenigen Tagen, dass sie sie gerne besuchen möchte. Sie müsse hier weg. So schnell wie möglich.

Die Antwort aus Auckland klang – wie sollte es anders sein – beunruhigt. Klar könne sie kommen, aber was los sei?

Melanie Sander schrieb weiter in Rätseln. Sie werde ihr alles erklären. Sie müsse nur weg. Weg aus München. Aus Deutschland.

Anna schrieb ihr zurück. Dass sie sich freue, sie wiederzusehen – trotz allem. Dass sie vom Flughafen ein Taxi nehmen solle. Nach Piha. Dass sie da einen Freund habe. Sie würden sich da treffen. Alles würde gut werden. Sie würden sich bald wiedersehen.

Hatten sie sich wiedergesehen?

Parnell wusste es nicht.

Nur eins wusste er.

Nichts war gut geworden.

Melanies Ex-Mann, Bogner, war ebenfalls nach Neuseeland geflogen. Warum? Aus Sorge? Um sie zu beschützen? Es sah nicht danach aus. Waren sie die ganze Zeit auf der falschen Fährte gewesen? Es sah alles danach aus. Bogner. Harald Bogner. War er ans Ende der Welt geflogen, um seine Ex-Frau zu ermorden? Warum?

Hatte er auch den Studenten in München umgebracht? Warum? Liebte er sie noch? War er eifersüchtig? Musste deshalb auch der Rettungsschwimmer sterben? Weil Bogner vermutete, dass er Sex mit seiner Ex-Frau hatte? Hatte er sie beobachtet?

Sie ließen weitere Flugdaten checken. Wieder und immer wieder. Nein, da war definitiv kein Rückflug registriert. Was machte Bogner noch hier? Wo war er? War er Melanies Schwester auf der Spur? Hatte er auch sie bereits umgebracht?

Parnell saß am Schreibtisch. Er mochte diese Momente, wenn sich verknotete Details lösten und plötzlich in neuem Licht und geordnet vor einem lagen.

Nun konnte man sie neu zusammenflechten. Vieles ergab Sinn. Vieles wurde klarer. Aber nicht alles. Sie mussten ihn finden, Sie mussten sie finden. Tot oder lebendig. Anna. Wo war sie? Noch etwas anderes schwirrte dem Inspektor im Kopf herum. Es ließ ihn nicht los.

Hatte George Wallis wirklich nichts mit der Sache zu tun? Er konnte es nicht glauben. Aber ihm wurde klar, dass es wohl so war. Dieser Harald Bogner war ein Phantom für ihn. Er hatte nur das Gesicht. Er hatte keine Stimme, keine Vergangenheit.

George Wallis, das Biest, hatte alles. Stimme. Vergangenheit. Vielleicht hatte er auch Anna.

Parnell wollte die Sache mit Wallis nicht auf sich beruhen lassen. Vielleicht war es eine Sackgasse. Sackgassen waren tödlich. Vielleicht war es nur ein Umweg. Vielleicht jedoch ein Umweg, der zu Anna führte.

Eins war ihm nun klar, je näher er Anna kam, desto näher würde er auch dem Mörder kommen. Doch noch war Anna weit, weit weg.

Verschwunden.

Wie vom Erdboden verschluckt.

46

Er war schon lange nicht mehr hier unten gewesen. Der Geruch löste ein Déjà-vu aus. Der Staub kitzelte in der Nase. Es war dunkel, die Wände waren schmutzig weiß. Der Teppichboden mit dunklen Flecken übersät. Eins der Neonlichter flackerte.

Nichts war zu hören, außer dem Surren der Klimaanlage. Die surrte und krächzte wie die Lunge eines alten Kettenrauchers. Aber sie kühlte nicht.

Vor zwei Jahren war das Police Department von Auckland renoviert worden. Die Fassade neu gestrichen. Neue, billige Plastiktische ersetzten die alten schweren Holzungetüme. Die Computer waren dieselben geblieben. Auch das Archiv im Keller war vergessen worden. Das Archiv, so hatte der neue Polizeipräsident entschieden, bekomme eh kein Besucher und kein Pressevertreter zu Gesicht.

Parnell war das recht so. Er liebte diese Kellerräume, auch wenn seine Nase es ihm nicht dankte. Früher war er gerne und oft hier unten gewesen. Als Peter, der alte, kranke Leiter des Archivs, noch lebte. Das war Jahre her.

Alles erinnerte ihn an früher. An sein jüngeres Ich. Wenn ihm oben zwischen all den Schreibtischen, den Uniformen, dem Polizistentestosteron alles zu viel wurde, kam er runter. Zu Peter.

Peter war hier unten ergraut. Die Haare, die Bartstoppeln, die Haut. Auch seine Stimme. Selbst seine Uniform wirkte graublau. Er scherte sich nicht um sein Aussehen, er polierte seine Schuhe nicht. So wie es Vorschrift war. Er trug das Hemd offen, sein Feinrippunterhemd stach hervor.

Hier unten hatte Parnell immer Ruhe gefunden. Der Puls schlug langsamer. Peter bot ihm eine seiner ungenießbaren Mentholzigaretten an. Parnell rauchte sie, obwohl sie ihm nicht schmeckten. Peter schenkte ihm einen scheußlichen Kamillentee ein. Parnell trank. Peter reichte ihm selbst kreierte Sandwiches. Mit Thunfischtartar und Avocadosoße. Parnell hatte in seinem ganzen Leben keine besseren Sandwiches gegessen.

Er vermisste die Sandwiches. Er vermisste Peter.

Der neue Leiter des Archivs saß an einem kleinen Tischchen zwischen den alten, verstaubten Aktenregalen. Er tunkte seine Finger in eine Tüte Fish and Chips. Die Chips waren eingeweicht, ertränkt in Essig. Parnell konnte diesem typisch neuseeländischen Fast-Food-Klassiker noch nie etwas abgewinnen. Er mochte keinen überbackenen Fisch. Fisch musste gegrillt werden, etwas Zitrone darauf, Salz und Pfeffer – sonst nichts.

Und schon gar kein Essig.

Parnell grüßte den jungen Kollegen. Er hielt den obligatorischen Smalltalk mit ihm. Der Mann kaute weiter, während er sprach. Backfett tropfte ihm auf die Polizeihose. Er bemerkte es nicht.

Parnell versuchte seine Verachtung zu verbergen. Er starrte den jungen Kollegen an. Er trug noch pubertäre Züge. Wer in diesem Alter im Archiv saß, hatte nicht verstanden, was Polizeiarbeit ausmacht. Davon war Parnell überzeugt.

Der Inspektor wäre fast selbst hier gelandet, er hätte sich für den leichten Weg entscheiden können. Gleiches Gehalt. Keine Straße, kein Blut, keine Nachtschichten. Familie, Kinder. Kleines Glück.

Er hatte sich dagegen entschieden. Ins Archiv sollte man sich versetzen lassen, wenn man für die Straße nicht mehr taugte. Wenn die Straße einen kaputtgemacht hatte. So wie Peter. Zwei Messerstiche. Einen in die Leber. Einen in den Oberschenkel. Peter hatte seinen Dienst getan. Er hatte den Asphalt gerochen, fremdes und eigenes Blut geleckt.

Und sein Nachfolger? Parnell musterte ihn. Ein Faulpelz. Das erkannte er sofort. An den müden Augen. Müde vom Nichtstun. Vom Zeittotschlagen. Ein Stundenzähler. Bis zum Feierabend. Ein Tagezähler. Bis zum Wochenende, bis zum nächsten Feiertag, bis zum nächsten Urlaub. Ein Jahrezähler. Bis zur Rente. Ein Angsthase. Angsthasen konnte die Polizei nicht gebrauchen. Nicht einmal im Keller des Archivs.

Nun aber, in dieser speziellen Situation, kamen Parnell diese Eigenschaften des jungen Kollegen durchaus entgegen. Er war sich sicher, der Mann interessierte sich nicht dafür, was er hier unten machte. Er wollte es nicht wissen.

Nichts wissen, hieß jemandem nicht in die Quere zu kommen. Augen zu, Ohren zu, Mund zu. Warten. Bis zum Feierabend, aufs Wochenende, auf die Rente. Durchkommen. Ohne aufzufallen. Ohne Ärger zu machen. Ohne Ärger zu bekommen.

Al wartete bei den hinteren Jahrgängen. 1970 bis 1975. Hier waren die Bücher des Archivs noch dick, die Lederumschläge vertrocknet und eingerissen, die Blätter lose und dunkelgelb. Noch nichts digitalisiert.

Die beiden grüßten sich wortlos. Sie kamen gleich zur Sache.

»Bring mich auf den neuesten Stand, Frank«, sagte Albert Keyes, der Leiter der Drogenfahndung. »Glaubst du, Wallis ist euer Mann?«

Parnell schüttelte den Kopf.

Keyes schaute überrascht.

»Warum …«, sagte er, ohne den Satz zu beenden.

»Warum ich dich trotzdem hier treffen wollte?«

Keyes nickte.

»Ja, das auch.«

Nun grinste er.

»Weil, wenn hier in Neuseeland ein Mord passiert, immer alles irgendwie mit allem zusammenhängt, das brauche ich dir nicht zu erzählen, Al. Der Mörder kommt aus Deutschland. Ziemlich sicher. Wir finden ihn nicht. Er muss irgendwo hier sein. Hier in Auckland. Aber wir haben keine Spur.«

Keyes hob die Arme, wie um zu zeigen, dass er da wohl kaum weiterhelfen könne.

»Doch, doch, du kannst mir helfen, Al«, antwortete Parnell. »Ich muss die Schwester der Toten finden. Nur sie weiß, was geschehen ist. Zumindest weiß sie mehr als wir. Sie ist meine größte Hoffnung, dem Mörder auf die Spur zu kommen. Wenn …«

»Wenn nicht auch sie schon tot ist.«

Parnell nickte.

Beide schwiegen für einige Sekunden.

»Einer unserer Männer ist undercover in Wallis' Reich unterwegs. Er hat sich mit einem Stammgast angefreundet, mit einem Stammgast, der Schulden bei Wallis hat. Der für Wallis manchmal kleine Jobs erledigt. Botenjobs. Um die Schulden abzubauen. So kam unser Mann an den Türsteher ran. Abe. Der *Gentleman*, wie er genannt wird. Der hat Vertrauen zu ihm gefasst.«

Parnell dachte nach. Er erinnerte sich an die Gesichter

der ersten Nacht im *Rouge Ami*. Er erinnerte sich an den Dicken und den Kleinen. Er hoffte, dass es nicht der Dicke war, der besoffen die Mädchen betatschte. Er hoffte, dass es der Kleine war.

»Ich werde keine Namen nennen, Frank. Es ist besser, wenn niemand weiß, wer unser Mann ist, auch du nicht, Frank. Das ist auch besser für dich.«

Keyes schwitzte. Parnell beobachtete, wie ein Rinnsal seinen Nacken hinablief und im Hemdkragen verschwand.

»Niemand weiß davon.«

Parnell nickte.

»Ich meine – wirklich niemand, Frank! Auch der Polizeipräsident nicht.«

Parnells Nicken stockte. Er schaute seinen Kollegen ungläubig an.

»Zumindest weiß der Präsident nicht, dass unser Mann da immer noch drinsteckt. Ich habe ihn abgezogen – offiziell. Aber innoffiziell schnüffelt er weiter. Nur mein Agent und ich wissen davon. Wir haben uns zu diesem Schritt entschlossen, seit, seit …«

Keyes schaute sich verstohlen um. Er stellte sich auf Zehenspitzen, um über die Aktenordner durch die Regale zu schauen. Als ob hier unten noch jemand wäre! Niemand war hier. Dessen war sich Parnell gewiss. Niemand. Ganz sicher nicht. Niemand außer dem jungen Kollegen vorn am Eingang.

»Seit … seit …«, stammelte Keyes weiter.

Er entschied sich, den Satz neu zu beginnen.

»Ich wollte, dass unser Treffen hier unten stattfindet.

Aus gutem Grund. Ich weiß, dass du dich hier unten oft mit Peter getroffen hast. Er war ein guter Mann, ich mochte ihn.«

Keyes legte Parnell kurz die Hand auf die Schulter.

»Auch ich war manchmal hier unten bei ihm. Und vor ein paar Wochen war ich wieder hier. Ich habe alte Akten zu einer zurückliegenden Undercover-Mission gesucht. Ich habe sie nicht gefunden. Ich habe sie gesucht, weil ich ... weil ... komm mit! Ich glaube ... wir sind da auf eine Spur gestoßen. Ich hatte vor drei Monaten einen merkwürdigen Besuch. Ein Kollege ... ein ehemaliger Kollege ... er stand plötzlich vor meiner Haustür. Spätabends. Nach zehn. Es war bereits dunkel. Er hatte geklingelt. Meine Kinder schliefen bereits ...«

Parnell malte sich das Szenario aus. Alltag eines Familienvaters. Den anstrengenden Tag hinter sich gebracht. Zu Hause von den Kindern im Pyjama empfangen worden.

Papa! Papa! Spiel mit uns. Lies uns etwas vor! Bitte, bitte!

Schuhe aus. Krawatte lockern. Oberster Knopf des Hemdes auf. Ärmel hochkrempeln. Das Lachen, das Kreischen, das Trampeln von Kinderfüßen. Diese wunderbaren Momente. Aus der Küche duftet das Abendbrot. Gedünstetes Gemüse. Ein brutzelndes Steak. Ein kaltes Bier aus dem Kühlschrank. Das Zischen beim Öffnen. Dieser göttliche erste Schluck.

Kinder ins Bett. Das verschwitzte Hemd in den Wäschekorb. Dusche. Der Duft des frischgemachten Federbettes.

Der Duft der Ehefrau. Kalt ist es unterm Federbett. Die zwei Körper produzieren Wärme. Die angenehmste Wärme der Welt.

Das war nicht Parnells Leben. Aber er konnte sich vorstellen, wie es sich anfühlte.

Dann das Klingeln. Wie ein Donner der Realität – mitten im Traum.

Verdammte Realität.

»Der Mann stand vor der Tür. Er wankte leicht. Er war angetrunken. Ich kannte sein Gesicht irgendwoher. Aber ich kannte seinen Namen nicht. Ich hatte sein Gesicht anders in Erinnerung. Ähnlich, aber nicht gleich. Jünger. Lebendiger. Wacher. Es war ein Kollege von uns. Ein ehemaliger. Als ich die Abteilung noch nicht leitete. Ich bat ihn herein. Ich hatte überhaupt keine Ahnung, was er von mir wollte. Wir setzten uns ins Wohnzimmer.«

Keyes packte Parnell am Arm. Er zog ihn zwischen den beiden Regalen hinaus auf den Flur, weiter nach hinten.

»Sei nicht paranoid, hier ist keiner, hier hört uns niemand«, sagte der Inspektor.

Er wurde langsam ungeduldig. Was sollte das?

»Warte, Frank. Wir müssen hier hinten hin, du ... du wirst ... wir müssen ... wo ist es?«

Keyes schien nach einem bestimmten Ordner zu suchen. Schließlich zog er einen aus dem dunklen Regal.

Hier hinten, in der hintersten Ecke des Archivs war es noch dunkler, noch staubiger, noch miefiger als vorn, wo das Licht der Neonlampe flackerte.

Der Chef der Drogenfahndung zog Papier aus dem Ordner. Er hielt es Parnell hin.

»Hier«, sagte er.

Reflexartig griff der Inspektor danach. Er schaute darauf. Die Blätter waren mit Blindtext beschriftet.

Lorem ipsum dolor sit amet, consetetur sadipscing elitr, sed diam nonumy eirmod tempor invidunt ut labore et dolore magna aliquyam erat, sed diam voluptua. At vero eos et accusam et justo duo dolores et ea rebum.

Keines der Wörter, keiner der Sätze machte Sinn. Ihr einziger Zweck war es, einem ersten, hastigen Blick Text vorzutäuschen. Keyes kramte weiter. Dann zog er eine kleine Kassette hervor.

Parnell kannte diese Kassetten, auch wenn er selbst sie kaum nutzte. Nur, wenn er musste. Bei Verhören. Bei *offiziellen* Verhören. Wenn der Polizeipräsident dabei war. Wenn Parnell es nicht auf seine eigene Art machen konnte.

Keyes nahm dem Inspektor das Papier ab und drückte ihm die Kassette in die Hand.

»Hier«, sagte er. »Geh nach Hause, hör dir das an.«

Parnell drehte und wendete die Kassette. Sie war unbeschriftet. Er schaute seinen Kollegen wieder misstrauisch an. Er wollte zu einem Einwand ansetzen, Al fragen, was das alles sollte, diese Geheimnistuerei. Doch ein Poltern unterbrach ihn, bevor er ansetzen konnte.

Die beiden schauten auf. Irgendwo, ein paar Regalreihen weiter, war wohl ein Ordner verrutscht und zu Boden gefallen.

Keyes' Augen zuckten wild hin und her.

Parnell blieb ruhig.

Er kannte das von seinen Besuchen bei Peter. Die morschen Ordner sackten in sich zusammen und fielen zu Boden. Oder sie wurden von einem der fetten Rattenbäuche hinuntergeschubst.

Kein Grund zur Panik. Der ganz normale Archivkelleralltagswahnsinn.

»Also, Frank, hör dir das an, ja? Wir sehen uns dann wieder. Ich möchte dich da mit im Boot haben. Irgendetwas braut sich zusammen. Ein großer Deal. Die Ware ist teurer geworden in den vergangenen Wochen. Verteuerung durch Knappheit. Wallis braucht neuen Stoff. Zum Verkaufen. Und er braucht neue Mädchen. Für das *Ami.* Er wird sich beides besorgen. Ich weiß nicht, wann. Ich weiß nicht, wo. Aber unser Mann sagt, irgendetwas ist geplant. Wir müssen rausbekommen, was. Rausbekommen, wann. Wir müssen zuschlagen. Unsere Chance nutzen.«

Keyes steckte das Papier wieder in den Ordner und legte den Ordner zurück ins Regal. Er drückte Parnell die Hand, ging drei Schritte und drehte sich noch einmal um.

»Und Frank … ähm … trink weniger …«

Parnell schaute so, als ob er nicht verstehen würde, wovon sein Freund sprach.

»Ich meine es gut. Man riecht es auf drei Metern Entfernung, Kumpel.«

Der Inspektor schaute seinem Freund hinterher. Jedem anderen hätte er eine reingehauen für den Spruch. Was er trank, wie viel er trank, war seine Sache. Aber Al konnte er nicht böse sein. Al war ein Freund. Wenn es überhaupt so etwas wie Freundschaft gab. In diesem Leben. In diesem Beruf. Zusammenhalt ja. Ehre. Aufrichtigkeit. Aber Freundschaft? Freundschaft bedeutete, Schwäche zu zeigen. Sie zeigen zu dürfen. Sie anzusprechen. Sie einzugestehen.

Das war nicht einfach.

Parnell schloss die Hand fest um die Kassette, so als ob er Angst hätte, sie würde ihm davonfliegen. Er steckte sie in die Manteltasche. Dann lief auch er den Flur entlang in Richtung Eingang. Der junge Polizist war verschwunden. Er hatte sich wohl in die Kantine aufgemacht.

Parnell musste ein letztes Mal an Peters Sandwiches denken. Wie gut sie geschmeckt hatten. Wie schlecht der Kantinenfraß schmeckte.

47

Er steckte sich die Kopfhörer in die Ohren. Dann drückte er den Knopf des Tonbandgeräts.

Er hatte nicht im Büro bleiben wollen. Manchmal hielt er es dort einfach nicht mehr aus. Ein unerträgliches Kribbeln in den Beinen sagte ihm, dass er weg musste.

Er hatte das Tonbandgerät aus der Schublade geholt, es unter den Arm geklemmt und war zu Fuß quer durch das Stadtzentrum nach Hause gelaufen.

Dort hatte er sich eine Zigarette gedreht, geraucht, sich nur kurz auf das Sofa hinlegen wollen, nur zwei Minuten die Augen zumachen – als er wieder aufwachte, war es bereits dunkel geworden. Er wärmte den übriggebliebenen Filterkaffee auf, trank drei Tassen, dann machte er den Fernseher an und schaltete ihn auf stumm.

Er mochte das Flitzen der Bilder. Aber er mochte die Stimmen nicht. Die Bilder zeigten den Sturm im Süden. An den Häfen Cook Strait, in Wellington und Picton, standen die Fähren still. Die Flüge nach Christchurch waren gecancelled.

Der Sturm staute sich am Tongariro-Gebirge. Er würde nach Osten abziehen, in Richtung Südpazifik, prophezeiten die Wetterfrösche. Neuseeländischen Wetterfröschen war nicht zu trauen. Ihre Aussagen waren nicht mehr wert als das gewinnbringende Lächeln der Lottofeen.

Parnell beschloss, sich nicht mehr darüber aufzuregen, mit welch veraltetem Equipment die Polizei ausgestattet war.

Der Knopf des Aufnahmegeräts knackste beim Drücken, als ob Knöchelchen eines Hühnerschenkels entzweigebrochen wären. Ein Rauschen dröhnte in den Ohren des Inspektors. Mit viel Phantasie hätte man es für das Rauschen des Meeres halten können, aber es war das Rauschen der Kassette.

Wie ähnlich sich doch ein schönes und ein hässliches Rauschen sein können, dachte sich Parnell. Das Rauschen der Naturgewalt. Das Rauschen veralteter Technik. Dann hörte er Stimmen.

... wir das jetzt aufnehmen. Einverstanden.

Er erkannte die Stimme seines Freundes. Sie klang klar und deutlich.

Also noch mal. Erzähle mir bitte alles noch mal von vorn. Langsam. Chronologisch. Hier, nimm noch Kaffee. Trink. Er macht deinen Kopf klar.

Klappern von Porzellan. Weiterhin das Rauschen.

Ich war als verdeckter Ermittler unterwegs. Wir waren Wallis auf der Spur. Lange Zeit kamen wir nicht an ihn heran. Er war wie von einer Mauer umgeben, an der man immer wieder abprallte. Es gab kein Loch in der Mauer, keine Leiter, die man nehmen konnte, um drüberzuschauen …

Parnell kannte die Stimme nicht. Es musste die des von Keyes genannten ehemaligen Kollegen sein.

Ich kam einem der Mädchen näher. Sie hieß Priscilla. Ja, wie die von Elvis. Ich mochte sie wirklich. Ich besuchte sie. Mehrmals pro Woche. Sie fasste Vertrauen. Heimlich trafen wir uns auch abseits des Rouge Ami. George Wallis' Leute wussten nichts davon. Sie durften nichts davon wissen.

Wieder das Rauschen.

Irgendwann verriet sie mir, was im Ami hinter den Kulissen lief.

Rauschen und Knacken.

Irgendwann verriet ich ihr, dass ich Polizist war. Verdeckter Ermittler. Sie schlug mich. Sie weinte. Ihre Hoffnung war erloschen. Ich war nicht mehr ihr Retter. Ich war nun eine neue Gefahr. Sie sagte mir, wenn Wallis das erfährt, würde er sie umbringen. Mich auch. Ich sagte ihr, sie müsse aussagen. Sie weigerte sich. Sie ging. Eine Woche hörte ich nichts von ihr. Dann stand sie wieder vor meiner Tür. Sie sagte ja. Sonst nichts. Sie erzählte mir alles. All das undenkbar Unmenschliche. Sie zeigte mir die Brandwunden hinter ihren Ohren. Dort, wo nie ein liebeshungriger Freier sie zu sehen bekommen würde. Dort, wo keiner hinfassen würde. Sie zeigte mir die Schnitte an den Fußsohlen. Weil Schnitte dort besonders schmerzen. Weil sie dort besonders schnell verheilen. Höllenschmerz, der unsichtbar wird. Sie erzählte von der Wüstenfahrt in Australien. Mit verbundenen Augen. Sie erzählte von den dunklen Männern, die sie nahmen, die sie misshandelten. Sie erzählte von Wallis, dem Biest, der selten selbst Hand anlegte. Sie erzählte von Big Papa, der sie bis zur Bewusstlosigkeit schlug. Sie erzählte vom General, den sie nie zu Gesicht bekommen hatte, von dem immer nur geredet wurde.

Parnell erinnerte sich an die wenigen Worte des Asiaten auf dem Schiff, die er ins Telefon gesprochen hatte.

Vier Uhr dreißig, morgen früh, Mister. Hier an Bord ist alles vorbereitet. Big Papa weiß Bescheid. Der General auch.

Er konzentrierte sich wieder auf das Tonband.

Sie erzählte vom Liegen in dunklen Räumen. Stockdunkel. Vom Verlieren der Orientierung. Vom Verrücktwerden der Sinne. Von der totalen Selbstaufgabe. Von der Angst. Von der Schwelle zum Wahnsinn. Von der Hoffnung, zu sterben.

Parnell drückte auf den Knopf. Das Knacksen holte ihn ins Jetzt zurück. Der Inspektor fuhr sich durchs Gesicht. Schweiß klebte an der Stirn.

Er schaute auf die Uhr. Es war Abend geworden. In der Stadt brannten die Lichter.

Parnell atmete tief ein und aus. Eigentlich hatte das alles nichts mit seinem Fall zu tun. Er konnte Keyes die Kassette zurückgeben. Sich auf seinen Mörder konzentrieren. Nicht auch noch einen Drogenbaron jagen.

Er schloss die Augen.

Er kannte sich.

Er konnte nicht.

Er konnte nicht anders.

Klack.

Ich sagte ihr, sie solle weitermachen, wie immer. Sich nichts anmerken lassen. Sich bloß nichts anmerken lassen! Nicht offener sein als sonst. Nicht verschlossener. Ich würde mich um alles kümmern. Ich versprach es ihr. Sie sagte, sie sei als Kronzeugin bereit auszusagen. Ich ging damit zum Polizeipräsidenten, zum damaligen. Arnold Lane. Der, der jetzt Innensenator werden will. Er hörte mich an. Er sagte, er werde alles in die Wege leiten. Ich würde rechtzeitig alles erfahren. Ich hielt still. Eine Woche lang geschah nichts. Nach zehn Tagen ging ich wieder zu ihm. Er ließ sich entschuldigen. Ich müsse einen Termin beantragen. Dies tat ich. Das Sekretariat würde sich melden. Es meldete sich nie. Ich ging ins Ami, da waren bereits drei Wochen vergangen. Ich klopfte an die Tür. Man ließ mich nicht hinein. Zwei Blocks weiter, zerrten mich drei Männer in eine Seitenstraße. Ich erwachte im Krankenhaus. Zwei Rippen waren gebrochen. Eine angeknackst. Ich hatte einen Riss in der Milz. Meine Augen glichen schwarzen Pflaumen. Wochenlang. Ich nahm Medikamente, mehr, immer mehr, mehr, als die Ärzte verordnet hatten. Mehr, als sie mir geben durften. Ich holte sie mir illegal aus dem Netz. Wenn ich keine besorgen konnte, betäubte ich mich mit Alkohol. Ich wurde krankgeschrieben. Auf unbestimmte Zeit. Auf immer. Priscilla habe ich nie wieder gesehen. Lane hat sich nie wieder bei mir gemeldet. Er wird nun wohl Innensenator. Vielleicht bin ich paranoid, vielleicht hat das eine mit dem anderen ...

Parnell hörte ein Schlucken.

Das ist nun aus mir geworden. Ich bin ein Wrack. Vielleicht war ich nicht hart genug. Ich kann nicht aufhören, an dieses Mädchen zu denken. Ich kann nicht aufhören, daran zu denken, was mit ihr wohl passiert sein mag. Ich kann nicht aufhören, die Schuld bei mir zu suchen ...

Wieder stoppte Parnell das Aufnahmegerät.

Er erinnerte sich an das Gespräch mit der Tänzerin.

An den ermittelnden Polizisten, von dem sie erzählt hatte. Vom Schicksal des Mädchens. Das musste der Mann gewesen sein, von dem sie gesprochen hatte. Und Priscilla.

Er hörte die Stimme der Tänzerin.

Sie tanzte noch zwei Wochen. Eines Abends kam sie nicht mehr. Sie wurde nie wieder gesehen. Auf der Bartheke lag am nächsten Morgen ein Büschel ihrer Haare.

Parnell stürzte ins Bad. Er benetzte sein Gesicht mit kaltem Wasser. Er spürte das Vibrieren in seiner Hosentasche. Unbeholfen versuchte er, gleichzeitig das Handy aus der Tasche zu ziehen und mit der anderen Hand nach der Seife zu schnappen.

Beides misslang. Die Seife flutschte ihm durch die Finger, landete im Waschbecken. Das Handy knallte zu Boden. Er hörte die Stimme seines Bruders.

»Frank, Frank *kkkrzzzr kkrzzz* Frank, hörst du mich?«

Parnell kannte das Kratzen in der Leitung. Es kratzte immer, wenn im Süden die Stürme tobten, wenn die Leitungen von Wind und Regen hin und her gepeitscht wurden.

»Ich höre dich.«

Er ging auf die Terrasse. Kurz überlegte er, einen Umweg ins Wohnzimmer zu machen, wo der Heaven Hill stand. Er verdrängte die Idee.

»Sie ist tot, Frank. Mutter ist gestorben.«

Parnell hörte die Worte, doch sie kamen ihm so fremd, so unwirklich, so falsch vor. Da war er nun also, der Moment.

Hatte er ihn sich so vorgestellt? Nein. Man stellte sich

nie auch nur irgendetwas genauso vor, wie es tatsächlich eintrat. Nur phantasielose Menschen taten das – vielleicht. Die Stimme seines Bruders hatte kalt geklungen. Emotionslos. Vorwurfsvoll.

Ob alle Stimmen großer Brüder ausnahmslos vorwurfsvoll klangen?

Parnell schwieg. Er wusste nicht, was er sagen sollte. Und er fand es eigenartig, nun hilflos nach richtigen Worten zu suchen, eigenartig, dass das nun sein größtes Problem zu sein schien, die richtigen Worte zu finden, Sekunden, nachdem er vom Tod seiner Mutter erfahren hatte.

War er ein Feigling? Ja, ganz sicher war er das. Wie viele Tote mochte er in seinem Leben gesehen haben? Drei Dutzend? Fünfzig? Er hatte sie vergessen. Jeden Einzelnen hatte er vergessen können. Mit Hilfe des Whiskeys. Nur seinen toten Vater vermochte der Heaven Hill nicht aus seinen Alpträumen zu verdrängen. Er hatte ihn gesehen, tot, im Krankenbett.

Seine Mutter hätte ihn gebraucht, ganz sicher, in ihren letzten Stunden. Der Vorwurf seines Bruders war gerechtfertigt. Aber er konnte nicht.

Ich Feigling! Ich Feigling!

Er liebte sie so sehr. Er fürchtete sich so sehr davor, sie sterben zu sehen. Sie tot zu sehen.

» ... *krrzzzr kkkrzz* ist kurz nach sechs gestorben. Die Ärzte *krzzz* dass sie die Nacht nicht überleben würde. Du *krrzzz krzzz* ...«

Parnell spürte Erleichterung. Darüber, dass die Verbindung abgebrochen war. Er schämte sich sogleich für dieses Gefühl. Das Tuten des Besetztzeichens dröhnte wie ein hämmernder Puls in seinen Ohren.

Er drückte die Rückruftaste. Nichts. Lautes, schnelles Tuten, lautes Pochen. Unterbrochene Leitung. Er legte das Handy auf den Tisch und ging zur Wohnzimmertür. Er wusste, dass er sich nun selbst betrügen würde – die Psychospiele eines süchtigen Hirns.

Hey, gerade ist meine Mutter gestorben, flüsterte das Hirn. Wann, wenn nicht jetzt, sollte man sich einen Schluck erlauben dürfen.

Vorhaben hin oder her.

Das ist jetzt nun wirklich eine Ausnahmesituation. Ein guter Grund. Ein nötiger Drink. Ein dringender Abschuss. Das würde jeder verstehen. Das müsse man sich nun gönnen.

Morgen, ja morgen, müsse alles vorbei sein. Morgen wäre ein guter Tag, um ein neues Leben anzufangen. Morgen. Am Tag eins. Am Tag eins nach Mutters Tod.

Er zündete sich eine Zigarette an.

Mit zittrigen Fingern tippte er auf dem Display des Handys herum, suchte nach Keyes' Kontakt.

Er nahm sofort ab.

»Hier ist Frank.«

»Hast du dir die Aufnahmen angehört?«

»Ja.«

Ein paar Sekunden sagten beide nichts.

»Al, wir haben nicht viel Zeit. Du musst deine Leute zusammentrommeln.«

Keyes' fortgesetztes Schweigen malte ein imaginäres Fragezeichen in die Luft.

Parnell beantwortete es.

»Ja, dein Undercover-Mann hat recht. Irgendetwas findet statt. Und zwar nicht irgendwann – sondern morgen früh. Im Morgengrauen. Auf Wallis' Yacht. Dieser Big Papa und dieser General werden auch dabei sein. Weißt du, wer damit gemeint ist?«

»Ich habe keine Ahnung, Frank. Ich habe auch keine Ahnung, wovon du redest. Woher weißt du …?«

»Ich weiß es. Vertrau mir! Ich … ich denke, ich weiß auch, wie und woher sie alles besorgen. Den Stoff. Die Mädchen. Aus Australien. Auf hoher See wird alles übergeben. Und dann mit Wallis' Yacht in den Hafen gebracht.«

»Wir müssen im Hafen auf sie warten. Sie beobachten. Sie verfolgen.«

Da war ein ungeduldiges Drängen in Keyes' Stimme. Keine Angst. Kein Zweifel. Kein Abwägen.

Dafür liebte ihn Parnell.

»Ich werde ein paar Eingeweihten meiner Leute Bescheid geben«, fuhr Keyes fort.

»Okay«, antwortete der Inspektor. »Wir treffen uns …«

»Ich werde dich abholen. Halte dich bereit. Und bleib nüchtern, Frank, ja? Halbwegs zumindest.«

48

Sie blickte ihm in die Augen. Es waren ihre. Sie hatten das gleiche Blau. Ein helles, unschuldiges Südseeblau. Mit einem Stich Türkis. Eines der Augen war dick und dunkelblau umrandet. Um den Kopf war ein Verband gewickelt.

Ihre Augenlider zitterten vor Angst.

Seine vor Zorn.

Sie fürchtete sich nicht vor den Schlägen. Geschlagen hatte er sie oft. Und vieles mehr. Er hatte sie erniedrigt, ihr die Unschuld geraubt.

Er hatte ihr körperliche Schmerzen zugefügt.

Diese heilen, irgendwann. Vielleicht.

Und seelische, die, das wusste sie, nie, nie wieder verschwinden würden.

»Ich werde sie finden«, hatte er gesagt.

»So oder so.«

»Und ich werde sie töten«, hatte er hinzugefügt.

»So oder so.«

»Wenn du mir sagst, wo sie ist«, fuhr er fort, »dann wird sie schnell sterben. Eine Kugel in ihren hübschen Kopf.«

Er formte seine Finger zu einer Pistole und hielt sie ihr gegen die Stirn.

»Wenn du schweigst, dann werde ich mit ihr machen, was ich mit dir gemacht habe – und dann wird noch jemand sterben.«

Er fuhr ihr mit der Hand über den Bauch. Ihr gespanntes T-Shirt hob und senkte sich.

Er schmiegte sich mit seinem verschwitzten Kinn ganz nah an sie heran, an ihr Ohr. Er flüsterte.

»Nur du wirst am Leben bleiben. Weiter tanzen, tanzen, tanzen wirst du. Für mich. Meine Tänzerin. Meine Ballerina.«

Es hatte Momente gegeben in ihrem Leben, sie konnte sich nur wie in einem fernen Traum daran erinnern, da war diese Stimme, seine Stimme, etwas Vertrauensvolles. Da sehnte sie sich danach. Da bot sie ihr Schutz. Sie konnte sich das kaum noch vorstellen. Aber sie wusste, dass es so gewesen war.

»Wenn du redest, dann soll es leben, meinetwegen. Wir werden es weggeben, es wird ein besseres Leben haben als ich, als du.«

Sie war nie unzufrieden gewesen mit dem Leben, das sie hatte. Davor. Als Kind. Bevor sie zum Mädchen wurde.

Eine Kindheit in South Auckland. Es gab Besseres. Bestimmt. Aber es gab auch Schlechteres. Eine Frage der Perspektive. Sie hatte nicht viel verlangt im Leben. Ein bisschen Liebe. Einen ehrlichen Job zum Überleben.

Sie hatte es nicht bekommen.

Ein Kind vielleicht.

Das ja.

Sollte sie das jetzt verlieren?

Nein, es ging nicht um sie. Es ging um das ungeborene Geschöpf.

Sie wusste, dass er ernst machte.

Sie kannte ihn zu gut.

Sie sah seine Augen.

Den Zorn.
Sie spürte ihre Angst.
Sie bibberte. Die Lippen zitterten.
Sie redete.
Sie musste doch das kleine, ungeborene Geschöpf …
Wenn er denn Wort hielt.

Der fünfte Tag

49

Das erste Messer durchbohrte die Hand und zerteilte das Holz des Bodens.

Er schrie nicht. Der Schmerz war unermesslich, nie da gewesen, er biss sich auf die trockenen Lippen.

Sie rissen ein.

Das Blut tropfte aufs Holz.

Rund um die Hand hatte sich bereits ein roter See gebildet.

Nein. Er schrie nicht.

Er musste kurz an Jesus denken.

Er glaubte nicht an Jesus.

Dass er Mensch war, vielleicht. Gekreuzigt worden war, mochte sein. Nicht aber, dass er Gottes Sohn war.

Es gab keinen Gott. Keinen guten. So konnte es keinen Gottessohn geben. Keinen barmherzigen. Nie hätten sie ihm sonst seine Liebe geraubt.

Das Messer durchstach die zweite Handinnenfläche. Die gestraffte Haut platzte auseinander. Zartrosa klaffte das Fleisch auf, dann wurde es vom dunklen Blut durchtränkt.

Kein Schrei. Nein, schreien würde er nicht.

Eins seiner Messer durchfuhr seinen rechten Oberschenkel.

Es war eine lange Samurai-Klinge aus Japan, die schärfste, die er besaß.

Nun würde es schnell gehen, dessen war er sich sicher. Die Klinge hatte die Arteria femoralis durchtrennt. Das Blut spritzte in den Raum, färbte alles rot, auch das Gesicht des Mörders.

Nur noch verschwommen nahm der Fischer das Geschehen wahr, Konturen verschwanden, Farben verblassten, alles driftete weit weg.

Alles war wie in Watte gepackt. Er hörte nichts, er sah nichts. Er spürte nichts mehr.

Er war irgendwo, von Sonnen umgeben. Als eins seiner kleineren Fischermesser von den Jungferninseln seine Augen durchstach, war er bereits nicht mehr am Leben.

Der Polizist hatte sich gewundert, dass die Tür offen stand. Bei seinem letzten Rundgang zur Fischerhütte war sie noch geschlossen gewesen. Er hatte an den Türrahmen geklopft. Niemand hatte geantwortet. Er hatte seine Pistole gezogen und war eingetreten.

Als er ins Schlafzimmer trat, sah er nichts als Blut.

Und diesen nackten, verstümmelten alten Männerkörper.

Um den Mann herum lagen Streichhölzer verstreut. Hunderte. Und ein Frauenslip. Schwarz. Mit schwarzen, aufgestickten Rosen.

In die Holzwand war ein Totenkopf geritzt.

Er war nicht näher getreten. Er war wie versteinert stehen geblieben.

Er wusste nicht mehr wie lange. Es mussten mehrere Minuten gewesen sein.

Dann hatte er die Kollegen von der Forensik verständigt.

Als die Männer eintrafen, saß der Polizist auf der Treppe zur Veranda. In der Ferne rauschte das Meer. Im Hintergrund raschelte der Dschungel.

Die Vögel waren verstummt.

Er hatte das Kommen der Männer nicht wahrgenommen.

Erst als sich einer der Forensiker direkt vor ihn gestellt hatte, hatte er unbeteiligt aufgeschaut und mit müden abwesenden, halboffenen Augen nur diese Sätze gesagt:

»Es sind über vierzig Messer, die in ihm stecken. Über vierzig …«

50

Es gab diese Zeitspanne, ganz früh am Morgen, da war es immer kalt. Egal, welche Jahreszeit, egal, ob tagsüber die Sonne den Asphalt und den Sand aufgewärmt hatte oder nicht. Es gab diese Zeitspanne, ganz früh am Morgen, da war es still. Die letzten Partygänger waren zu Hause oder schliefen ihren Rausch in einer Seitenstraße der Queen Street aus.

Der helle Morgenstreifen lauerte noch hinterm Horizont.

Sie waren ein Dutzend. Keyes' Männer und Parnell. Unauffällige Klamotten, Jeans, Hemden, Regenjacken. Die Pistolen zwischen Gürtel und Steißbein geklemmt. Alte, verbeulte, unauffällige Autos.

Zwei von Keyes' Männern warteten am Yachthafen. Versteckt. Am Rande. Im Schatten einer Palmengruppe. Wallis' Bootsstelle war leer. Die Yacht nicht da. Die anderen saßen in den Autos. Weiter hinten. Am halbleeren Parkplatz.

Sie hatten den neuen Polizeipräsidenten nicht verständigt. Er hätte diesem Einsatz niemals stattgeben können. Zu riskant. Zu aufwendig.

Nichts rührte sich. Seit über einer Stunde saßen sie nun da. Die dritte Zigarette ausgedrückt. Der Kaffee in der Thermoskanne fast leer. Die Fenster einen Spaltbreit geöffnet. Eisige Luft strömte nach innen, der Rauch der Zigaretten zog nach draußen. Sie verständigten sich über Funk. Wenige Worte. Nur das Nötigste.

Zuerst entdeckten die beiden Männer unten bei den Yachten das Licht. Weit draußen. Wo sich das Schwarz des Meeres und das Schwarz des Himmels trafen. Matt, flackernd, verschluckt und wieder aufleuchtend. Es wurde größer, es steuerte auf den Hafen zu.

Da war ein Boot. Schon hörten sie den Motor und drückten sich tiefer in den Schatten. Sie verständigten die Kollegen in den Autos. Es war Wallis' Yacht. Sie legte an.

Parnell griff zum Feldstecher. Eine dunkle Gestalt sprang an Land, machte die Taue fest. Weitere Schatten tauchten aus der Kajüte auf. Sie reichten ihm Kisten an Land. Der Inspektor glaubte, den Asiaten zu erkennen. Auch sah er zwei Männer mit tätowierten Gesichtern. Auf einer Wange glaubte er einen Joker zu erkennen.

Sie luden die Kisten in einen schwarzen Van, der zehn Meter neben der Anlegestelle stand. Der Motor ging an, auch das Abblendlicht. Langsam fuhr der Van los. Die meisten der Männer vom Boot standen noch am Ufer.

Keyes schaute Parnell an. Parnell schüttelte den Kopf. Langsam. Er verfolgte den Wagen mit dem Feldstecher, er bog nicht auf den Northern Motorway ab, sondern nach rechts, zu den Werften. Er verschwand hinter den Gebäuden, tauchte wieder auf. Er fuhr in Richtung Silo Park.

Wieder tauchten die Lichter des Vans zwischen zwei Werften auf. Rotes Bremslicht. Er stoppte. Die Lichter erloschen. Er stand.

»Zugriff?«, fragte Keyes.

»Lass uns warten.«

Parnell drückte die Wörter zwischen zusammengebissenen Zähnen hervor. Die Entscheidung konnte falsch sein. Alles kaputtmachen. Wenn sie jetzt zugriffen, hätten sie vielleicht ein paar Waffen beschlagnahmt, vielleicht Drogen, was auch immer, sie hätten diesen Asiaten in Gewahrsam, aber was noch? Nein, sie mussten abwarten. Parnell ging es nicht um die paar Waffen, auch nicht um die Drogen. Er brauchte eine Spur. Eine Spur zum Mädchen. Zu Anna.

Am Schiff tat sich wieder etwas. Die restlichen Männer waren wieder an Bord gesprungen. Unter Deck verschwunden, wieder aufgetaucht. Sie hatten Mädchen dabei. Drei. Dünne Beine, die in Sneakers steckten – mehr sah der Inspektor nicht. Die Männer hatten den Mädchen Stoffsäcke über die Köpfe gezogen. Die dünnen Beine zitterten.

Die Männer zerrten sie an Land. Sie kreischten nicht. Sie riefen nicht um Hilfe. Sie mussten geknebelt sein.

»Jetzt, Frank, jetzt, worauf warten wir noch?«, flüsterte Keyes erneut. Er klang nun genervt.

»Nein«, raunte der Inspektor und schüttelte den Kopf.

Er biss sich auf die Lippen. Er wusste, er riskierte viel. Vielleicht. Er riskierte, dass der Geduldsfaden seines Freundes reißen würde. Das war Keyes' große Nacht. Er würde sie sich nicht kaputtmachen lassen.

»Wir brauchen Wallis. Ich habe ihn noch nicht gesehen.«

Parnell log.

Er wollte Anna sehen.

Ein neues Auto tauchte auf. Schwarz. Lang. Eine Mercedes-Limousine. Sie hielt vor dem Steg. Die Tür öffnete sich. Niemand stieg aus. Die Männer vom Schiff zerrten die Mädchen auf die Rückbank.

Das Auto rollte an. Es bog nach rechts ab. Auf den Motorway.

Nun musste alles schnell gehen.

»Wir folgen dem Auto«, sagte Parnell.

»Nein, meine Männer bleiben«, widersprach Keyes. »Ich will wissen, was in der Werft ist.«

»Ich muss ...«

»Tu, was du tun musst, Frank. Aber ich bin für meine Männer verantwortlich. Und die bleiben hier.«

Parnell wusste, dass sein Plan an Wahnsinn grenzte. Aber er konnte nicht anders. »Okay, dann trennen wir uns. Ich folge den Mädchen. Wir bleiben telefonisch in Kontakt. Versprich mir, dass du nicht eingreifst, bevor ich ...«

»Ich gebe dir eine Stunde, Frank. Keine Sekunde länger!«

Parnell atmete tief aus. Dann nickte er.

Er öffnete die Tür seines Toyotas und stieg ein. Fuhr los. Alleine. Er hatte die Limousine bald eingeholt, hielt Abstand. Auf dem Motorway hatte der Morgenverkehr eingesetzt. Er ließ sich zurückfallen. Fuhr vorsichtig wieder näher heran.

Der Mercedes bog zweihundert Meter vor ihm auf die Beach Road ab, dann wechselte er auf die Symonds Street. Ein heller Streifen lag nun über der Stadt, erste Lichter durchbrachen das Schwarz, die Straßen füllten sich mehr und mehr. Das machte die Verfolgung einfacher.

Der Mercedes erreichte die K-Road, fuhr Richtung Norden und passierte die dunkle Seitenstraße, in der Parnell zusammengeschlagen worden war. Er hielt vor dem *Ami*.

Parnell hielt an der Hauptstraße, vorn an der Ecke standen einige Mülltonnen. Er stieg aus, lief zu den Tonnen und lugte dahinter hervor. Er hatte direkten Blick auf den Eingang des Etablissements. Die Tür des Mercedes öffnete sich. Die Mädchen stolperten aus dem Wagen, die Männer packten sie an den Oberarmen, zogen sie ins *Ami*.

Die Türen schlossen sich.

Nichts. Nichts rührte sich. Für eine Minute. Zwei. Parnell nahm sein Handy in die Hand. Er scrollte durch die letzten Anrufe, er stoppte bei Keyes. Sein Daumen näherte sich der grünen Taste. Dann sollte es jetzt geschehen. Zugriff. Zeitgleich. Am Hafen und hier im *Ami*. Der Daumen zitterte.

Anna.

Parnell hatte keine Ahnung, ob sie da war. Aber es musste jetzt geschehen. Er drückte auf den grünen Knopf. In derselben Sekunde öffnete sich die Tür. Ihm fiel das Handy aus der Hand. Er kramte blind auf dem Boden rund um die Tonnen herum. Gleichzeitig starrte er weiter in den Feldstecher.

Die Finger ertasteten etwas Glitschiges. Eine Bananenschale.

Dunkle Schatten verließen den Eingang.

Die Finger ertasteten das Handy.

Wie aus einer tiefen Höhle erklang Keyes' Stimme.

»Frank, Frank, hörst du mich? Frank? Zugriff, Frank? Sollen wir stürmen? Wo bist du?«

»Nein, Al. Falscher Alarm. Kein Zugriff, hörst du mich? Ich wiederhole, kein Zugriff!«

Die dunklen Schatten gingen die wenigen Schritte zur Limousine. Das matte Licht einer Laterne erhellte die Gesichter. Das des Türstehers. Abraham Tane. Der *Gentleman.* Seine tätowierte Fresse. Seine langen, schwarzen, dicken Haare. Parnell erkannte auch Wallis' Züge, das Kinn, die Mundpartie, die sich unter einem großen Hut abzeichneten. Die Köpfe der Mädchen steckten weiter unter Stoffsäcken.

Sie verschwanden im Fond des Wagens.

Die Scheinwerfer gingen an. Die Limousine wendete und brauste los – an Parnell vorbei, der sich hinter den Tonnen versteckte.

»Warten, warten …«, flüsterte er sich selbst zu.

Er zählte in Gedanken bis zehn. Dann sprang er in den Wagen und fuhr hinterher.

51

Die Fahrt ging weiter nach Süden. In Richtung Flughafen. Parnell konnte sich nicht zusammenreimen, was sie dort wollten. Verbrecher mieden Flughäfen. Auch wenn bei Neuseelands Check-ins bei weitem nicht so eine Hysterie herrschte wie oben im Rest der Welt, so waren diese Orte doch vermintes Gebiet für Leute wie George Wallis. Polizei. Wachsame Augen, Kontrollen.

Der Flughafen verschwand im Rückspiegel. Sie fuhren mit gleichmäßiger Geschwindigkeit weiter und erreichten den Süden der Stadt. Schlagartig wurde Parnell das Ziel der Fahrt klar. Sie bogen in die Russell Road ein. Fuhren einige Straßen weiter.

»Langsamer, langsamer«, flüsterte der Inspektor sich selbst wieder zu, als ob der gedämpfte Ton auch die Geschwindigkeit drosseln könnte.

Dann hielt er an und stieg aus. Er vergewisserte sich mit einem sanften Händedruck der Pistole in seiner Jackentasche. Er lief eilig die paar Schritte zur Kreuzung und lugte an einer Häuserwand um die Ecke. Die Fensterläden des *Dawson's* waren geschlossen. Mit Graffiti beschmiert. Die Limousine stand davor. Die Insassen des Autos mussten bereits im Inneren des Hauses verschwunden sein. Vielleicht alle. Vielleicht saßen ein paar noch im Auto. Er wartete.

Nach drei Minuten verließ der tätowierte Türsteher das *Dawson's*. Zwei Männer folgten ihm. Die Mädchen sah Parnell nicht. Sie stiegen in die Limousine, sie rollte an, verschwand.

Parnell schaute auf die Uhr. Zehn Minuten, keine Sekunde länger.

»Wenn sich nach zehn Minuten nichts tut, gehe ich rein.«

Seine flüsternde Stimme beruhigte ihn. Er hoffte, es würde sich was tun. Er wusste nicht, was. Irgendwas. Drei Minuten. Vier. Es tat sich nichts. Er rief Keyes an. Die Zugriffe sollten gleichzeitig erfolgen. Wenn Blut riskiert wurde, dann musste es um alles gehen. Alles oder nichts.

Zehn.

Er trat aus dem Schatten, überquerte die Kreuzung und lief bis zum Eingang der Kneipe hinunter. Er war sich bewusst, dass er jetzt ungeschützt war. Man konnte ihn durch die dunklen Fenster hindurch sehen und auf ihn schießen. Doch nichts passierte. Kein Schuss. Kein heißes Ziehen in der Brust.

Er schlich zur Tür, drückte leicht dagegen. Sie ließ sich nicht öffnen. Er blickte durchs Fenster neben der Tür, er sah die Tische, die Theke, die Billardtische im Hintergrund.

Nichts.

Er schlich um das Haus herum. Mülleimer quollen über. Eine Katze fauchte und stahl sich davon. Die Hintertür war dünn, sie klapperte, als er sich dagegen drückte. Die Fensterscheiben zitterten. Er hatte seine Glock gezogen. Er spürte den Puls am Hals. Die Hauptschlagader schwoll an, drohte zu platzen. Er hörte nichts. Er roch nach Schweiß. Angstschweiß.

Der Inspektor ging ins Innere, ins Dunkel. Die Luft roch abgestanden und nach kaltem Rauch. Er ging einen langen Flur entlang. Alle Türen standen offen. Die Konzentration erstickte alle Aufregung. Wie oft hatte er diese Situation trainiert? In der Ausbildung täglich. Später wöchentlich. In Gedanken. In Träumen – alle paar Nächte. Mal mit gutem Ausgang. Mal im Alptraum endend.

Er lehnte sich an die Wand. Drehung. Pistole nach vorn. Drei Schritte ins Zimmer. Halbe Drehung nach links, rechts. Nichts. Weiter. Eine Tür weiter.

Er drehte sich in den Türrahmen.

Er sah das Grinsen. Das ganze Gesicht grinste. Selbst das dunkelblaue Auge. Die Tätowierungen. Die Militärmütze. Selbst der weiße Verband, der um den Kopf gewickelt war, schien zu grinsen. Ein böses Jack-Nicholson-Grinsen. Ein Shining-Grinsen. Mörder-Grinsen. Es erstarrte.

Wie das Bild eines Films, per Fernbedienung angehalten.

Parnell hörte es zwei Mal knallen. Um Millisekunden zeitversetzt. Der eine Knall hell schreiend. Der andere dumpf rumpelnd. War das Rumpeln das Echo des Schreis? Die Millisekunden dehnten sich zu einer kleinen Ewigkeit. Wie in Zeitlupe. Nein, es waren zwei Schüsse gewesen, nicht nur der seine. Dann spulte der Film die scheinbar verlorenen Millisekunden vor, um die Realität wieder einzuholen.

Das Grinsen war aus den Mundwinkeln des Mannes gewichen. Die Augen glotzten. Das Leben wich aus Amys Vater. Blut floss aus dem Mund des Vaters der Tänzerin. Es tropfte auf sein buntes Hemd. Parnell glaubte Kanarienvögel zu erkennen. Vielleicht waren es auch Papageien.

Die Hand fiel zur Seite und öffnete sich. Die Pumpgun fiel krachend zu Boden.

Kurz zuckte der Inspektor zusammen. Er hatte befürchtet, durch den Fall könnte sich ein weiterer Schuss lösen.

Der Mann wankte, dann fiel auch er. Parnell drehte sich um. Im grauenTürrahmen entdeckte er den Spalt, in den die Kugel der Pumpgun eingedrungen war. Er war schwarz umrandet.

Wieder eine halbe Drehung. Um den bewegungslos liegenden Mann herum. Das Hemd des Toten war nun von Blut durchtränkt.

Parnell spürte, wie sein eigenes Blut aus dem Gesicht und den Gliedmaßen wich, wie es zum Herzen strömte.

Das war verdammt knapp gewesen.

Er schaute zum toten Gesicht hinab.

Er verspürte nichts. Noch nicht einmal Genugtuung. Da war nur die Leere, diese tiefe, tiefe Leere. Es war nicht sein erster Toter gewesen. Es war wie bei den anderen Toten. Nur noch leerer. Noch tiefer. Er wusste, dass es einige Zeit brauchen würde, bis die Leere wich. Bis er verdrängen konnte, dass er einen Menschen, wenn auch einen abgrundtief bösen Menschen, getötet hatte.

Er lauschte. Doch er hörte nichts. Wenn noch jemand im Haus war, und es musste noch jemand im Haus sein, dann hatte dieser Jemand, dann hatten diese Personen, die beiden Schüsse gehört. Außer … außer es gab einen Keller, dicke Betonwände, schallisoliert. Er verließ das Zimmer und ging weiter zur letzten Tür.

Gleiches Prozedere. An die Wand. Parallel zur Tür. Dann die Drehung.

Nichts, niemand. Tisch, Herd. Fenster. Geschirrschrank. Kein Vorhang, hinter dem sich jemand verstecken konnte. Eine Axt lehnte unter dem Fenster. Eine Shining-Axt. Ein Kühlschrank. Noch einer. Zwei Kühlschränke.

Zwei.

Parnell musste grinsen. Schien in Mode zu sein unter Verbrechern. Er schüttelte den Kopf. Die heitere Laune wich, die Konzentration kehrte zurück.

Er drückte gegen den ersten Kühlschrank. Er schien fest im anderen Mobiliar verankert. Der zweite Kühlschrank stand lose da. Parnell zog ihn nach vorn, er zog ihn ein bisschen nach links, ein bisschen nach rechts. Er sah die Treppe dahinter, die steil hinab ins Dunkel führte. Gleichzeitig hörte er im Kühlschrank irgendetwas umherkullern. Es hörte sich an wie große Bälle. Bälle oder …

Er erinnerte sich an Amys Worte von vor drei Tagen.

Sie tanzte noch zwei Wochen. Eines Abends kam sie nicht mehr. Auf der Theke lag ein Büschel ihrer Haare. Es heißt, er habe ihr den Kopf abgetrennt.

Parnell öffnete die Kühlschranktür. Ein entsetzlicher Geruch strömte ihm in die Nase. Zwei braune Kugeln gerieten ins Rollen, sie kullerten ihm entgegen – fielen in Richtung Boden. Reflexartig schossen Parnells beide Arme nach vorn, wie bei einem Rugbyspieler, der das Rugby-Ei fangen musste. Unbedingt, um den sicheren Lauf zum Touchdown des Gegners zu verhindern.

Ebenfalls reflexartig warfen seine Finger die Kugeln wieder in die Höhe, da erst bemerkte er, dass es keine Köpfe, sondern verschimmelte Wassermelonen waren.

Sie landeten krachend neben dem Kühlschrank und platzten auf.

Ihr Saft ergoss sich über die Fliesen.

Parnell sank zu Boden.

Tränen des Zorns, der Wut, des Ekels liefen ihm wie Rinnsale über die Wangen. Er lag auf dem Rücken, blickte zur Decke, verschwommen sah er den stoffbezogenen Lampenschirm, daneben den Rauchmelder, eine kleine, schwarze Linse bewegte sich, eine Kamera, wieder setzte die Zeitlupe ein, links von ihm nahm er nun Bewegung wahr, er sah, wie der Kühlschrank weiter nach vorn wanderte, wie Schatten dahinter hervorkamen.

Er sah Beine, sie steckten in dunklen Anzughosen, seine Augen wanderten hoch, ein Rumpf, ein Kopf. Er sah ihn verschwommen vor sich stehen. Sein Blick klarte sich. George Wallis. The Beast.

Hinter ihm stand Amy. Daneben ein Mädchen, das Parnell bislang noch nie gesehen hatte, von dem er aber sofort wusste, wer es war. Sie hatte die gleichen dunklen Augen wie Mel. Sie wirkte jünger, sie war es ja auch. Doch ihr starrer Blick verriet, dass sie schon viel mitgemacht hatte. Die Wangen hatten mehr Kontur, eine der Wangen war dunkelblau und aufgedunsen.

Anna.

Die beiden hatten graues Tape über den Mund geklebt. Ihre Hände waren mit einer Eisenkette auf den Rücken gefesselt. Sie trugen Bluejeans und verwaschene T-Shirts. In der einen Hand hielt Wallis die beiden Ketten, in der anderen eine Pistole. Smith & Wesson. Er schüttelte nur leicht den Kopf. Er musste Parnells Gedanken gelesen haben.

Der Inspektor fixierte seinen Blick, schaute auf seine Pistole und warf sie in die Ecke, in die auch eine der beiden verfaulten Melonen gekullert war.

Wallis sprach nicht. Er grinste nur. Noch breiter als Amys Vater gegrinst hatte – in den Sekunden, bevor er starb.

»Das war's, Bulle«, sagte er und ging einen Schritt auf Parnell zu.

Das war's, dachte sich Parnell. Dieser Mann wird mich jetzt erschießen. Dieser Mann weiß nicht, dass am Hafen die Razzia läuft. Und wenn er es wüsste, würde er es trotzdem tun. Wer sich verloren wähnte, war unberechenbar.

Parnell wähnte sich verloren, seine einzige Chance war, das Unberechenbare zu tun.

Nicht zurückweichen. Einen kleinen Schritt nach vorn setzen. Noch einen.

Wallis kniff die Augen zusammen.

Parnell sah, dass er eine der beiden Ketten loser in der Hand hielt als die andere.

Der Inspektor wich einen kleinen Schritt nach rechts, Wallis tat es ihm gleich. Die nicht gespannte Kette hing nun hinter ihm in der Luft.

»Zurück«, sagte Wallis.

Parnell war klar, dass sich in dieser Sekunde nun alles entscheiden würde.

Er ließ sich nach vorn fallen. Wie ein toter Mann.

Wallis schoss nicht. Weil ihn Parnells Reaktion für den Bruchteil einer Sekunde überraschte. Er war kurz wie erstarrt. Er wich einen Schritt zurück, stolperte über die Kette. Fiel hin.

Parnell fiel auf ihn.

Beide lagen am Boden. Der Inspektor roch Wallis' Schweiß. Myrrhe. Auch Amy war hingefallen. Anna hatte das Gleichgewicht behalten. Wallis lag auf dem Rücken, Parnell richtete sich auf, stand nun auf allen vieren. Er kniete auf Wallis' Unterarm. Wallis umklammerte weiterhin die Pistole. Er versuchte sich aufzurichten. Er biss Parnell in die Hüfte.

Der Inspektor schrie den Schmerz hinaus. Er spürte die Zähne in seinem Fleisch. Er wich nicht aus. Er hörte den Unterarmknochen des Mannes unter dem Gewicht seines Knies knacken. Der Knochen brach. Die Pistole hing weiter in der Hand.

Amy lag wimmernd am Boden.

Anna starrte Parnell an. Wallis schrie, er schrie in Parnells Bisswunde hinein.

»Schnell!«, schrie der Inspektor, »hier rüber. Wickle die Kette um seinen Hals.«

Wallis' Hand zuckte, sie versuchte, die Pistole auf das Mädchen zu richten.

Das Mädchen schnappte sich mit den Fingerspitzen die lockere Kette und schwang sie um den Kopf des Mannes.

Wallis' Finger am Abzug zitterte, er suchte nach Kraft, um den Abzug zu betätigen.

Parnell zog an der Kette. Sie spannte sich. Wallis' Hals färbte sich dunkelblau. Seine Augen quollen aus den Höhlen, der Biss lockerte sich, seine Hand hob sich, sie versuchte nun, die Pistole gegen Parnell zu richten.

Ihr fehlte die Kraft.

Der Inspektor schlug sie weg. Dann schlug er auf Wallis' Gesicht ein, immer und immer wieder. Er spürte die Blutspritzer im eigenen Gesicht. Bald sah er nichts mehr. Keine Augen, keine Nase, keinen Mund. Nur Rot. Er stand auf, torkelte im Raum umher, hob die Smith & Wesson auf, auch seine Glock. Er torkelte zurück zu Wallis, hielt beide Waffen auf das Gesicht und drückte ab. Beide Schüsse klangen hell, schreiend. Ein Knall, noch einer, um Millisekunden versetzt.

Parnell ließ sich fallen. Er drehte sich auf den Rücken. Schloss die Augen, er atmete dreimal ein und aus. Die Mädchen lagen neben ihm, in sich zusammengekauert.

Er sah sie nicht, er hörte sie nur.

Amy war still. Anna wimmerte, sie versuchte Worte zu formen, doch sie waren unverständlich. Sie wollte ihm wohl sagen, dass er sie losbinden sollte. Ihr das Klebeband vom Mund nehmen. Gleich, dachte Parnell gleich, gib mir diese eine Sekunde.

Noch einmal tief einatmen, ausatmen.

Dann spürte er kaltes Eisen an seiner Schläfe.

Ein verschwommenes Bild verwischte das Schwarz, als er die Lider öffnete.

Langsam kam Farbe ins Bild.

Erneut formte sich ein Gesicht. Ein Gesicht aus seiner Vergangenheit.

»Lane«, stammelte Parnell. »Also doch!«

»Ja«, raunte der ehemalige Polizeipräsident. »Parnell. Ja. Wissen Sie, was der größte Fehler ist, den Killer machen? Sie quatschen zu lange, bevor sie killen. Also, keine Erklärungen. Kein Gequatsche. Ich konnte Sie noch nie leiden. Und Ihren Vater auch nicht. Tschüs, Parnell. Sie kleines Arschloch.«

Der Inspektor senkte den Blick. Er sah die Smith & Wesson in der Hand seines ehemaligen Chefs. Er sah dessen Hände, sie waren älter geworden. Sie würden das Letzte sein, was er sehen sollte.

So eine Scheiße, keine Zigarette mehr, keinen Heaven Hill. Parnell spürte, wie alle Kraft aus seinen Muskeln schwand, so war es also, das Sterben, es fühlte sich leicht an.

Er hörte einen Knall, er spürte Blutspritzer im Gesicht. Dann stieß etwas Hartes gegen seinen Kopf, es knallte ihm auf die Stirn.

Kurz fragte er sich, warum er noch denken konnte, den Schmerz spüren, der in seiner Stirn pochte, das musste die

Kugel gewesen sein, die seinen Schädel zertrümmert hatte. Dann spürte er etwas Schweres auf sich liegen.

Graue Haare kitzelten seine Wange. Warmes Blut quoll aus kaltem Fleisch.

Jemand hob den Fleischklumpen hoch.

Er sah Haromis Gesicht.

Er hörte ihre Stimme. Leise und leiser.

»Frank, Frank …«

Dann musste er das Bewusstsein verloren haben. Er wusste nicht, wie lange. Es waren nur ein paar Minuten, sagten sie ihm – im Nachhinein.

52

»Sie haben mich geholt. Hierhergebracht. Gefangen gehalten …«

Sie zeigte auf die Treppe, die hinter dem Besteckschrank hinab ins Dunkel führte.

»Vorhin kamen sie zurück. Sie hatten Mädchen dabei. Neue Mädchen. Sie zeigten ihnen den Keller. Uns angekettet. Sie zeigten, wie es ihnen ergehen würde, wenn sie nicht gehorchten. Sie machen diese Tour zwei Mal im Jahr. Getarnt als Angelausflug. Sie holen Waffen, Drogen – Frischfleisch. Mädchen ohne Vergangenheit, Mädchen ohne Pass. Mädchen, die keiner vermisst. Auf hoher See findet die Übergabe mit einem Clan aus Australien statt, der Kapitän eines Frachters wird dafür geschmiert. Sie verabreichen den Mädchen Drogen, damit sie sich beruhigen.«

Sie gingen nach vorn, in den Gastraum, und setzten sich auf eine Bank neben einem der Billardtische. Anna war in eine dicke Wolldecke gewickelt. Haromi hielt sie im Arm. Anna sprach klar und deutlich. Parnell begriff die Kraft nicht, die in dem Mädchen steckte. Nach allem, was sie mitgemacht hatte. Nach allem, was mit ihrer Schwester passiert war. Die anderen Mädchen wurden im Rettungswagen versorgt.

Amy war bereits auf dem Weg in ein Krankenhaus. Ihr Zustand war labil. Der des ungeborenen Lebens in ihr kritisch. Parnell erinnerte sich an das erste Gespräch mit ihr. Im Park. Sie hatte nicht über ihren Vater reden wollen. Welche Kraft, welchen Mut musste es sie gekostet haben, das alles zu tun. Der Lippenstift auf dem Foto, das Treffen im Park, Anna verstecken. Welche Kraft. Welcher Mut. Das war bewundernswert.

»Haromi, wie ...«, Parnell konnte sich das alles nicht erklären. Warum war das Haus umstellt? Wie hatte sie ihm das Leben retten können? In letzter Sekunde?

»Wir können dich doch nicht allein lassen, Chef.«

Haromi schmunzelte.

»Als du gestern Nachmittag plötzlich aus dem Büro verschwunden warst, haben wir uns Sorgen gemacht. Auf deinem Schreibtisch lag eine leere Kassettenhülle mit dicker Staubschicht darauf. Solchen Staub findest du nur im Archiv. Ich bin mit Smith runter. Der Neue im Archiv verriet uns, dass du dich da mit Al vom Drogendezernat getroffen hast. Smith hat dort auch seine Kumpels. Nach drei Telefonaten wussten wir Bescheid. Frank, du hättest uns ...«

»Ja, ich weiß«, antwortete Parnell und schaute ihr in die Augen. »Entschuldigung und ... danke.«

Der neue Polizeipräsident war informiert worden. Der Yachthafen war abgesperrt. Die Werft ebenso. Bei einer Schießerei in der Werft wurden zwei von Wallis' Männern getötet. Darunter der Asiate. Ein Polizist erlitt einen Streifschuss. Es waren Kisten sichergestellt worden. Waffen darin. Pumpguns, Pistolen, Handgranaten. Auch Drogen. Kokain und Heroin.

Die Mercedes-Limousine mit dem Türsteher war auf dem Weg zurück in die City gestoppt worden. Ohne Zwischenfall. Ohne Schusswechsel. Abraham Tane, der Gentleman, hatte sich gleich ergeben. Auch der Joker und Marylin Monroe.

Über dem morgendlichen Auckland kreisten Hubschrauber. Die Yacht im Hafen wurde von den Forensikern untersucht. Ebenso die Lagerhalle, die Limousine, das *Dawson's*. Auch Amys Elternhaus, das Haus ihres Vaters, der von Wallis' Leuten nur Big Papa genannt wurde. Und ein Penthouse am Albert Park. Das Penthouse von Arnold Lane, dem ehemaligen Polizeipräsidenten, dem Anwärter auf den Posten des Innensenators, in Wallis' Kreisen nur General genannt.

Die Presse schwirrte umher. Noch wusste niemand Genaues. Aber jeder ahnte, dass in dieser Nacht etwas Bedeutendes geschehen war.

Anna trank Tee. Parnell auch. Er gierte nach dem heißen Getränk, das seine Kehle erwärmen würde. Sie nahm vorsichtige, kleine Schlücke. Dann erzählte sie.

Sie erzählte, dass sie sich hier nach ihrer Schwester benannt hatte, das hatten sie früher schon gemacht – als Kind, zum Spaß.

Mel ist Anna, und Anna ist Mel.

»Deine Schwester, warum ist sie …«

»Ihr Ex-Mann«, sagte sie. »Er war wild vor Eifersucht. Drogenabhängig. Zweimal hatte sie bereits versucht, sich von ihm zu trennen. Er hat sie zurückgeholt, sie geschlagen. Sie ging zur Polizei. Reichte die Scheidung ein. Er durfte sich ihr nicht mehr nähern. Er zog weg, in eine andere Stadt, es schien vorbei.«

Nun schluchzte sie.

»War es aber wohl nicht.«

Parnell reichte ihr ein Taschentuch.

»Sie hatte in München wieder jemanden kennengelernt. Einen jüngeren Mann. Einen Studenten. David. Es war eine lose Bekanntschaft. Nicht mehr als eine Affäre. Vielleicht Ablenkung. Um zu vergessen. Es gab viel zu vergessen. David tat ihr gut. Dann schrieb sie mir, sie schrieb, sie wolle nach Neuseeland kommen. Mich besuchen. Ich freute mich auf sie, einerseits. Andererseits wollte ich nicht, dass sie erfährt, wie ich hier lebe. Als Hure. Wir schrieben uns E-Mails. Ich schrieb ihr, sie solle nach Auckland fliegen. Ich schmiedete den Plan, abzuhauen. Alles oder nichts. Wenn er sich den nächsten Schuss setzte. Abwarten, bis er wegdämmerte. Irgendwo in seinem Schreibtisch den Schlüssel des Tresors finden. Meinen Pass holen. Vielleicht etwas Geld. Flug zurück nach Deutschland. Mit meiner Schwester gemeinsam würde ich es schaffen. Ihre letzte Mail ließ mich stutzig werden. Sie schrieb, sie hoffe, sie würde es nach Neuseeland schaffen, sie schrieb, sie hoffe, sie würde mich noch einmal sehen können. Sie schrieb, sie habe keine Zeit zu packen, es müsse alles schnell gehen, ganz schnell, sie habe online bereits eingecheckt, sie bete, dass alles gut werden würde. Wir trafen uns vormittags in Piha. Wir kamen beide mit dem Bus. Ich aus der Stadt. Mel vom Flughafen. Sie stand da im dicken Winterpulli. Wir gingen gemeinsam zu Winter.«

Damn!

Parnell schlug gegen die Wand. Er hatte es geahnt. Winter hatte also doch Bescheid gewusst, aber nichts verraten, um so von Anna abzulenken, die sich nach dem Mord an Mel versteckt hatte.

Parnell folgte weiter Annas Aussagen. Langsam klarte sich das verschwommene Bild des verhängnisvollen Nachmittags und des Abends in Piha auf.

Anna gab ihrer Schwester ein Kleid, ein blaues, aus Seide, das sie bei Winter im Schrank hängen hatte. Auch einen Bikini. Schwarz. Gemeinsam verbrachten sie ein paar Stunden am Strand.

Sie waren die ganze Zeit beobachtet worden. Bereits auf dem Weg zu Winter waren sie verfolgt worden.

Mel erzählte Anna alles. Dass eine Zeit lang Ruhe war, sie schon dachte, ihr Ex-Mann hätte sie endlich vergessen. Dass dann alles wieder von vorn losging. Anrufe. SMS. Neue Nummer. Bogner bekam die neue Nummer heraus, irgendwie. Terrorisierte sie wieder. Dann der Einbruch in ihrer Wohnung. Sein Parfum. Die Morddrohung, die er mit ihrem Lippenstift auf den Badspiegel geschmiert hatte.

Stirb, Hure.
Ich kriege dich.
Und töte dich.
Und ihn.
Und alle.

Er wusste also von ihrer Affäre. Sie wischte den Spiegel sauber. Sie fuhr zu David. Sie mussten abhauen. Nicht *irgendwann* zu Anna nach Neuseeland fliegen. Sondern sofort. Gemeinsam.

David versuchte, sie zu beruhigen. Er nahm das alles nicht ernst. Sie könne ja die Polizei rufen. Er kapierte es nicht. Sie hatte die Polizei schon hundert Mal gerufen. In den vergangenen Jahren.

Sie schrieb Anna eine E-Mail. Buchte Tickets nach Neuseeland. Zwei Stück. One way. Noch am selben Abend gab es einen Flug. Sie mussten sich beeilen. Fürs Packen blieb keine Zeit.

Sie sagte, sie fahre jetzt an den Flughafen. Mit oder ohne ihn.

Er sagte, vielleicht sei es gut, wenn sie alleine fliegen würde. Um den Kopf freizubekommen. Er kam nicht mit. Sie musste los. Übereilt. Nur mit einer kleinen Reisetasche. Ihr Notebook hatte sie bei ihm zurückgelassen. Es stand offen da, in der Küche.

Die beiden Schwestern weinten gemeinsam am Strand. Weinend erzählte Anna von ihrem Leben in Neuseeland. Sie erzählte die Wahrheit, obwohl sie vorgehabt hatte, sie zu vertuschen. Es tat gut, Mel alles zu erzählen. Die beiden Schwestern spürten die Kraft, die sie sich gegenseitig gaben.

Sie weinten und rauchten. Anna hatte Streichholzbriefchen dabei. Zwei davon musste Mel eingesteckt haben. Eines davon hatten die Ermittler bei der Leiche gefunden. Das andere hatte Bogner ihr wohl abgenommen und Sister Gold gegeben. Auf der Suche nach Anna.

Parnell schaute auf. Vor dem Fenster blinkten die Blaulichter. Ein Sarg wurde zur Tür hinausgetragen. Zwei weitere lagen bereits im Fond eines Rettungswagens. George Wallis, das Biest, war tot. Lane war tot. Amys Vater auch. In Gedanken ging er Annas Erzählung durch. Immer und immer wieder. Er versuchte den Verlauf des Tages lückenlos zu rekonstruieren, er überlegte, wie es gewesen sein musste.

Anna musste noch einmal zurück nach Auckland, sich mit Amy treffen. Geld borgen. Denn da war kein Tresorschlüssel gewesen, nicht in der Schreibtischschublade. Nicht in Wallis' Jackentasche. Anna nahm den Bus. Mel sollte bei Winter bleiben, den Abend, die Nacht. Sie tat es nicht. Sie musste am Nachmittag zurück zum Strand gegangen und bis zum Abend, bis zur Party, geblieben sein.

Vielleicht dachte sie, hier in Neuseeland, an diesem Traumstrand, könnte ihr nichts passieren. Hier, am Ende der Welt. Weit weg von Deutschland. Endlich frei, wirklich frei.

Sie hatte Meyer getroffen, den Rettungsschwimmer. Er fragte sie, was sie in Neuseeland mache. Sie sagte, sie reise herum. Was hätte sie sagen sollen? Wahrscheinlich sehnte sie sich danach. Ein Leben ohne Angst. Einfach herumreisen. Mit Freundinnen. Mit dem Mietwagen. Von Backpackerherberge zu Backpackerherberge. Frei sein.

Sie war mit ihm in die Dünen gegangen. Sie redeten, tranken Bier, rauchten einen Joint. Er wollte mehr. Sie nicht. Sie schienen unbeobachtet. Doch sie waren es nicht. Auf dem Weg zurück zum Haus der Lifeguards verschwand sie im Dunkeln – wo er wartete. Wo Bogner sie sich schnappte. Er musste am Flughafen die Vespa gestohlen haben. Ein Messer gekauft haben. Mit dem er Mel am Strand getötet hatte. Mit dem er zu Winters Hütte gegangen war, wo er versucht hatte, auch ihn zu töten.

Als das misslang, als der Fischer in den Busch geflüchtet war, hatte er die Tatwaffe unter der Veranda versteckt. Um den Verdacht auf den Fischer zu lenken. Dann machte er sich auf die Suche nach Anna. Weil auch sie sterben sollte, sterben, wie alle, die zwischen ihm und Mel standen. Er fand sie nicht. Er fragte am Parkplatz nach ihr und – nach Drogen. Er lief am Strand in Richtung Norden. Bis zur Hippie-Siedlung.

»Als ich abends zurück nach Piha kam, wieder mit dem Bus, mit etwas Geld in der Tasche, war niemand in Winters Haus«, erzählte Anna weiter. »Er nicht, meine Schwester nicht. Ich bekam es mit der Angst zu tun. Ich schnappte mir ein Messer und ging zum Strand. Doch es war zu dunkel. Ich ging zum Haus der Lifeguards, wo eine Party stattfand. Ich fragte nach Mel. Nichts. Nur ein besoffener, notgeiler Rettungsschwimmer, der mir an die Wäsche wollte. Ich trampte zurück nach Auckland. Streifte durch die Bars. Schlief im Park. In einem Internetcafé checkte ich am nächsten Vormittag meine E-Mails. Ich hatte eine Mail erhalten. Von ihr. Mel. Ich atmete auf. Doch die Nachricht war von ihm – Harald. *Ich kriege sie. Und dich kriege ich auch.* Dann las ich in der Online-Ausgabe des *Herald* von der Toten am Strand. Es konnte nur sie sein. Ich traf mich wieder mit Amy. Sie wusste ein Versteck. Im Haus ihrer Großmutter. In Northland. An der Küste. Sie schrieb mir die Adresse auf. Begleitete mich zum Bus.«

Parnell zündete sich eine Zigarette an, er schaute sich um, er musterte die Umgebung, in der er vor zwei Stunden fast gestorben wäre. *Dawson's.* Diese Kneipe des Schreckens. Tief inhalierte er den Rauch. Wie gut das tat. Wie gut manche Zigaretten doch schmecken konnten. Kein Drei-Gänge-Menü konnte da mithalten. Er schaute auf sein Handy. Drei Anrufe in Abwesenheit. Sein Bruder.

Er dachte an Amy. Tochter eines Mädchenhändlers. Vergewaltigt vom eigenen Vater. Zur Prostitution gezwungen. Und trotzdem hatte sie die Kraft, ihrer Freundin Anna helfen zu wollen. Sie bei der eigenen Großmutter zu verstecken. Parnell wollte sich nicht ausmalen, womit ihr Vater ihr gedroht haben mochte, um Annas Versteck zu finden.

»Ich wusste nicht, dass ihr Vater involviert war«, erzählte Anna weiter. »Sie hatte mir nie davon erzählt. Ihre Großmutter, Rosy, war zum Einkaufen aufgebrochen. Kurz danach klingelte es. Ich dachte, sie hätte etwas vergessen, da standen sie vor der Tür. Amylees Vater, der Gentleman, noch drei Männer. Sie waren mit der Yacht gekommen. Sie zerrten mich aufs Boot. Abe zerrte mich in eine der Kühltruhen. Ich wehrte mich, ich schlug um mich. Traf ihn. Er schlug zurück. Ich lag da im Dunkeln, in den Fischabfällen. Stundenlang. Bis wir nachts den Hafen von Auckland erreichten. Das muss gestern gewesen sein. Oder vorgestern. Oder vor drei Tagen. Ich habe das Zeitgefühl ...«

Der Satz ging im Schluchzen unter.

»Sie können dir nichts mehr tun«, flüsterte Parnell. »Sie sind tot. Wallis. Lane. Amys Vater. Auch den Gentleman haben wir geschnappt. Aber jemand anderen ... den Mann deiner Schwester«, Parnell stockte, »... wir müssen ihn finden.«

»Ich weiß nicht, wo er ist«, antwortete Anna. »Aber ich habe etwas, das weiterhelfen könnte.«

»Was?«, fragte Parnell.

»Es ist nicht hier.«

Stille.

»Es ist in Piha.«

Wieder Stille.

»Ich habe es dort vergraben.«

53

Die Hütte war von den Forensikern abgesperrt, der Körper des toten Fischers nach Auckland gebracht worden. Er war vermutlich Bogners viertes Opfer. Das erste Mal konnte er ihm entfliehen. Nun war es geschehen. Er war verblutet.

Der Polizist, der Winter im Haus gefunden hatte, war immer noch wie in Schockstarre. Parnell war es beim Rettungsschwimmer ebenso ergangen.

Das eine war, an einen Tatort zu kommen, wenn bereits alles abgesperrt war, die Blaulichter blinkten, Forensiker in weißen Schutzanzügen herumliefen. Da baute das eigene Adrenalin in Sekundenschnelle eine Mauer auf zwischen dem, was man am Tatort sah, und den eigenen Emotionen.

Das andere war, völlig unvorbereitet auf eine vom Mörder geschundene Leiche zu stoßen. Dieser Moment traf einen wie der Blitz. Dieser Anblick, der Gedanke daran, was diesem Menschen während seiner letzten Atemzüge angetan worden war, ließ einen nicht mehr los. Es verfolgte einen im Schlaf.

Sie standen am Holzkreuz, neben dem ausgehobenen Loch. Dunkle Wolken waren heraufgezogen. Das Unwetter aus dem Süden hatte nun doch auch den Norden der Nordinsel erreicht. Die Wolken lagen schwer und dunkel über dem Grün. In den Nachrichten sagten sie, Flüge würden gestrichen und der Schiffsverkehr auf der Cook Strait eingestellt.

Der Strand war menschenleer gewesen. Auf den Fischerfelsen niemand zu sehen.

Anna ging vom Kreuz aus mit großen Schritten die Wiese hinab. Sie flüsterte dabei, sie schien zu zählen.

... sieben, acht, neun. Zehn.

Dann hielt sie, bückte sich, schaute noch einmal zum Kreuz zurück und grub.

Wenig später hielt Parnell ein Handy in der Hand. Es war zerkratzt. Sand in allen Ritzen.

»Es ist ihrs«, sagte Anna. »Als ich in der Nacht zur Hütte kam, lag es unter dem Tisch.«

Parnell schaltete es ein. Er reichte Anna das Handy. Sie tippte den Code ein.

»Sie nutzt meinen Geburtstag, ich ihren. Rückwärts. Das haben wir immer schon so gemacht.«

Sie lächelte. Es war ein trauriges Lächeln.

Zwei SMS.

Parnell öffnete die erste. Von einer neuseeländischen Nummer.

»Ich sehe dich«, las er laut vor.

Bogner musste sich hier eine SIM-Karte gekauft haben. Er muss sie beobachtet haben.

Der Inspektor öffnete die zweite SMS.

Ich kriege dich.

Ein kurzer Klingelton.

»Da ist eine weitere Nachricht eingegangen«, sagte Parnell.

Anna schaute überrascht.

»Sie muss verschickt worden sein, als das Handy bereits aus war. Vergraben.«

Parnell drückte auf Öffnen.

Ich lösche dich aus, du Hure, und alles, was du jemals geliebt und begehrt hast. Jeden, dem du nahegekommen bist. Du sollst verschwinden, und alles, was zu dir gehört, mit dir.

Parnell wich alle Farbe aus dem Gesicht. Der Student aus München. Der Lifeguard. Der Fischer. Bogner war tatsächlich ein Psychopath. Er hatte seine Drohung wahr gemacht.

Mel sollte sterben. Und jeder, der sie beschützte, der sie liebte. Jeder, dem sie auch nur zufällig begegnet war. Er wollte sie nicht töten. Er wollte mehr. Er wollte sie auslöschen. Jegliche Spur von ihr tilgen. Der Mann war krank.

Stirb, Hure.
Ich kriege dich.
Und töte dich.
Und ihn.
Und alle.

Der Inspektor grübelte über die Zeichen nach. Fisch. Messer. Im Haus des Rettungsschwimmers. Es waren keine Zeichen gewesen, die der Fischer gesetzt hatte. Wie er zunächst geglaubt hatte. Es waren Zeichen gewesen, die auf den Fischer hindeuteten. Das nächste Opfer. Winter sollte das nächste Opfer sein. Er war es. Die blutverschmierte

Wand in München, die Neuseelandkarte das deutete auf Mel. Die Streichhölzer, das Höschen, hier, in Winters Hütte. Zeichen, die auf das ... *Rouge Ami* – auf Anna deuteten!

Parnell starrte auf das Handy.

Sie schwiegen.

Eine Minute lang.

Schließlich tippte Parnell zuerst auf die Nummer, dann diktierte er Anna einige Sätze auf Englisch, die sie ins Deutsche übersetzt als SMS verschicken sollte.

Ich habe ihr Handy. Ich habe ihre Liebe, ich trage sie in mir. Ich habe ihr Tagebuch. Es wird bei mir sein. Für immer. Sie ist mein.

Es war ein Versuch.

Sie warteten. Minuten vergingen.

Drei, fünf, sieben.

Blitze zuckten am Horizont.

Das Handy klingelte.

Unterdrückte Nummer. Keine Zahlen sichtbar.

Er war nicht dumm.

Parnell hob ab, wartete. Schon wollte er auflegen, da hörte er eine Männerstimme.

Schwer zu verstehen.

»Wer *krrzzzz* wer *krzzz* ist *kkrzz* da?«

Parnell verstand die Worte nicht. Aber es waren auch nicht die Worte, die ihn stutzig machten. Es war das Krachen im Hintergrund.

Es war die gleiche krachende Leitung wie in dem Gespräch mit seinem Bruder, tags zuvor, als dieser ihm vom

Tod der Mutter berichtet hatte. Seine Mutter lebte auf der Südinsel. An der Golden Bay.

Parnell legte auf.

Er holte sein Handy heraus und suchte nach einem x-beliebigen letzten Anruf einer Festnetznummer der Nordinsel. Er rief Haromi im Büro an.

Es tutete.

»Ja, Frank.«

»Haromi, hörst du mich? Sprich zu mir, kannst du mich gut hören?«

»Ich höre dich, Frank. Ich höre dich einwandfrei. Was ist los?«

»Nichts, alles gut. Ich, wir reden später.«

Er legte auf, scrollte, drückte auf den Namen seines Bruders. Das Haustelefon.

Das Tuten. Ein Knacken.

»Frank … *krzzzz*, Frank … hörst du mich … ich kann dich nicht … *krzzz* Frank.«

»Mason, hast du mich gestern von einem Festnetz angerufen, nicht wahr?«

»*Krzzz* von Mutters Telefon *krzzz* ja. Was *krzzz* …«

»Er ist auf der Südinsel«, sagte der Inspektor und hielt dabei immer noch das Handy fest am Ohr. »Verdammt, er hat von einem Festnetztelefon auf der Südinsel angerufen.«

Jetzt erst nahm er das Handy vom Ohr. Erste dicke Tropfen platschten auf ihre Köpfe, sie liefen seine Schläfen hinab.

»Er versucht sich zu sammeln, bevor er sich auch Anna

holt, aber er sitzt in der Falle. Wir brauchen nur Zeit, wir brauchen Geduld. Wir werden ihn kriegen. Auf jeden Fall. Wir müssen.«

Er nahm Anna in die Arme. Er drückte sie. Tränen und Regen liefen über ihre Wangen, ihre Lippen, ihr Gesicht.

Drei Tage später

54

Sie hatten versucht, seine SIM-Karte zu orten. Aber sie fanden sie nicht. Wahrscheinlich hatte er sie zerstört. Sie hatten die Festnetznummer identifiziert. Es war die Nummer einer Kneipe in Picton. Sie hatten ihn da nicht gefunden. Sie hatten die Polizeipräsenz an den Flughäfen der Südinsel verstärkt. Aber er würde die Flughäfen meiden.

Sie hatten auch die Präsenz am Hafen von Dunedin verdreifacht. Auch dort würde er nicht auftauchen. Auf einem in weiten Teilen menschenverlassenen Eiland, wie der neuseeländischen Südinsel, hatte es keinen Zweck, jemanden zu suchen. Da musste man geduldig sein, warten, bis er zu einem kam.

Es gab für ihn nur einen Weg zurück nach Norden.

Über die Cook Strait.

Mit der Fähre.

Zwei Tage lang war die Fähre nicht gefahren. Der Seegang war zu hoch gewesen. Die Überfahrt jenseits des Meeresarms zu gefährlich. In Picton, wo die Schiffe auf der Südinsel anlegten, füllten sich die Hotels und Jugendherbergen. Urlauber, Backpacker – aber auch Einheimische,

Geschäftsleute, warteten auf die Überfahrt. Am dritten Tag war die See wieder ruhig.

Auch Parnell war nach Picton gekommen. Er hatte sich zwei Tage freigenommen. Er war nach Queenstown geflogen und von dort mit einem Mietwagen zur Golden Bay gefahren.

Als er angekommen war, befand sich die Urne seiner Mutter bereits in der kleinen, weißen Kirche am Strand. Es waren kaum Leute da. Sein Bruder. Mason. Und Anabella. Die ältere Dame, die sich gemeinsam mit Mason in den vergangenen Monaten um seine Mutter gekümmert hatte.

Sie sprachen nicht viel. Wenn sie sprachen, dann flüsterten sie. Masons Blick war wie versteinert. Anabella weinte laut. Parnell starrte tote Punkte an. Alles erschien ihm wie hinter einem Schleier aus Seide.

Er startete am nächsten Morgen. Früh. Er verabschiedete sich nicht von Mason. Er legte Anabella eine Blume vor die Zimmertür. Eine Bottle-Brush. Er besuchte das Grab seines Vaters. Dann schlich er sich in die Kirche. Die Urne war leichter, als er gedacht hatte. Der Deckel quietschte laut beim Öffnen. Dann war es wieder still.

Vater tot. Mutter tot. Er würde vermutlich der Nächste sein. Fast hätte er es noch vor ihr geschafft.

Er hatte seit über achtundvierzig Stunden keinen Schluck mehr getrunken. Er wusste, er würde es nicht durchhalten. Vielleicht noch einen Tag, vielleicht noch zwei. Nicht länger. Mason trank nicht. Hatte nie getrunken. Fuck, Mason. Das bruderfizierte schlechte Gewissen.

Bruderfiziert, Parnell musste über seine Wortschöpfung

grinsen, er schaltete in den Vierten. Fuhr die Küstenstraße entlang. Er fuhr doppelt so schnell in die nassen Kurven, wie die Schilder erlaubten. Er zündete sich eine Zigarette an. Steckte den iPod ein. Drehte Nick Cave lauter. Amy war wieder stabil. Das Baby hatte sie verloren.

... pass me that lovely little gun, my dear, my darling one, the cleaners are coming, one by one, you don't even want to let them start ...

Er erreichte Picton um Viertel nach vier. Zwei Fähren waren bereits übergesetzt. Bogner war nicht entdeckt worden. Haromi und Smith erwarteten ihn in der kleinen Station der Hafenpolizei. Sie aßen Avodaco-Sandwiches und tranken Tee.

Anna aß nichts. Sie war nervös.

»Es wird alles klappen«, beruhigte sie Parnell. »Das verspreche ich dir.«

Er hasste es, etwas zu versprechen, ohne zu wissen, ob das Versprechen zu halten war.

Bogner bestieg die 18-Uhr-Fähre. Der Polizist in Zivil am Ticketschalter hatte ihn sofort erkannt, auch wenn er sich die Mütze tief ins Gesicht gezogen hatte. Die Narbe am Kinn leuchtete weiß.

Sie hätten ihn gleich verhaften können. Er würde vor Gericht kommen. Beweise würden gesammelt werden. Er würde gestehen, vielleicht. Schweigen. Wohl eher. Schweigen für immer. Indizienprozesse. Erste Instanz. Zweite Instanz. Eventuelle Formfehler. Hatte Parnell alles schon erlebt. Parnell wollte das nicht. Er wollte alles. Er wollte ihn in Aktion verhaften. Kurz vor der Tat. Ihm vor Gericht keine Chance lassen. Das war riskant. Er riskierte es. Anna war einverstanden gewesen. Sie wollte es auch.

Parnell, Haromi, Smith und Anna fuhren mit einem der letzten Autos an Bord. Ein unauffälliger schwarzer Ford. Weitere Polizisten waren schon zuvor in Zivil an Bord gekommen.

Das Autoradio brummte leise. Die Nachrichten waren beherrscht von dem blutigen Polizeieinsatz, er würde Stoff für Wochen, Monate bieten. Sogar in Australien würden sie drüber berichten. Vielleicht auch oben – im Rest der Welt.

Was hatte der ehemalige Polizeipräsident, was hatte Lane, der tote Lane, der Anwärter auf den Posten des Innensenators, mit der ganzen Sache zu tun gehabt? Die Fragen verstummten nicht. Sein Nachfolger hielt sich bedeckt. Zur rechten Zeit werden Informationen hinausgegeben. Nein, dieser Einsatz habe nichts zu tun mit den Morden von Piha. Nein, mehr gebe es derzeit nicht zu sagen. Er bitte um Geduld. Nein, der Mörder von Piha sei noch nicht gefasst. Nein, er habe von den Machenschaften seines Vorgängers nichts gewusst. Nein, solange nichts bewiesen sei, gelte auch für Arnold Lane die Unschuldsvermutung.

Polizeipräsidentengeplapper.

Sie schleusten Anna durch den Bauch des Schiffes, in die Frauentoilette des Bistros am Vorderdeck. Bogner war als

Fußgänger an Bord gegangen. Er würde nicht in den Bereich der Autofahrer kommen. Die Überfahrt würde dreieinhalb Stunden dauern.

Sie beobachteten ihn.

Die Motoren sprangen an. Sie krachten. Die Fähre verließ den Hafen. Langsam. Wie in Zeitlupe floss sie den Sound hinaus. Der Westwind trieb die Wolken in den Osten. Sie waren nicht mehr schwarz, wie in den vergangenen Tagen, sie waren weiß und langgezogen. Der Sturm war abgetrieben.

Die Fähre trieb auf die Meerenge hinaus. Das schwere Schiff trotzte den Wellen der Cook Strait. Die Kraft der Motoren zog nun an. Neunzehn Knoten. Er war im Bistro, hatte ein Bier getrunken. Noch eins, endlich bewegte er sich. Kurz dachte Parnell, er würde nur die Toilette aufsuchen, doch dann drehte er zur Glastür ab, die nach draußen führte.

»Er geht hinaus.«

Der Inspektor flüsterte es in das Minimikrofon, das an einer Schnur an seiner Brust baumelte. Er blickte von der Brücke auf Bogner hinunter. Er stand an der Reling. Blickte ins Wasser.

Nun erschien Anna, sie war aus der Toilette gekommen, ins Freie getreten. Sie ging auf ihn zu.

»Jetzt«, sagte Parnell zum Kapitän, der neben ihm stand.

Der hob die Hand. Das Horn erklang, das Schiff ruckte und dröhnte, die Maschinen stoppten, das Motorengeräusch verstummte. Bogner drehte sich um. Er sah sie.

Eine Möwe landete an Deck. Zwei weitere kreisten über

dem Schiff, sie ließen sich vom Wind hinauftreiben, stürzten sich dann steuerbord ins Wasser.

Er stand da wie versteinert. Sekundenlang rührte er sich nicht. Hass war in seinem Blick.

Sie blieb in der Mitte des Decks stehen. Das Schiff wurde langsamer und langsamer.

»Motoren wieder an«, sagte Parnell. Der Kapitän hob erneut die Hand.

Der Überraschungseffekt war geglückt. Als die Motoren stoppten, hatte sich Bogner umgedreht und Anna gesehen. Er war überrascht worden. Immer noch rührte er sich nicht. Er schien zu überlegen, was zu tun war. Ob dies eine Falle war. Er griff in die Jackentasche.

»Achtung«, sagte Parnell.

Er wusste, der Scharfschütze auf dem Dach über ihm würde in Position sein. Dann sah er das Messer.

»Okay«, fuhr er fort. »Es ist ein Messer, keine Pistole. Abwarten.« Noch waren weit mehr als zehn Meter zwischen den beiden. Die Scharfschützen würden ihn erschießen, bevor ihr etwas passieren konnte.

Auch Anna musste das Messer gesehen haben. Sie wich einen kleinen Schritt zurück.

Bogner ging weiter auf sie zu. In seinen Schritten erkannte Parnell Entschlossenheit.

»Jetzt«, sagte er erneut.

Der Inspektor sah, wie der Mörder stehen blieb, nach links blickte, nach rechts, wo nun Haromi und Smith auf der Plattform aufgetaucht waren. Sie hatten ihre Waffen auf Bogner gerichtet.

Der Kapitän schob Parnell das Mikrophon hin, das an den Armaturen der Brücke steckte. Der rote Knopf leuchtete.

»Es ist aus, Bogner«, sagte Parnell. Er hörte seine Stimme um den Bruchteil einer Sekunde versetzt über die Lautsprecher, die das gesamte Schiff beschallten.

Nun wich Bogner zurück. Einen Schritt. Noch einen. Haromi und Smith kamen auf ihn zu. Noch hielt er das Messer nach vorn gerichtet, seine Hand zitterte, das konnte Parnell auch von der Brücke aus erkennen. Kurz blickte der Inspektor nach Osten. Ein Regenbogen spannte sich über die gesamte Meeresenge. Er hörte ein Dröhnen, es war leiser als das Dröhnen des Schiffshorns, dann sah er in der Ferne eine Wasserfontäne aufsteigen.

Wale. Auf dem Weg nach Kaikoura. Schnell schüttelte er die Unkonzentriertheit ab. Wie konnte ihm das passieren, in diesem Augenblick. Er richtete seine Aufmerksamkeit wieder aufs Deck. Seine Lider zuckten. Seine Augen suchten. Haromi und Smith standen nebeneinander. Rechts. An der Reling. Sie beugten sich beide vor.

Bogner war verschwunden.

Keine halbe Minute später stand der Inspektor bei ihnen, sie liefen die Backbordseite des Schiffes nach hinten. Der Kapitän hatte die Motoren erneut stoppen lassen. Die Autopassagiere waren hoch in die zweite Decketage gekommen, die Fußpassagiere säumten beide Seiten des Schiffes. Parnell blickte in überraschte, verwirrte Gesichter.

»Da!«

Waitaga zeigte nach Osten. Parnell scannte das Wasser,

die Wellen, die weiße Gischt, die dunklen Wellenbecken. Nun sah er ihn auch. Nur kurz. Nur für einige Sekunden. Aber er konnte das Gesicht genau erkennen. Die Augen, die Nase, das Rot des Mundes. Dann sank das Gesicht und verschwand in der Gischt. Parnell schaute wieder zum Horizont. Kein Regenbogen. Auch die Wale waren verschwunden. Keine Fontänen. Kein Dröhnen. Ganz vorn war schon das Grün der Nordinsel zu sehen.

Später am selben Tag

55

Der Inspektor spuckte die Selbstgedrehte aus dem Mundwinkel. Er lief über den schwarzen Sand, hinüber zu den Fischerfelsen. Einer der Rettungsschwimmer stand auf dem Turm, er beobachtete das Geschehen durch den Feldstecher. Parnell hörte das Kreischen der Möwen und das Kreischen der Kinder, die in die Wellen sprangen. Dort, wo Meer und Land im Rhythmus der Brandung um Boden rangen. Er sog die Luft tief ein. Ja, er liebte diesen Geruch. Immer noch.

Leben. Heimat.

Er entdeckte die Gesichter der Touristen, die er bereits am Tag nach dem Mord gesehen hatte. Die Mel am Strand hatten liegen sehen. Die vier Männer. Das Sommersprossenmädchen. Das Leben kehrt zurück nach Piha, dachte er. Die Schönheit dieses Ortes macht allen Schrecken vergessen.

Bereits auf dem Parkplatz hatte er den Sechssitzer von TVNZ entdeckt. Nun sah er das Kamerateam. Es hatte sich unter den Turm postiert. Es filmte einen der Helden von Piha. The Show must go on.

Bungalowbesitzer führten ihre Hunde spazieren. Eine

japanische Reisegruppe strömte aus einem der Busse am Parkplatz. Die Touristen zückten die Smartphones. Selfie-Time.

Die Surfer paddelten nahe an die Pranken des Lion Rock heran, dorthin, wo sich die Wellen besonders hoch türmten, wo sie besonders spektakuläre Bögen formten.

Die Gischt klatschte an die Steine, er versuchte sich am Felsen hochzustemmen, rutschte aus, beim zweiten Mal gelang es ihm. Er drehte sich noch einmal zum Strand um. Das Wasser gurgelte und toste in den unterirdischen Höhlen. Da standen die Fischer, wie immer, so als ob nie etwas geschehen wäre. Er trat zu dem ersten der Fischer.

Die Möwen kreisten über dem Plastikkübel, keine wagte den Sturzflug. Sie ließen sich von den Winden tragen. Sie lauerten. Der Kübel war leer. Parnell holte seinen Tabak aus der Tasche, streute ihn ins Papier, rollte es und hielt dem Mann die Zigarette hin. Der nahm sie und nickte.

»Marty?«, fragte der Fischer, nachdem er einige Züge gemacht hatte.

»Tot«, antwortete Parnell und schaute aufs Meer.

Der Fischer brummte etwas vor sich hin. Parnell dachte nach. Er dachte an Bogners letzte Worte.

Sie ist geflogen. Nun fliege ich. Ihr kriegt mich nicht.

Smith hatte die Worte nicht gehört. Aber Haromi hatte näher dran gestanden. Sie war sich ganz sicher. *Sie ist geflogen. Nun fliege ich. Ihr kriegt mich nicht.* Das habe er ihr entgegengeschrien. Dann habe er sich über die Reling fallen lassen.

Die Angelschnur spannte sich, blitzschnell hatte der Fischer die Hände an der Rute, die Muskeln seiner Unterarme traten hervor. Er ging zwei Schritte zur Seite, drei Schritte zurück. Stemmte sich gegen die Kraft des um sein Leben kämpfenden Fisches. Der Fischer drehte an der Rolle. Ein Kahawai zappelte am Haken. Der Mann packte den Fang, schlug den Kopf des Fisches gegen den Felsen und warf ihn in den Kübel.

»Hast du schon mal einen Hai von hier aus gefangen?«, fragte Parnell.

Der Mann schüttelte den Kopf, während er einen neuen Köder am Haken befestigte.

»Nein, die kommen nicht so nah an die Küste ran. Die lauern weiter draußen – und drüben bei den Pranken des Löwen.«

Parnell schaute zum Lion Rock, von hier aus war das Löwenprofil klar zu erkennen. Die Form des Gesteins, das Augen und Maul bildete. Das Grün der Büsche formte die Mähne. Die Wellen brachen an den Pranken. Die Surfer saßen auf ihren Brettern, warteten auf den nächsten Ritt.

»Ab und an meldet ein Surfer, dass er da draußen eine Haifischflosse gesehen hat. Aber angegriffen wurde noch keiner. Die greifen wohl nur an, wenn sie Blut wittern.«

Eine halbe Stunde später stand Parnell ganz oben. Früher hatte er hier öfters gesessen. Ein Bier in der Hand. Den Arm um die Schultern eines Mädchens. Ein Kuss im Farbenspiel des Sonnenuntergangs. Früher waren sie hier den kleinen Trampelpfad mühelos hochgeklettert. Nun hatte ihm das Gebüsch die Haut aufgekratzt, zweimal hatte er sich den Ellenbogen am Felsen aufgeschlagen.

Er keuchte, schnappte nach Luft, sein Herz pochte. Erst nach zwei Minuten fand er neue Kraft. Er ging einen Schritt nach vorn. Noch einen. Er schaute auf die Tasmanische See hinaus – bis zum Horizont. Sein Kopf schmerzte. Der Puls pochte gegen die Schädeldecke. Er schrie. Der Wind schluckte jeden Ton.

Sie ist geflogen. Nun fliege ich. Ihr kriegt mich nicht.

Er beugte sich nach vorne, der Kies unter seinen Schuhen knirschte. Er versuchte, sich am Gebüsch festzuhalten, doch das Gebüsch gab nach. Mit der linken Hand kramte er in der Hosentasche und zog die durchsichtige Tüte hervor.

Er hob sie hoch. Die Asche ähnelte dem Sand von Piha. Schwarz-silbern glitzernd.

Er öffnete die Tüte, schüttelte sie. Er sah dem Staub nicht hinterher. Er hatte sich bereits umgedreht, die leere Tüte wieder in die Hosentasche gestopft. Sie gehörte nun dem Wind. Er schaute nach Norden. Sah das Ende des Strandes, er versuchte im Grün die Farbtupfer der Hippie-Siedlung zu entdecken. Doch das Grün war zu dicht. Er überlegte, wie lange er dorthin brauchen würde. Wenn er lief. Zwanzig Minuten? Fünfundzwanzig? Er wusste nicht, was ihn so verdammt willenlos machte. Sie? Elizabeth? Die Sucht? Das Verlangen, alles hinter sich zu lassen? Die Toten? Vorsichtig kletterte er Schritt für Schritt die Mähne des Löwen wieder hinab. Er hörte das Tosen der Brandung, das Kreischen der Möwen, das Kreischen der Kinder.

Der Wind wehte die Asche in die Höhe, blies sie nach Süden, übers Meer, nur einzelne schwarze Flocken senkten sich auf das Gebüsch an der steilen Stirn des Löwen hinab. Sie glitzerten im Licht der tiefstehenden Sonne. Sie landeten schwankend auf den grünen Blättern, an den Zweigen, den Ästen, auf dem zerrissenen Stück hellblauem Seidenstoff, der sich dort verfangen hatte.